ARLETTE LAUTERBACH
ET PATRICK RAYNAL

# Le livre des alcools de la Série Noire

*Préface*
*Jean-Marie Laclavetine*

**Illustrations**
**Joëlle Jolivet**

GALLIMARD

**Nos plus vifs remerciements**

aux auteurs de la Série Noire

à James Crumley, Didier Daeninckx, Rolo Diez, Philippe Garnier, Jean-Marie Laclavetine, Michel Le Bris, Jean-Bernard Pouy, Liz Stromme, pour leur amicale collaboration

à Frédéric, Stéfan et Manu, dandys de comptoirs, pour leurs critiques impitoyables

et à l'incontournable François Le Ténaff.

À Jean-Claude Izzo.

## PRÉFACE

*«Si je ne bois, je suis à sec»*, écrit François Rabelais. *«Mon âme s'enfuira en quelque grenouillère. En sec jamais l'âme n'habite.»* Gageons que le brave géniteur de Pantagruel et Grangousier, qui combattait la sécheresse à grands jets de cabernet franc, ne se serait pas senti trop mal à l'aise dans l'univers de la Série Noire, un archipel formé de 2 500 îles-romans baignant dans un océan de bibines variées.

On serait bien en peine de définir précisément le genre littéraire auquel se rattachent tous ces livres, mais ils ont au moins un trait commun: aucun de leurs auteurs ne fait partie du lugubre bataillon des buveurs de flotte. Lawrence Block lui-même, écrivain de qualité qui a bâti son renom sur les comptes rendus de réunions de pochards repentis, est l'un des plus cités dans ce recueil: ce prosélyte de l'eau plate n'aura pas fourni moins de sept recettes de breuvages aimablement alcoolisés. Rien de tel que les vertueux, il est vrai, pour donner le goût du péché.

Je reste admiratif devant l'inventivité sans bornes dont font preuve les humains dès lors qu'il s'agit de se piquer la ruche. La passion pinardière peut conduire à des sophistications prodigieuses (bien qu'en fin de compte, comme chacun sait, l'abus de vin mène très simplement à la bière); l'amour des cocktails en est une variante moins scientifique et moins cérémonieuse, mais cependant précise, raffinée, et particulièrement riche en couleur. J'ai entendu parler d'un professionnel qui a créé plusieurs centaines de cocktails. À l'invitation d'un ami peintre, lors d'une manifestation publique, il a reproduit au sol, sur trente ou quarante mètres carrés, un Toulouse-Lautrec avec des verres remplis de cocktails de teintes différentes, que le public a pu boire une fois la performance achevée. On voit par là que le cocktail est une branche mésestimée des Beaux-Arts. Les écoles de ce secteur auraient moins de peine à recruter si l'option figurait au programme.

Et puis il y a la musique. Je veux dire: la musique des noms. Pour nous qui avons été bercés par la douce ritournelle des appellations contrôlées (ah, meursault, savennières, saint-estèphe, fronsac! Ah, chasse-spleen, margaux, bel-air, petrus! Ah, moulin à vent, bandol, vacqueyras, romanée-conti! Sonnez, hautbois, pour les musettes à venir!), les noms de cocktails prennent une sonorité baroque. Ronflements de Harley, ailes de Cadillac rose bonbon, palmiers verts sur ciel turquoise, speak-easy enfumés entre Bronx et Harlem, vieux ventilateurs tournant derrière des écrans de verre cathédrale... Dans le bar en sous-sol, le «Rusty nail» scintille sous les ongles d'une fée maligne, le «Bloody Cesar» ensanglante un sourire d'ange, l'«Orage tropical» délivre un esseulé d'une longue attente, le «Czarina» fait sonner trente-deux clochettes aux dents de nacre d'une fausse blonde, un verre d'«Arriba» remet le joueur sur ses pattes, lui qui avait fait l'erreur d'ingurgiter du «Sperme de flamant rose» en début de soirée... Il pourra toujours, pour rentrer chez lui, choisir entre l'«Assommoir» et le «Ferrari», qui sont deux moyens de transport affreusement rapides.

On peut aussi rêver en sens inverse, et imaginer les breuvages que désigneraient les titres de certains romans noirs. Je vois la scène: quelques grizzlis de Missoula viennent se jucher en rang d'oignons sur les tabourets d'un bar et tentent de rendre fou le serveur en commandant chacun un cocktail différent: un «Grand Sommeil», un «Cochon aveugle», un «Chien qui chante», un «Baroud d'honneur», un «Cercueil en flammes», un «Katapult», un «Dame qui pique», un «Reine des pommes»... Le dernier, dont l'humeur est chagrine, exige un «Tromblon décrépit»... Imperturbable, le barman agite ses shakers comme des maracas.

Reste, bien sûr, à en inventer les recettes. Rien ne presse, cependant. Commencez plutôt par expérimenter les boissons brevetées qui vous sont proposées ici. Ce sera une saine base pour mettre en pratique l'adage formulé jadis par un des conseillers éditoriaux de la Série Noire, qui savait de quoi il parlait: *Mieux vaut lever le coude que baisser les bras*.

**Jean-Marie Laclavetine**

## Auteurs et titres de la Série Noire


| N° SN | AUTEUR | TITRE | pages |
|---|---|---|---|
| 12 | Raymond Chandler | **Adieu ma jolie** | 22 |
| 2248 | Karen Kijewski | **Ta langue au chat?** | 24 |
| 1991 | Jack Gerson | **On ne chevauche pas les tigres** | 26 |
| 23 | Dashiell Hammett | **La clé de verre** | 28 |
| 2310 | Lawrence Block | **Une danse aux abattoirs** | 30 |
| 2399 | Craig Smith | **Dame qui pique** | 32 |
| 221 | Raymond Chandler | **Sur un air de Navaja** | 34 |
| 2031 | Bill Pronzini | **Fantômes en flammes** | 36 |
| 2012 | Jeremiah Healy | **Fugue pour un surdoué** | 38 |
| 1992 | Lawrence Block | **Huit millions de morts en sursis** | 40 |
| 2310 | Lawrence Block | **Une danse aux abattoirs** | 42 |
| 51 | David Dodge | **Trois tondus et un pelé** | 44 |
| 2558 | Stephen Solomita | **Baroud d'honneur** | 46 |
| 2519 | Colin Bateman | **La bicyclette de la violence** | 48 |
| 2307 | James Colbert | **Portrait de famille** | 50 |
| 2432 | Cesare Battisti | **Buena onda** | 52 |
| 2017 | Philippe Conil | **Le treizième môme** | 54 |
| 2202 | Jerry Kennealy | **Polo et ses poulains** | 56 |
| 2462 | Konop | **Poulet casher** | 58 |
| 2528 | Pierre Bourgeade | **Téléphone rose** | 60 |
| 13 | Raymond Chandler | **Le grand sommeil** | 62 |
| 522 | Chester Himes | **Couché dans le pain** | 64 |
| 2034 | Jean-Paul Demure | **La belle dame dans un violon** | 66 |
| 26 | Jonathan Latimer | **Quadrille à la morgue** | 68 |
| 2006 | Michael Thomas Hinkemeyer | **La cueillette des morts** | 70 |
| 1962 | Edmund Naughton | **Le grand Noir et le petit Blanc** | 72 |
| 2240 | Marcia Muller | **À claquer des dents** | 74 |
| 2139 | Jimmy Sangster | **Un mouroir de poche** | 76 |
| 1940 | Oppel & Dorison | **Canine et Gunn** | 78 |
| 2292 | Robert B. Parker | **Un passé pas si simple** | 80 |
| 26 | Jonathan Latimer | **Quadrille à la morgue** | 82 |
| 1983 | Robert B. Parker | **Base-ball boum!** | 84 |
| 527 | Jim Thompson | **Le lien conjugal** | 86 |
| 2324 | Robert B. Parker | **Une paire de deux** | 88 |
| 2424 | Karen Kijewski | **Katapult** | 90 |

| | | | |
|---|---|---|---|
| 2267 | Robert B. Parker | **La poupée pendouillait** | 92 |
| 45 | Raymond Chandler | **La grande fenêtre** | 94 |
| 1963 | Mickey Friedman | **L'orage ne vient jamais seul** | 96 |
| 522 | Chester Himes | **Couché dans le pain** | 98 |
| 2003 | Mark Schorr | **Un taxi pour Las Vegas** | 100 |
| 2292 | Robert B. Parker | **Un passé pas si simple** | 102 |
| 2454 | Jon A. Jackson | **Le liquidateur** | 104 |
| 2080 | Doug Hornig | **Une chouette famille!** | 106 |
| 2534 | Don Winslow | **À contre-courant du grand toboggan** | 108 |
| 2245 | Lawrence Block | **Drôles de coups de canif** | 110 |
| 2361 | James Crumley | **La danse de l'ours** | 112 |
| 13 | Raymond Chandler | **Le grand sommeil** | 114 |
| 2540 | Ed McBain | **Ça fait une paye!** | 116 |
| 2306 | Jon A. Jackson | **Au cochon aveugle** | 118 |
| 2536 | Harry Crews | **Le roi du K.-O.** | 120 |
| 2148 | Loren D. Estleman | **Tous des tricheurs!** | 122 |
| 2408 | Jon A. Jackson | **Grootka** | 124 |
| 2570 | Norbert Klugmann | **Feuer et Flamingo** | 126 |
| 2320 | Cesare Battisti | **Les habits d'ombre** | 128 |
| 2361 | James Crumley | **La danse de l'ours** | 130 |
| 2371 | G. Vaïner et L. Slovine | **La face cachée de la lune** | 132 |
| 28 | Henry Kane | **Un fauteuil en enfer** | 134 |
| 2437 | Nick Tosches | **La religion des ratés** | 136 |
| 2337 | James McClure | **Le chien qui chante** | 138 |
| 2081 | Teri White | **La guerre n'est jamais finie** | 140 |
| 2236 | Marvin Albert | **Le paradis des poulettes** | 142 |
| 2511 | Chantal Pelletier | **Éros et Thalasso** | 144 |
| 2194 | Jack Barnao | **Adios pesetas!** | 146 |
| 206 | Albert Simonin | **Le cave se rebiffe** | 148 |
| 2485 | Abasse Ndione | **La vie en spirale** | 150 |
| 2446 | William Hjortsberg | **Nevermore** | 152 |
| 2462 | Konop | **Poulet casher** | 154 |
| 1952 | Tito Topin | **Honey money** | 156 |
| 2479 | Bernhard Schlink & Walter Popp | **Brouillard sur Mannheim** | 158 |
| 2199 | Jean-Bernard Pouy | **Le cinéma de papa** | 160 |
| 2302 | Pierre Léon | **Comme de la peste** | 162 |
| 2549 | Carlo Lucarelli | **Carte blanche** suivi de **L'été trouble** | 164 |
| 2106 | Lawrence Block | **Le blues des alcoolos** | 166 |
| 2065 | Richard Stevenson | **Tous les damnés ont froid** | 168 |

| | | | |
|---|---|---|---|
| 2090 | Ian Kennedy Martin | **Le jongleur** | 170 |
| 2252 | Ron Goulart | **La chasse à la B.D.** | 172 |
| 2508 | Elmore Leonard | **Homme inconnu n° 89** | 174 |
| 1947 | Robert B. Parker | **Un peu de discrétion** | 176 |
| 2479 | Bernhard Schlink & Walter Popp | **Brouillard sur Mannheim** | 178 |
| 2478 | Jürgen Alberts | **L'anarchiste de Chicago** | 180 |
| 2202 | Jerry Kennealy | **Polo et ses poulains** | 182 |
| 2616 | Jean-Bernard Pouy | **Les roubignoles du destin** | 184 |
| 260 | Albert Simonin | **Grisbi or not grisbi** | 186 |
| 2525 | Mouloud Akkouche | **Les ardoises de la mémoire** | 188 |
| 2166 | Joseph D. McNamara | **Prends-en pour ton grade!** | 190 |
| 2500 | Jean-Claude Izzo | **Solea** | 192 |
| 2500 | Jean-Claude Izzo | **Solea** | 194 |
| 2422 | Jean-Claude Izzo | **Chourmo** | 196 |
| 2471 | René Merle | **Treize reste raide** | 198 |
| 2377 | Jean-Bernard Pouy | **RN 86** | 200 |
| 2476 | Philippe Isard | **Le chenil des flics perdus** | 202 |
| 2239 | Joseph Bialot | **Le Royal-bougnat** | 204 |
| 1991 | Patrick Kidney | **La troisième ligne** | 206 |
| 2334 | Franck Pavloff | **Le vent des fous** | 208 |
| 2097 | Marvin Albert | **Quel sac d'embrouilles!** | 210 |
| 2092 | Robert B. Parker | **La chair et le pognon** | 212 |
| 2146 | Jimmy Sangster | **Un cercueil en flammes** | 214 |
| 2439 | Hervé Le Corre | **Les effarés** | 216 |
| 2377 | Jean-Bernard Pouy | **RN 86** | 218 |
| 38 | Samuel W. Taylor | **Comme un frère** | 220 |
| 2114 | Robert B. Parker | **De quoi il se mêle?** | 222 |
| 2263 | Tonino Benacquista | **La commedia des ratés** | 224 |
| 2546 | Jean-Marie Villemot | **L'œil mort** | 226 |
| 2443 | Joseph Bialot | **Vous prendrez bien une bière?** | 226 |
| 2331 | Jack Ritchie | **Il y a des jours comme ça** | 228 |
| 2355 | Didier Lamaison | **Œdipe roi** | 230 |
| 2514 | Rolo Diez | **Chats de gouttière** | 232 |
| 2390 | Jerome Charyn | **Kermesse à Manhattan** | 234 |
| 2518 | Peter Blauner | **Casino Moon** | 236 |
| 2403 | Lawrence Block | **Le voleur qui aimait Mondrian** | 238 |
| 2100 | Jonathan Valin | **Vous parlez d'un métier!** | 240 |
| 2365 | Elizabeth Stromme | **Gangraine** | 242 |
| 2335 | Konop | **Pas de kaddish pour Sylberstein** | 244 |

| | | | |
|---|---|---|---|
| 2204 | Max Allan Collins | **La vie en rouge** | 246 |
| 2419 | Rolo Diez | **L'effet tequila** | 246 |
| 2174 | Stuart Kaminsky | **Le nazi récalcitrant** | 248 |
| 2183 | Linda Barnes | **La chasse au bahut** | 250 |
| 2157 | Michael Jahn | **Le tromblon décrépit** | 252 |
| 1956 | Didier Daeninckx | **Le géant inachevé** | 254 |
| 2446 | William Hjortsberg | **Nevermore** | 256 |
| 2534 | Don Winslow | **À contre-courant du grand toboggan** | 258 |
| 2403 | Lawrence Block | **Le voleur qui aimait Mondrian** | 260 |
| 2503 | Joseph Bialot | **Route story** | 262 |

# Recettes


| placées dans l'ordre d'apparition | | alcool principal | page |
|---|---|---|---|
| LES SOURS | Cocktails | Divers | 23 |
| WHISKY SOUR | Cocktail | Whisky | 23 |
| PISCO SOUR | Cocktail | Pisco | 23 |
| RUSTY NAIL | Cocktail | Scotch | 25 |
| SWEET SCIENCE | Cocktail | Scotch | 25 |
| MANHATTAN | Cocktail | Bourbon | 27 |
| MANHATTAN DRY | Cocktail | Bourbon | 27 |
| MANHATTAN PERFECT | Cocktail | Bourbon | 27 |
| MANHATTAN SWEET | Cocktail | Bourbon | 27 |
| MANHATTAN JULEP | Cocktail | Bourbon | 29 |
| STINGER | Cocktail | Cognac | 31 |
| VODKA STINGER | Cocktail | Vodka | 31 |
| TEQUILA STINGER | Cocktail | Tequila | 31 |
| HOT STINGER | Cocktail | Tequila | 31 |
| GIN SLING | Cocktail | Gin | 33 |
| LADYSTINGER | Cocktail | Gin | 33 |
| VODKA SLING | Cocktail | Vodka | 33 |
| MARLOWE'S GIN GIMLET | Cocktail | Gin | 35 |
| TOM COLLINS | Cocktail | Gin | 37 |
| COLLINS | Cocktail | Gin | 37 |
| GIN FIZZ | Cocktail | Gin | 37 |
| SCREWDRIVER | Cocktail | Vodka | 39 |
| ORAGE TROPICAL | Cocktail | Rhum | 39 |
| BLUE NIGHT | Cocktail | Vodka | 39 |
| CADILLAC BLANCHE | Cocktail | Vodka | 41 |
| RUSSIAN BEAR | Cocktail | Vodka | 41 |
| WHITE RUSSIAN | Cocktail | Vodka | 41 |
| WHITE CLOUD | Cocktail | Vodka | 41 |
| GIN TONIC | Cocktail | Gin | 43 |
| TEQUILA TONIC | Cocktail | Tequila | 43 |
| BLOODY MARY | Cocktail | Vodka | 45 |
| JUS DE TOMATE MAISON | Jus de légumes | Sans alcool | 45 |
| BLOODY CESAR | Cocktail | Vodka | 45 |
| CLAMATO COCKTAIL | Cocktail | Vodka | 45 |
| BULLSHOT | Cocktail | Vodka | 47 |
| CONSOMMÉ DE BŒUF | Consommé | Sans alcool | 47 |
| BLOODY BULL | Cocktail | Vodka | 47 |
| VIRGIN BLOODY BULL | Cocktail | Sans alcool | 47 |
| FUCK THE POPE | Cocktail | Vodka | 49 |
| MOSCOW MULE | Cocktail | Vodka | 49 |
| MARGARITA | Cocktail | Tequila | 51 |
| MEXICANO | Cocktail | Tequila | 51 |
| PEAR MARGARITA | Cocktail | Tequila | 51 |
| SUBMARINO | Cocktail | Tequila | 53 |
| SANGRITA | Cocktail | Sans alcool | 53 |
| TEQUILA SUNRISE | Cocktail | Tequila | 55 |
| TEQUILA SUNRISE (variante) | Cocktail | Tequila | 55 |

| | | | |
|---|---|---|---|
| TEQUILA SUNRISE (variante) | Cocktail | Tequila | 55 |
| POPPER | Cocktail | Tequila | 57 |
| TRINIDAD | Cocktail | Tequila | 57 |
| TEQUILA COLLINS | Cocktail | Tequila | 57 |
| ACAPULCO | Cocktail | Tequila | 57 |
| ARRIBA! | Cocktail | Tequila | 57 |
| TOMATE | Cocktail | Anisette | 59 |
| MAURESQUE | Cocktail | Anisette | 59 |
| PERROQUET | Cocktail | Anisette | 59 |
| CANISSE | Cocktail | Anisette | 59 |
| ROSELINE | Cocktail | Anisette | 59 |
| MONACO | Cocktail | Bière | 61 |
| PANACHÉ | Cocktail | Bière | 61 |
| PANACHÉ-TANGO | Cocktail | Bière | 61 |
| VALSE | Cocktail | Bière | 61 |
| BIÈRE AU JUS DE CITRON | Cocktail | Bière | 61 |
| BACARDI COCKTAIL CLASSIQUE | Cocktail | Rhum blanc | 63 |
| COCO BACARDI | Cocktail | Rhum blanc | 63 |
| CUBA LIBRE | Cocktail | Rhum blanc | 65 |
| RHUM FIZZ | Cocktail | Rhum blanc | 65 |
| HIGHBALL | Cocktail | Rhum ambré | 65 |
| RHUM LONG DRINK | Cocktail | Rhum blanc | 65 |
| KETCH COCO | Cocktail | Rhum brun | 67 |
| RHUM EGGNOG | Cocktail | Rhum | 67 |
| LACTA PUNCH | Cocktail | Rhum | 67 |
| PUNCH DU PLANTEUR | Cocktail | Rhum vieux | 69 |
| PUNCH DE LA PASSION | Cocktail | Rhum | 69 |
| DAIQUIRI | Cocktail | Rhum blanc | 69 |
| SCREWDRIVER RUM | Cocktail | Rhum blanc | 69 |
| TOM AND JERRY | Boisson chaude | Rhum blanc | 71 |
| SWEET AND HOT | Boisson chaude | Rhum ambré | 71 |
| GROG | Boisson chaude | Rhum brun | 73 |
| TILA CALDA | Boisson chaude | Rhum brun | 73 |
| CREMA ou PUNCH CATALAN | Boisson chaude | Rhum | 73 |
| VIN CHAUD AUX ÉPICES | Boisson chaude | Vin - Côtes-du-rhône rouge | 75 |
| VIN BRÛLÉ | Boisson chaude | Vin - Bourgogne rouge | 75 |
| KIR | Cocktail | Vin - Bourgogne blanc | 77 |
| BLANC CASSIS | Cocktail | Vin - Bourgogne blanc aligoté | 77 |
| CARDINAL ou COMMUNARD | Cocktail | Vin rouge | 77 |
| BLANC CASSÉ | Cocktail | Vin blanc | 77 |
| DRY KIR | Cocktail | Vin blanc | 77 |
| KIR ROYAL | Cocktail | Champagne | 77 |
| SANGRIA | Cocktail | Vin - Côtes-du-rhône | 79 |
| HENDAYA | Cocktail | Vin rouge | 79 |
| COCKTAIL AU CHAMPAGNE | Cocktail | Champagne | 81 |
| FIZZ CHAMPAGNE | Cocktail | Champagne | 81 |
| COCKTAIL D'ODILE | Cocktail | Champagne | 81 |
| CHAMPAGNE COCKTAIL | Cocktail | Champagne | 81 |
| BLUE BIRD | Cocktail | Champagne | 83 |
| CHRISTINA | Cocktail | Champagne | 83 |
| PICK ME UP | Cocktail | Champagne | 83 |

| | | | |
|---|---|---|---|
| PICK ME UP (variante) | Cocktail | Champagne | 83 |
| AMERICANO | Cocktail | Martini rouge | 85 |
| AMERICANO (variante) | Cocktail | Martini | 85 |
| NEGRONI | Cocktail | Martini rouge | 85 |
| BITTER SWEET | Cocktail | Martini | 87 |
| VERMOUTH COCKTAIL | Cocktail | Martini | 87 |
| DEAD SOLID PERFECT MARTINI | Cocktail | Vermouth | 89 |
| BOMBAY MARTINI | Cocktail | Martini dry | 91 |
| BRASIL | Cocktail | Martini dry | 91 |
| MACARONI | Cocktail | Martini blanc | 91 |
| OPAL | Cocktail | Martini dry | 91 |
| MARTINI VODKA | Cocktail | Vodka | 93 |
| POMERANI | Cocktail | Vodka | 93 |
| CZARINA | Cocktail | Vodka | 93 |
| GRAND PRIX | Cocktail | Vodka | 93 |
| BAMBOO | Cocktail | Xérès | 95 |
| BIJOU | Cocktail | Martini dry | 95 |
| RHUM-MARTINI | Cocktail | Rhum blanc | 95 |
| CARUSO | Cocktail | Martini dry | 95 |
| IMPÉRIAL | Cocktail | Martini dry | 95 |
| SOUTHERN COMFORT SOUR | Cocktail | Southern Comfort | 97 |
| DEEP SOUTH | Cocktail | Southern Comfort | 97 |
| GOLDEN NAIL | Cocktail | Bourbon | 97 |
| BLACK WIDOW | Cocktail | Rhum ambré | 97 |
| SINGAPORE SLING | Cocktail | Gin | 99 |
| SINGAPORE SLING (variante) | Cocktail | Gin | 99 |
| CHERRY BLOSSOM | Cocktail | Cognac | 99 |
| CHERRY FIZZ | Cocktail | Cognac | 99 |
| | | | |
| BANANAS | Boisson sans alcool | | 101 |
| PETIT DÉJEUNER D'HIVER | Boisson sans alcool | | 101 |
| MILK-SHAKE D'ÉTÉ | Boisson sans alcool | | 101 |
| | | | |
| LIQUEUR DE WHISKY AUX HERBES | Liqueur de ménage | Whisky | 103 |
| RAISINS AU WHISKY | Fruits à l'alcool | Whisky | 103 |
| GROG AU WHISKY | Boisson chaude | Whisky | 103 |
| REMONTANT AUX MERISES | Liqueur de ménage | Whisky | 105 |
| ANANAS AU WHISKY | Fruits à l'alcool | Whisky | 105 |
| IRISH CORDIAL | Liqueur de ménage | Whisky | 107 |
| THÉ AU WHISKY | Boisson chaude | Whisky | 107 |
| IRISH COFFEE | Boisson chaude | Whisky | 109 |
| LAIT DE POULE AU WHISKY | Cocktail | Whisky | 109 |
| GÂTEAU AU WHISKY | Dessert | Whisky | 111 |
| SAUCE AU WHISKEY | Dessert | Whiskey | 111 |
| GLAÇAGE DE CHOCOLAT | Dessert | Whiskey | 113 |
| GELÉE DE CANNEBERGES | Fruits à l'alcool | Whiskey | 113 |
| REINETTES AU RYE | Dessert | Rye | 115 |
| RYE HOT TODDY | Boisson chaude | Rye | 115 |
| PUNCH AU RYE | Boisson chaude | Rye | 115 |
| PÊCHES AU BOURBON | Fruits à l'alcool | Bourbon | 117 |
| GROG DU KENTUCKY | Boisson chaude | Bourbon | 117 |

| | | | |
|---|---|---|---|
| PUNCH DE L'AMIRAL GANNON | Cocktail | Bourbon | 119 |
| BOURBON AU CITRON | Cocktail | Bourbon | 119 |
| COCKTAIL DE BERLIN | Cocktail | Divers | 119 |
| POIRES À LA VODKA | Fruits à l'alcool | Vodka | 121 |
| LIQUEUR AUX ZESTES D'AGRUMES | Liqueur de ménage | Vodka | 121 |
| FRUITS SECS À LA VODKA | Fruits à l'alcool | Vodka | 123 |
| VODKA AUX PRUNES | Liqueur de ménage | Vodka | 123 |
| VODKA ALEXANDER | Cocktail | Vodka | 125 |
| VODKA-FIZZ | Cocktail | Vodka | 125 |
| FLOCON DE NEIGE | Cocktail | Vodka | 125 |
| VODKA FRAÎCHE AUX PÊCHES | Liqueur de ménage | Vodka | 125 |
| LIQUEUR D'AIRELLES À L'AQUAVIT | Liqueur de ménage | Aquavit | 127 |
| AQUAVIT AUX FLEURS DE SAUGE | Liqueur de ménage | Aquavit | 127 |
| TEQUILA À L'ORANGE ET AU CAFÉ | Liqueur de ménage | Tequila | 129 |
| FRAISES À LA TEQUILA | Dessert | Tequila | 129 |
| TEQUILA MARIA | Cocktail | Tequila | 131 |
| SOLEIL MEXICAIN | Cocktail | Mezcal | 131 |
| TARTE AU CITRON VERT | Dessert | Mezcal | 131 |
| REINES-CLAUDES AU COGNAC | Fruits à l'alcool | Cognac | 133 |
| COGNAC ÉPICÉ | Liqueur de ménage | Cognac | 133 |
| COUPE À L'ORANGE | Boisson chaude | Cognac | 135 |
| LIQUEUR D'ORANGE AU COGNAC | Liqueur de ménage | Cognac | 135 |
| PÊCHES AU COGNAC | Fruits à l'alcool | Cognac | 135 |
| SPERME DE FLAMANT ROSE | Cocktail | Cognac | 137 |
| CLÉMENTINES CONFITES | Fruits à l'alcool | Cognac | 137 |
| COGNAC À LA CANNELLE | Liqueur de ménage | Cognac | 139 |
| GROG À LA CANNELLE | Boisson chaude | Cognac | 139 |
| COGNAC AUX MÛRES | Liqueur de ménage | Cognac | 139 |
| BAVAROISE AU CAFÉ | Boisson chaude | Cognac | 139 |
| PRUNEAUX À L'ARMAGNAC | Fruits à l'alcool | Armagnac | 141 |
| PASTIS GASCON | Dessert | Armagnac | 141 |
| ÉLIXIR À L'AIL | Liqueur de ménage | Marc | 143 |
| CERISES AU MARC | Fruits à l'alcool | Marc | 143 |
| PRUNES AU MARC | Fruits à l'alcool | Marc | 143 |
| SORBET AU CALVADOS | Dessert | Calvados | 145 |
| TARTE AUX POMMES FLAMBÉE | Dessert | Calvados | 145 |
| GROG CHAUD POUR NUIT FROIDE | Boisson chaude | Calvados | 147 |
| «SPÉCIAL ABEILLE» | Boisson chaude | Calvados | 147 |
| AUMÔNIÈRES DE POMMES | Dessert | Calvados | 147 |
| FRAMBOISE MAISON | Liqueur de ménage | Alcool à 90° | 149 |
| LIQUEUR DE FRAMBOISE À LA PÉRIGORD | Liqueur de ménage | Marc | 149 |
| MARRONS AU COINTREAU | Fruits à l'alcool | Cointreau | 151 |
| SIDE-CAR | Cocktail | Cointreau | 151 |
| ASSOMMOIR | Cocktail | Ouzo | 153 |
| APÉRITIF À L'ANIS | Liqueur de ménage | Alcool pour fruits | 155 |
| ANISETTE | Liqueur de ménage | Alcool pour fruits | 155 |
| LIQUEUR D'ANIS | Liqueur de ménage | Alcool à 90° | 155 |
| VIN DE FIGUE | Liqueur de ménage | Vin blanc | 157 |
| LIQUEUR DE FIGUE | Liqueur de ménage | Eau-de-vie | 157 |
| MELONS AU FRASCATI | Dessert | Vin - Frascati | 159 |

| | | | |
|---|---|---|---|
| VIN D'ORANGE À L'ITALIENNE | Liqueur de ménage | Vin - Frascati | 159 |
| SAMBUCA À LA ROMAINE | Boisson | Sambuca | 159 |
| FERNET | Liqueur de ménage | Alcool à 90° | 161 |
| INTERNATIONAL BAR FLY | Cocktail | Champagne | 161 |
| CORPSE REVIVER N° 3 | Cocktail | Fernet-Branca | 163 |
| STORMY WEATHER | Cocktail | Fernet-Branca | 163 |
| APOTHEKE | Cocktail | Fernet-Branca | 163 |
| QUIMPERLÉ | Cocktail | Fernet-Branca | 163 |
| LIQUEUR DE CAFÉ (recette 1) | Liqueur de ménage | Eau-de-vie à 40° | 165 |
| LIQUEUR DE CAFÉ (recette 2) | Liqueur de ménage | Alcool à 90° | 165 |
| SAUCE À LA LIQUEUR DE CAFÉ | Dessert | Liqueur de café | 165 |
| AMARETTO À LA CRÈME | Cocktail | Amaretto | 167 |
| AMARETTO SOUR | Cocktail | Amaretto | 167 |
| FERRARI | Cocktail | Vermouth dry | 167 |
| GOD'S CHILD | Cocktail | Vodka | 167 |
| GOD FATHER | Cocktail | Bourbon | 167 |
| GOD MOTHER | Cocktail | Vodka | 167 |
| CRÈME DE CASSIS | Liqueur de ménage | Vin - Bourgogne rouge | 169 |
| SORBET AU CASSIS | Dessert | Vin - Bourgogne rouge | 169 |
| POIRES AU VIN DE BOURGOGNE | Dessert | Vin - Bourgogne rouge | 171 |
| ÉLIXIR DE CASSIS | Liqueur de ménage | Vin - Chablis | 173 |
| BOISSON FRAÎCHE AU CHABLIS | Liqueur de ménage | Vin - Chablis | 173 |
| LIQUEUR DE CASSIS | Liqueur de ménage | Vin - Chablis | 175 |
| VIN DE CASSIS | Liqueur de ménage | Vin - Chablis | 175 |
| PINOT NOIR AUX FRAMBOISES | Liqueur de ménage | Vin - Pinot noir | 177 |
| SIROP DE FRAMBOISE | Liqueur de ménage | Vin - Pinot Noir | 177 |
| CHAUDEAU | Boisson chaude | Vin - Riesling | 179 |
| CRÈME AU RIESLING | Dessert | Vin - Riesling | 179 |
| COCKTAIL AU VIN DE MOSELLE | Cocktail | Vin de Moselle | 181 |
| PUNCH DU MECKLEMBOURG | Boisson chaude | Vin de Moselle | 181 |
| GRANITÉ AU BEAUJOLAIS | Dessert | Vin - Beaujolais | 183 |
| GELÉE ROUGE DE POIRES | Fruits à l'alcool | Vin - Morgon | 183 |
| VIN DE FRAISE | Liqueur de ménage | Vin - Beaujolais | 185 |
| GUIGNOLET | Liqueur de ménage | Vin rouge | 185 |
| VIN DE GENIÈVRE | Liqueur de ménage | Vin - Pouilly fumé | 187 |
| POIRES BELLE ANGEVINE | Dessert | Vin - Cabernet | 187 |
| POIRES TAPÉES DE RIVARENNES | Fruits à l'alcool | Vin - Chinon | 189 |
| GELÉE AU CHENIN BLANC | Fruits à l'alcool | Vin - Chenin blanc | 191 |
| POIRES AU FOUR | Dessert | Vin blanc sec | 191 |
| VIN D'ORANGE DE THÉRÈSE | Liqueur de ménage | Vin de Provence rosé | 193 |
| VIN D'ORANGE DE PAULET | Liqueur de ménage | Vin de Provence blanc | 193 |
| VIN D'ORANGE DE MARIE-PAULE | Liqueur de ménage | Vin de Provence rouge | 193 |
| FIGUES AU THYM | Dessert | Vin de Provence rouge | 195 |
| ROSÉ AUX FEUILLES DE PÊCHER | Liqueur de ménage | Vin de Provence rosé | 197 |
| VIN DE FRAISE | Liqueur de ménage | Vin de Provence rosé | 197 |
| BLANC À L'ORANGE | Liqueur de ménage | Vin - Bandol blanc | 199 |
| APÉRITIF AU QUINQUINA | Liqueur de ménage | Vin - Bandol rouge | 199 |
| PINEAU MAISON | Liqueur de ménage | Vin - Côtes-du-rhône | 201 |
| SOUPE DE POMMES AU VIN ROUGE | Entrée | Vin - Côtes-du-rhône | 201 |
| VIN D'ABRICOT | Liqueur de ménage | Vin - Côtes-du-rhône blanc | 203 |
| VIN DE NOIX (première recette) | Liqueur de ménage | Vin - Côtes-du-rhône rouge | 205 |

| | | | |
|---|---|---|---|
| VIN DE NOIX (deuxième recette) | Liqueur de ménage | Vin - Côtes-du-rhône rouge | 205 |
| PÊCHES ET AMANDES AU PÉCHARMANT | Fruits à l'alcool | Vin - Pécharmant | 207 |
| COCKTAIL CLAIRETTE | Cocktail | Clairette de Die | 209 |
| PUNCH À LA CLAIRETTE | Cocktail | Clairette de Die | 209 |
| SOUPE DE FRUITS À LA CLAIRETTE | Fruits à l'alcool | Clairette de Die | 209 |
| SORBET AU CHAMPAGNE | Dessert | Champagne | 211 |
| SABAYON AU CHAMPAGNE | Dessert | Champagne | 213 |
| GRANITÉ DE MELON AU CHAMPAGNE | Dessert | Champagne | 213 |
| SORBET DE MELON AU CHAMPAGNE | Dessert | Champagne | 213 |
| MARQUISE À L'ANANAS | Dessert | Champagne | 215 |
| COBLER AU CHAMPAGNE | Cocktail | Champagne | 215 |
| PÊCHES AU VIN DOUX | Fruits à l'alcool | Monbazillac | 217 |
| CRÈME AU MONBAZILLAC | Dessert | Monbazillac | 217 |
| POIRES CONFITES AU MUSCAT | Dessert | Muscat de Frontignan | 219 |
| CRÈME AU MUSCAT | Dessert | Muscat de Frontignan | 219 |
| PORTO FLIP | Cocktail | Porto rouge | 221 |
| BICHOF D'OXFORD | Boisson chaude | Porto rouge | 221 |
| VINAIGRE MAISON | Liquide condimentaire | Vin | 223 |
| VINAIGRES AROMATISÉS | Liquide condimentaire | Vin | 223 |
| CERISES AU BAROLO | Dessert | Vin - Barolo | 225 |
| FINO ENRAGÉ | Liqueur de ménage | Vin - Fino | 227 |
| PRUNEAUX ET POMMES AU FINO | Dessert | Vin - Fino | 227 |
| CHARLOTTE AUX XÉRÈS | Dessert | Vin - Xérès | 229 |
| CRÈME FOUETTÉE AU XÉRÈS | Dessert | Vin - Xérès | 229 |
| SYLLABUB | Dessert | Vin - Xérès | 229 |
| HIPOCRAS DE VIN ROUGE | Liqueur de ménage | Vin - Retsina | 231 |
| RETSINA À LA ROSE | Liqueur | Vin - Retsina | 231 |
| FROMAGE À LA SAUCE VERTE | Sauce | Sans alcool | 233 |
| | | | |
| BLACK VELVET COCKTAIL | Cocktail | Bière | 235 |
| BIÈRE DE FRUITS | Boisson fermentée | Alcool de genièvre | 237 |
| «CHASER» | Cocktail | Divers | 239 |
| BIÈRE BRUNE DE MÉNAGE | Boisson fermentée | Alcool de genièvre | 239 |
| BIÈRE KRIEK | Boisson fermentée | Alcool de genièvre | 241 |
| BIÈRE AUX POMMES | Boisson chaude | Bière | 241 |
| CORDIAL À LA BIÈRE | Boisson chaude | Bière | 243 |
| VEGETABLE BEER | Cocktail | Bière | 245 |
| BIÈRE AUX GRIOTTES | Boisson fermentée | Bière | 247 |
| TARTE À LA BIÈRE | Dessert | Bière | 249 |
| BIÈRE DE MÉNAGE | Boisson fermentée | | 249 |
| BOISSON CHAUDE À LA BIÈRE | Boisson chaude | Bière | 251 |
| BIÈRE AU COGNAC ET AU PAIN GRILLÉ | Cocktail | Bière | 251 |
| SANGARÉE À LA BIÈRE | Cocktail | Bière | 253 |
| BIÈRE CHAUDE ÉPICÉE | Boisson chaude | Bière | 253 |
| BIÈRE CITRONNÉE | Cocktail | Bière | 253 |
| CHOUCROUTAS | Cocktail | Bière | 255 |
| THÉ CHAUD ÉPICÉ | Boisson chaude | Sans alcool | 257 |
| THÉ AU LAIT ET AUX ÉPICES | Boisson chaude | Sans alcool | 257 |

| | | | |
|---|---|---|---|
| PRUNEAUX ÉPICÉS AU THÉ | Fruits en conserve | Sans alcool | 257 |
| CAFÉ FÉROCE | Boisson chaude | Eau-de-vie | 259 |
| CAFÉ PUCCI | Boisson chaude | Rhum vieux | 259 |
| CAFÉ JAMAÏCAIN | Boisson chaude | Rhum | 259 |
| CAFÉ GLACÉ | Boisson chaude | Sans alcool | 259 |
| WHISKY COCA | Cocktail | Whisky | 261 |
| CUCARACHA | Cocktail | Tequila | 261 |
| BLACK DOG | Cocktail | Tequila | 261 |


L'ABUS D'ALCOOL EST DANGEREUX POUR LA SANTÉ
CONSOMMEZ AVEC MODÉRATION

# MATÉRIEL POUR LA PRÉPARATION DES COCKTAILS

• **UN SHAKER** - C'est un peu l'emblème du barman. Il se compose de deux parties: un grand gobelet et un couvercle muni d'un bec verseur et d'une passoire.
Dix à vingt secondes suffisent généralement, pas plus, afin que le cocktail ne perde pas de sa puissance et que la glace ne se transforme pas en eau. Servir aussitôt.

• **UN GOBELET À MÉLANGE** - Pour les cocktails qui se lient facilement et doivent être servis glacés. Certains cocktails deviendraient troubles si on les shakait.

• **UNE CUILLÈRE À MÉLANGE** - C'est une cuillère à long manche dont une des extrémités est munie d'un pilon. On l'utilise pour mélanger les ingrédients dans le gobelet à mélange ou directement dans le verre de service pour les cocktails qui se lient facilement.

• **UNE PASSOIRE À COCKTAILS** - Les cocktails doivent être servis dans le verre à travers une **passoire** spéciale qui a pour fonction de retenir la glace et dont le ressort lui permet de s'adapter à toutes les tailles de verre.

• **UN MIXER ÉLECTRIQUE** - Indispensable pour les boissons composées de fruits et les laits frappés, cet ustensile vous servira également en cuisine pour les préparations devant être mixées.

• **UN VERRE GRADUÉ** en cl et **UNE MESURE** contenant 4 cl d'un côté et 2 cl de l'autre.

• **UN PRESSE-AGRUMES**

• **DES VERRES** - Il n'y a pas de règle stricte en ce qui concerne le choix du verre de service. Les long drinks doivent être servis impérativement dans des grands verres ou tumblers et les boissons chaudes dans des verres résistant à la chaleur. Pour les autres cocktails laissez jouer votre imagination et votre goût.

• **LA GLACE** est présente dans de nombreux cocktails. 5 ou 6 glaçons dans un shaker favorisent le mélange des éléments et fait chuter très vite leur température. La glace doit être d'excellente qualité, fabriquée avec de l'eau pure, et surtout jamais recongelée. Présentée sous forme de cube, on peut aussi la piler dans un mixer ou, emprisonnée dans un vieux chiffon, en la frappant à l'aide d'un marteau. Il faut la conserver dans de l'eau de Perrier pour que les glaçons ne s'amalgament pas.

**RAYMOND CHANDLER**
## Adieu ma jolie
**Traduit de l'américain par Geneviève de Genevray, revu par Marcel Duhamel et Renée Vavasseur**
**SN N° 12**

King-Kong posa son énorme main sous l'épine dorsale du nègre et le souleva. D'un seul coup il le projeta à travers la pièce, tournoyant, chancelant, battant l'air de ses bras. Trois des joueurs s'écartèrent d'un bond. Le videur entraîna une table dans sa chute et alla frapper la plinthe si violemment qu'on dut l'entendre de Detroit. Ses jambes eurent un soubresaut, puis il ne bougea plus.

— Il y a des types qui choisissent mal leur moment de jouer les durs..., dit l'hercule. Venez! ajouta-t-il en se tournant de mon côté. On va s'en jeter un dans le col.

Nous allâmes au bar. Les habitués se transformèrent en ombres furtives qui se coulèrent sans bruit à travers la pièce, soit séparément, soit par deux ou trois et franchirent la porte du haut des escaliers plus silencieusement que des ombres sur une pelouse. Ils ne laissèrent même pas battre les portes. Nous nous accoudâmes au comptoir.

— Un **whisky sour**, dit l'hercule. Et pour vous qu'est-ce que ce sera?

— Whisky sour! répondis-je.

On nous servit deux whisky sours.

Impassible, l'hercule léchait le whisky qui coulait le long de son verre épais en fixant d'un air grave le barman, un nègre mince en veste blanche, qui avait l'air inquiet et se mouvait comme s'il souffrait des pieds.

*Un whisky sourd ne pourra jamais entendre un daï qui rit.*
A. de Bellioux

Dans son *Barman universel* (Flammarion, 1964), P. Dagouret écrit : « Ainsi que son nom l'indique, cette boisson petite et froide, à base de jus de citron, doit être acide. La sucrer très peu, voire même pas du tout. "Sour" et "doux" sont des mots qui hurlent d'être accouplés. Si un client, sachant ce qu'il veut mais ignorant ce qu'il dit, vous demandait un sour doux, soyez indulgent et servez-lui un excellent fizz avec votre meilleur sourire. Enfin, le sour est une boisson froide. La préparer à chaud est une faute professionnelle qu'un vrai barman ne commet pas. »

## LES SOURS

Les « sours » contiennent trois ingrédients :
du **jus de citron**,
très peu de **sucre**,
un **spiritueux**.
Ils se préparent avec presque tous les spiritueux et toujours dans un shaker. Il est traditionnellement garni d'une **cerise confite au marasquin**.

## WHISKY SOUR

Pressez le jus d'un demi-citron.
Mettez dans un shaker :
4 cl de **whisky**,
2 cl de **jus de citron**,
1 cuillerée à café de **sucre en poudre**,
2 cuillerées à soupe de **glace pilée**.
Agitez vigoureusement, versez dans un verre à pied et garnissez d'une **cerise confite au marasquin**.

## PISCO SOUR

Même recette que précédemment, mais vous remplacez le whisky par du **pisco** (eau-de-vie de muscat, boisson nationale au Chili, et qui convient parfaitement aux « sours »).

**KAREN KIJEWSKI**

## Ta langue au chat?

**Traduit de l'américain par Jacqueline Lenclud**

**SN N° 2248**

— On ne peut pas revenir en arrière. J'ai été ravie de te revoir mais je crois que nous sommes trop différents à présent pour redevenir intimes. Nous appartenons à différents puzzles, ça ne colle plus.

— Mais enfin Kat, pourquoi donc? Je suis un homme d'affaires et toi, tu es qui, il me regarda d'un air interrogatif.

— Je fais des enquêtes au ralenti à Sacramento, je débute et je ne fais pas des étincelles. Quelquefois je me dis que je n'aurais jamais dû abandonner mon service dans un bar.

— Tu es serveuse dans un bar?

— Mets ça au passé.

— Ça m'a toujours paru chouette comme métier. Dis-moi ce que c'est qu'un «stinger», Kat.

— Du brandy avec de la crème de menthe blanche par-dessus.

— Et un margarita, je parie que tu ne sais pas ce que c'est.

— Grand Marnier, du doux et de l'acide, citron vert, un soupçon de sel et une rondelle de citron vert.

— Un **«rusty nail»**?

— À quoi jouons-nous? À coller la barmaid? Ça suffit, Deck.

## RUSTY NAIL

Directement dans un verre à whisky avec des **glaçons**, versez :
2 mesures de **scotch**,
1 mesure de **Drambuie**.

## SWEET SCIENCE

Pressez une orange.
Mettez dans un shaker avec des **glaçons** :
4 mesures de **jus d'orange**,
2 mesures de **Drambuie**,
4 mesures de **scotch whiskey**.
Agitez et versez dans un grand verre ballon.

## JACK GERSON
# On ne chevauche pas les tigres
Traduit de l'américain par Michel Deutsch
SN N° 1991

Tansy Walker, une grande brune à la silhouette élancée qui faisait de temps en temps un papier sur la mode entre deux articles féministes exaltant la «nouvelle femme américaine», lui sourit.

— Alors quoi, Alec? Tu ne nous laisses même pas le temps de taper les gens pour qu'on te fasse un cadeau.

— Toute la ferraille que tu récolterais ne tiendrait pas dans mes poches. Mais si tu veux me faire un cadeau d'adieu personnalisé, passe donc chez moi sur le coup de minuit.

— Mon petit Alec, les futurs grands romanciers ont besoin de toute leur énergie. Je ne voudrais surtout pas émousser tes forces créatrices.

McBride serra la main à tout le monde. Tansy et deux de ses consœurs l'embrassèrent avec suffisamment d'enthousiasme pour qu'il se demande si, depuis toutes ces années, il n'avait pas gaspillé son temps avec Dorrie.

Il n'y avait pas foule au Lake Bar à l'heure du déjeuner. Quelques journalistes désœuvrés qui entraient et sortaient, quelques vieux habitués qui sirotaient leur bière. McBride prit place entre deux box, commanda un **manhattan** et attendit en le buvant distraitement.

Une heure. Une heure et demie? Deux heures moins le quart.

Il se leva et s'approcha du comptoir.

— Il n'y a pas de message pour moi? Au nom de McBride.

Le barman le regarda. Le blanc de ses yeux était jaunâtre.

— C'est pas la Western Union, ici.

Et il poursuivit son cérémonial d'astiquage de verres. Il était taillé comme une enclume et avait des sourcils broussailleux. Noirs. Un Polack, se dit McBride. Et hargneux, en plus. Au bout d'un moment, l'enclume releva la tête.

— Y a pas de message. Pour personne.

## MANHATTAN

Écrasez, au fond d'un verre à whisky, un **sucre** imbibé d'**Angostura**.
Mettez dans un gobelet à mélange avec des **glaçons** :
2 mesures de **bourbon**,
1 mesure de **vermouth rouge**.
Versez dans un verre à pied et ajoutez une **cerise confite** dans l'eau-de-vie.

## MANHATTAN DRY

Mettez dans un gobelet à mélange avec des **glaçons** :
4 cl de **bourbon** (du Wild Turkey par exemple),
2 cl de **vermouth dry**,
1 trait d'**Angostura**.
Servez dans un verre à whisky avec une cuillerée de **glace pilée** et un **zeste de citron**.

## MANHATTAN PERFECT

Mettez dans un gobelet à mélange avec des **glaçons** :
4 cl de **bourbon**,
1 cl de **vermouth rouge**,
1 cl de **vermouth dry**,
1 trait d'**Angostura**.
Servez avec ou sans glace.
Décorer avec une **cerise confite** dans l'eau-de-vie.

## MANHATTAN SWEET

Mettez dans un gobelet à mélange avec des **glaçons** :
4 cl de **bourbon**,
2 cl de **vermouth rouge**,
1 trait d'**Angostura**.
Mélangez et versez dans un verre à whisky préalablement glacé.
Ajoutez une **cerise confite** dans l'eau-de-vie.

## DASHIELL HAMMETT
# La clé de verre
**Traduit de l'américain par P. J. Herr, Renée Vavasseur et Marcel Duhamel**
**SN N° 23**

Le West Road Inn était une triste bâtisse blanche et cubique, située dans un bouquet d'arbres à trois miles de la ville. La nuit la faisait paraître grise. Son rez-de-chaussée était brillamment illuminé et une demi-douzaine d'automobiles étaient alignées devant la porte. D'autres étaient abritées sous une longue remise obscure, à gauche de la maison.

Avec un signe de tête familier au portier, Ned Beaumont entra dans une vaste salle à manger où trois musiciens essayaient de faire croire qu'ils étaient douze, pendant que huit ou dix personnes dansaient. Il longea un côté de la pièce pour éviter la piste et s'arrêta devant le bar situé dans un angle de la salle.

— 'Soir, Ned, dit le gros barman au nez bourgeonneux, on ne vous a pas vu beaucoup ces temps-ci.

— 'lo, Jim. J'ai acheté une conduite. Un **Manhattan**.

Le barman commença à mélanger les ingrédients du cocktail. L'orchestre s'arrêta. Une voix de femme, aiguë et rageuse, s'éleva.

— Je ne resterai pas dans une boîte où on laisse entrer Ned Beaumont!

Ned Beaumont fit demi-tour, le dos appuyé au bar. Le barman demeura rigide, shaker en main.

*De la rue Sheridan Square, une volée de marches descendait jusqu'à une grande salle dont les fenêtres, au ras du trottoir, donnaient directement sur les chevilles des passants. Le juke-box jouait essentiellement du jazz et du rock, les murs étaient décorés de photos de voiliers (toujours le même) et d'écrivains parmi lesquels James Joyce se taillait la part du lion. J'ai appris plus tard que le voilier était celui de l'ancien patron, mais personne ne sut me dire ce que Joyce foutait là. C'est sans doute grâce à lui que l'endroit était fréquenté par une quantité d'écrivains, de journalistes et de plumitifs de tous ordres. À l'happy hour, il se remplissait d'une foule qui se rangeait tant bien que mal le long de l'immense bar derrière lequel officiaient deux types aussi calmes et costauds que deux balises d'entrée de port. Le cérémonial était fort simple : on commandait à boire, on posait un billet à côté du verre et le barman vous servait en prélevant son dû jusqu'à épuisement de la somme.*

*La nuit, la clientèle se faisait plus agitée. Je me souviens même d'avoir vu Tom, un des barmen, contraint de se fendre d'un froncement de sourcil.*

*Le Lion's Head devint vite mon bar favori à New York et Tom, un véritable ami. Il mesurait un peu moins de deux mètres, nageait cinq kilomètres tous les matins, écrivait des scenari qui ne voyaient jamais le jour et confectionnait les* ***Manhattan Juleps*** *comme personne.*

*P.R.*

## MANHATTAN JULEP

Écrasez dans un grand verre :
**2 morceaux de sucre**,
10 **feuilles de menthe fraîche**.
Ajoutez :
4 cl de **bourbon**,
1 cl de **vermouth rouge**.
Mélangez et remplissez de **glaçons**.
Vous pouvez aussi passer le cocktail pour ôter les feuilles de menthe. Dans ce cas, décorez avec de la menthe fraîche.

**LAWRENCE BLOCK**
## Une danse aux abattoirs
**Traduit de l'américain par Rosine Fitzgerald**
**SN N° 2310**

— «Pour les garçons, du bordeaux, pour les hommes, du porto mais il n'y a que le brandy qui convienne aux héros.» Vous savez qui a dit ça?

— Un ivrogne, je suppose.

— Samuel Johnson. Mais vous pensez sans doute que c'est le champs droit de l'équipe des Mets, hein?

— Alors vous voulez dire Darryl Strawberry. Il boit du brandy?

— Oh, bon sang, dit Thurman. Qu'est-ce que je fiche ici? Qu'est-ce qui m'arrive?

Il se prit la tête dans les mains. Je lui dis:

— Allez, courage! C'est du brandy que vous buvez?

— Brandy et crème de menthe. Ça s'appelle un **stinger**.

Cela expliquait sa sale gueule.

— La boisson préférée des héros, dis-je. Gary, donnez à mon ami une autre boisson de héros.

— Je ne sais pas, dit Thurman.

— Oh, voyons, lui dis-je. Un petit verre de plus ne vous fera pas de mal.

Gary lui servit un autre *stinger* et plaça devant moi un autre verre de soda, après avoir fait disparaître celui que j'avais à peine touché.

Le stinger est un cocktail à base de cognac et de crème de menthe. Diverses variantes utilisent d'autres spiritueux.

## STINGER

Mettez dans un shaker avec des **glaçons** :
2 mesures de **cognac Rémy Martin**,
1 mesure de **crème de menthe blanche**.
Versez très lentement dans un verre contenant de la **glace pilée**.

## VODKA STINGER

Mettez dans un shaker avec des **glaçons** :
1 mesure de **crème de menthe blanche**,
1 mesure de **crème de menthe verte**,
1 mesure de **vodka**.
Agitez et servez dans des verres contenant de la **glace pilée**.

## TEQUILA STINGER

Mettez dans un shaker avec des **glaçons** :
2 mesures de **tequila**,
1 mesure de **crème de menthe blanche**,
quelques **glaçons**.
Secouez et versez dans un verre à cocktail glacé.

## HOT STINGER

Mettez dans un shaker avec des **glaçons** :
1 mesure de **crème de menthe blanche**,
1 mesure de **tequila**,
2 traits de **citron vert**.
Agitez, versez dans des verres à cocktail et ajoutez un **petit piment rouge**.
Buvez assez rapidement avant que le piment n'ai rendu la boisson trop épicée.

## CRAIG SMITH
# Dame qui pique
**Traduit de l'américain par Daniel Lemoine**
**SN N° 2399**

— Il y a trop de monde, souffla-t-elle. Vous devriez aller chercher les verres au bar.

— On pourrait en boire un dans ma chambre, dit-il, mais il s'aperçut qu'il donnait l'impression d'être trop pressé. Il fallait qu'il cesse de se conduire comme un gamin de douze ans.

Elle rit.

— Patience, mon chou.

— Qu'est-ce que vous prenez?

— Un **ladystinger**.

— Qu'est-ce que c'est?

— Le barman le sait.

Il haussa les épaules et prit le chemin du bar.

Une fois arrivé, tandis qu'il attendait que le barman se tourne vers lui, il parvint enfin à quitter sa saloperie d'alliance, qu'il glissa dans la poche de son pantalon. De temps en temps, il se tournait vers Maggie afin de s'assurer qu'elle était toujours là. (...)

Elle bâilla. L'alcool; aucun doute. Elle posait toujours plusieurs parasols sur la table, afin de donner l'impression qu'elle buvait beaucoup. Néanmoins, ce soir, elle avait descendu... quoi?... Trois ladystingers?

Les types semblaient apprécier davantage les femmes qui buvaient des cocktails servis avec une ombrelle. Telle était son expérience. Le ladystinger était sa boisson préférée, mais les barmen capables de le doser correctement étaient rares. C'était essentiellement un **gin sling** avec une larme de kirsch. Ça semblait frivole, mais ça faisait de l'effet.

Le **gin**, principal ingrédient du gin sling, est une eau-de-vie à base de grain (maïs, orge ou seigle principalement) hautement distillée et neutre. Le genièvre, la coriandre et les aromates lui confèrent son arôme.
Le gin fut autrefois le *bad boy* des spiritueux : un alcool de mauvaise qualité fabriqué à peu de frais et facile à stocker. Considéré longtemps comme l'ennemi de la classe ouvrière anglaise, il fut amélioré en 1830 par l'alambic en continu d'Aneas Coffey (Coffey Still ou Continious Still) permettant une pureté contrôlée du produit. Il en résulte une eau-de-vie légère et pure qui fut à l'origine du London dry gin que nous connaissons aujourd'hui.
Le gin se boit pur, frappé ou sur des glaçons, il est aussi à la base de nombreux cocktails.

## GIN SLING

Pressez 1/2 citron.
Dans un shaker, faites dissoudre une cuillerée à café de **sucre** dans quelques gouttes d'eau.
Ajoutez :
1 verre à liqueur de **gin**,
le **jus de citron**,
quelques **glaçons**,
de l'**eau plate**.
Agitez et servez.

## LADYSTINGER

Comme le conseille Craig Smith, ajoutez un trait de **kirsch** avant de shaker le **gin sling**.

## VODKA SLING

Pressez un citron.
Mettez dans un shaker avec des **glaçons** :
3 cl de **jus de citron**,
5 cl de **vodka**,
1 cuillerée à café de **sucre en poudre**.
Secouez et versez dans un grand verre.
Allongez de **soda** et versez très lentement 1 cl de **cherry brandy**.
Ajoutez une **cerise confite** dans l'eau-de-vie et un **quartier de citron**.

**RAYMOND CHANDLER**
## Sur un air de Navaja (The Long Goodbye)
**Traduit de l'américain par Henri Robillot et Janine Hérisson**
**SN N° 221**

La femme en noir me jeta un rapide coup d'œil puis se replongea dans la contemplation de son verre.

— Personne ou presque n'en boit ici, dit-elle à voix si basse que je ne compris pas tout de suite qu'elle s'adressait à moi.

Puis, de nouveau, elle regarda de mon côté. Elle avait d'immenses yeux sombres et des ongles d'un rouge presque noir. Mais elle ne ressemblait nullement à une tapineuse et son intonation ne comportait aucun sous-entendu.

— Des **gimlets**, je veux dire, précisa-t-elle.

— Un ami m'a appris à les aimer, dis-je.

— Il doit être anglais.

— Pourquoi?

— Les jus de citron vert. C'est aussi anglais que cette atroce sauce aux anchois qui donne l'impression que le cuisinier a saigné dedans.

— Je croyais que c'était plutôt une boisson tropicale, un truc pour la canicule. La Malaisie ou des coins de ce genre.

— Peut-être avez-vous raison.

Elle se détourna de nouveau.

Le silence retomba. Puis le barman revint placer mon verre devant moi. Avec le jus de citron, le mélange avait un reflet verdâtre un peu trouble. J'y trempai les lèvres. C'était à la fois doux et acide. La femme en noir me regarda, puis elle leva vers moi son propre verre. J'en fis autant et je m'aperçus alors qu'elle buvait la même chose que moi. La manœuvre suivante s'imposait. Je me gardai donc d'y recourir et me contentai de rester assis.

— Il n'était pas anglais, dis-je au bout d'un moment.

*L'amusant avec le gimlet et Chandler, c'est que, selon beaucoup de barmen interrogés, c'est un «drink de bonnes femmes», les mêmes que Terry Lennox ne peut pas saquer dans les bars (c'est pour ça qu'ils vont chez Victor l'après-midi).*

*On boit peu de gimlets aujourd'hui, et dans ce cas-là plus des vodka-gimlets qu'autre chose. Et, malgré ce qu'en dit ce vieux traditionaliste angliche de Lennox, le Polo Lounge (Beverly Hills Hotel) concocte un* terrific *gimlet avec du citron vert frais. Et, comme le dit Marlowe au sujet des cocktails en général, «je me tamponne de ce qu'ils mettent dedans».*

*Mais le drink colle bien (littérairement du moins) avec le détective : en anglais, regarder quelqu'un avec un «gimlet eye», c'est le considérer d'un œil jaune, circonspect.*

*Philippe Garnier*

## MARLOWE'S GIN GIMLET

Mettez dans un gobelet à mélange rempli de **glaçons** :
5 cl de **gin**,
5 cl de **Rose's Lime Juice**.
Versez dans un verre à cocktail préalablement glacé.

**BILL PRONZINI**
## Fantômes en flammes
Traduit de l'américain par Noël Chassériau
SN N° 2031

Il fit une pause parce que la serveuse était de retour avec nos consommations: bière pour Kerry et moi, **Tom Collins** pour Treacle. J'évitai de la regarder pendant qu'elle nous servait. (...)

— Nous ne cherchons pas à les dépouiller de leurs terres, dit patiemment Treacle. La valeur de leurs propriétés va au contraire augmenter considérablement, lorsque nous aurons restauré la ville fantôme de la Ruée vers l'Or et que nous l'aurons ouverte au public.

— Vous voulez dire: lorsque vous l'aurez transformée en piège à touristes.

— Pas du tout. Nos plans prévoient une remise en état très soignée, authentique. Nous tenons beaucoup à préserver et à mettre en valeur les vestiges historiques...

Ils continuèrent sur ce ton, Kerry soulevant des objections et Treacle les réfutant avec sa rhétorique de vendeur pour défendre sa personne et sa position. Mais elle s'exprimait maintenant avec pondération, comme le leader d'un débat contradictoire; et Treacle aussi. Et moi je sirotais ma bière en songeant à quel point ce serait agréable de les ramener tous les deux au Repos des Sportifs et de les balancer dans la piscine.

Ce que j'attendais, c'était que Kerry finisse son demi. Ce ne fut pas long; elle avait soif et elle le siffla raisonnablement vite. Dès que son verre fut vide, elle s'excusa, plus vis-à-vis de Treacle que de moi, se leva et s'en alla rapidement. Ça ne rate jamais. La bière la traverse tout droit. Aussitôt qu'elle a bu un demi, il faut qu'elle file aux toilettes. Le fonctionnement de sa tuyauterie est aussi prévisible que celui d'un geyser.

La famille des « Collins » est grande, chaque fois qu'on remplace le gin par un autre alcool on crée un nouveau cocktail. (Voir Tequila Collins, p. 57.) Aujourd'hui, l'usage du blanc d'œuf dans les cocktails s'étant perdu, il n'y a plus vraiment de différence entre le « gin-fizz » et le « Tom Collins ».

## TOM COLLINS

Pressez 1/2 citron.
Versez dans un grand verre à cocktail :
le **jus de citron**,
1 cuillerée à café de **sucre en poudre**,
1 mesure de **gin**,
allongez d'**eau gazeuse** très fraîche.
Remuez et décorez d'une **rondelle de citron**.

## COLLINS

Pressez 1/2 citron
Versez dans un grand verre à cocktail :
1 mesure de **sirop de sucre**,
5 mesures de **gin**,
1 cuillerée à soupe de **jus de citron**,
un trait d'**Angostura**.
Remuez lentement, ajoutez un **glaçon** et allongez avec du **Perrier** très frais.
Décorez d'une **rondelle de citron**.

## GIN FIZZ

Pressez 1/2 citron
Mettez dans un shaker avec des **glaçons** :
le **jus de citron**,
1 cuillerée à café de **sucre en poudre**,
1 cuillerée à café de **blanc d'œuf**,
1 mesure de **gin**.
Agitez, versez dans un verre haut et allongez d'**eau gazeuse** très fraîche.
Décorez d'une **rondelle de citron**.

**JEREMIAH HEALY**
## Fugue pour un surdoué
**Traduit de l'américain par Michel Deutsch**
**SN N° 2012**

Elle mit les poings sur ses hanches et leva les yeux au ciel.

— Si tu repousses mes efforts pour te mettre à l'aise, je peux au moins te préparer un verre. Qu'est-ce qui te ferait plaisir?

— Un jus d'orange. (Je m'éclaircis la gorge.) Avec une goutte de vodka si tu en as.

— Juste un instant.

Et elle disparut d'un pas vif dans la cuisine pour nous servir à boire, pas dans sa chambre pour s'habiller. (...)

Elle émergea de la cuisine avec les verres. Même à distance, le mien était d'une pâleur inquiétante. Ou elle avait mis beaucoup trop d'eau pour réhydrater son jus d'orange surgelé, ou elle m'avait confectionné un **screwdriver** du feu de Dieu.

Quand elle s'assit après m'avoir donné mon verre, le décolleté de son peignoir fut repris d'une humeur vagabonde.

Je l'aurais parié.

— À l'amitié, fit-elle en levant son verre tout en s'essayant non sans succès à une œillade polissonne.

Je bus une gorgée. De la vodka presque chimiquement pure.

— La prochaine fois, je te conseille de presser l'orange un peu plus longtemps.

Le screwdriver est la classique vodka orange qui a rendu cet alcool populaire dans les bars.

## SCREWDRIVER

Pressez le jus d'une ou deux oranges.
Mettez quelques **glaçons** dans un verre.
Versez :
4/10 de **vodka**,
6/10 de **jus d'orange**.
Mélangez et décorez d'une **rondelle d'orange**.

## ORAGE TROPICAL

Pressez le jus de deux oranges et d'un citron vert.
Mettez dans un shaker rempli de **glaçons** :
2/10 de **vodka**,
3/10 de **rhum agricole ambré**,
3/10 de **jus d'orange**,
1/10 de **jus de citron vert**,
1/10 de **jus d'ananas**,
un trait d'**Angostura**,
2 traits de **grenadine**.
Agitez énergiquement et versez dans un grand verre.
Décorez avec des **rondelles d'agrumes**.

## BLUE NIGHT

Mettez dans un shaker rempli de **glaçons** :
5/10 de **vodka**,
3/10 de jus de **pamplemousse**,
1/10 de **malibu** (liqueur à la noix de coco),
1/10 de **sirop d'orgeat**,
un trait de **curaçao bleu**.
Agitez énergiquement et versez dans des verres à cocktail.

**LAWRENCE BLOCK**

## Huit millions de morts en sursis

**Traduit de l'américain par R. Fitzgerald**

**SN N° 1992**

Un des endroits dont Royal m'avait parlé se trouvait à Harlem, dans St. Nicolas Avenue. Je partis à pied dans la 125e rue. Elle était large, animée et bien éclairée et pourtant, je ne tardai pas à être pris de cette peur irraisonnée — pas si irrationnelle que ça — de l'homme blanc dans un quartier noir.

Je tournai à droite dans St. Nicolas Avenue et parcourus environ trois cents mètres avant d'arriver au Club Cameroon. C'était une version peu reluisante de Kelvin Small: un juke-box remplaçait les musiciens.

Je ne reconnus aucun des hommes assis au comptoir. Je restai debout et bus un verre de limonade en regardant les quinze ou vingt visages noirs réfléchis dans le miroir, derrière le comptoir. Je songeai que je regardais peut-être Chance sans le savoir. Cette idée m'était déjà venue à l'esprit plusieurs fois dans la soirée. La description qu'on m'en avait fait pouvait convenir à un tiers des hommes présents dans la salle et s'appliquer aussi, en faisant un petit effort, à la moitié des deux tiers restants. (...)

L'homme qui se trouvait à ma droite appela le barman d'un crochet de l'index.

— Tu me sers dans le même verre, dit-il. Ça renforce le goût.

Le barman versa un doseur de cognac et dix centilitres de lait froid. Dans le temps, ils appelaient ce mélange une **Cadillac blanche**. Cela s'appelle peut-être encore comme ça.

J'aurais peut-être dû passer chez Potamkin.

Ou j'aurais peut-être dû rester chez moi. Ma présence créait des tensions et je sentais qu'elle alourdissait l'atmosphère de la petite salle. Tôt ou tard, quelqu'un allait me demander ce que je foutais là et j'aurais du mal à trouver une réponse.

Je préférai partir avant que cela ne se produise. Un taxi attendait que le feu passe au vert. De mon côté, la portière était cabossée et le pare-chocs bosselé. Ce n'était certes pas une preuve de la compétence du chauffeur, mais je montai quand même.

## CADILLAC BLANCHE

Mettez dans un shaker avec des **glaçons** :
3 cl de **crème fraîche**,
3 cl de **vodka**,
2 cl de **Galliano***,
1 cl de **crème de cacao blanc**.
Secouez et versez dans une coupe.

## RUSSIAN BEAR

Mettez dans un shaker avec des **glaçons** :
4 cl de **crème fraîche**,
3 cl de **vodka**,
1 cl de **crème de cacao brun**,
1 cuillerée de **sucre en poudre**.
Agitez et versez dans un verre à cocktail.

## WHITE RUSSIAN

Faites mousser à l'aide d'un batteur 2 cuillerées de **crème fraîche** liquide.
Mettez dans un verre à mélange avec des **glaçons** :
3 mesures de **vodka**,
2 mesures de **Kahlùa** (liqueur de café).
Mélangez, servez dans un verre à porto.
Nappez de crème fraîche mousseuse.

## WHITE CLOUD

Mettez dans un shaker avec des **glaçons** :
1 mesure de **crème fraîche**,
2 mesures de **jus d'ananas**,
1 mesure de **crème de cacao blanc**,
4 mesures de **vodka**.
Agitez énergiquement.
Servez dans un grand verre sur de la **glace pilée**.

* Le Galliano est une liqueur élaborée à partir d'herbes, de fleurs, de racines, qui lui donnent un goût de vanille.

**LAWRENCE BLOCK**

## Une danse aux abattoirs

**Traduit de l'américain par Rosine Fitzgerald**

**SN N° 2310**

Il [Thurman] inclina légèrement la tête et retourna à son verre. Je ne vis pas ce qu'il y avait dedans, sauf que c'était quelque chose *on the rocks*, pas sa bière blonde habituelle, ni le cocktail à base de vermouth qu'il prenait à l'apéritif. Je choisis une place au comptoir, à deux ou trois mètres de lui, et sans que je lui aie demandé, Gary m'apporta un verre de soda.

— Double **vodka tonic**, me dit-il. Je mets ça sur votre compte, Matt?

Ce n'était pas de la vodka et je n'avais pas de compte au Paris Green. Bien qu'il fût un des rares barmen du quartier qui n'essayait pas de se faire passer pour un comédien ou un écrivain, Gary avait quand même un goût pour les situations théâtrales.

— Parfait, lui dis-je en levant mon verre pour boire une longue gorgée de soda.

— Ça, ça se boit en été, lança Thurman.

— Sans doute, lui dis-je. Mais j'ai pris l'habitude de boire ça d'un bout de l'année à l'autre.

— Le tonic est une invention des Anglais. Ils ont colonisé les tropiques et se sont mis à boire ce truc-là. Vous savez pourquoi?

— Pour se rafraîchir?

— Pour prévenir la malaria. Pas un avertissement, une prophylaxie. Vous savez ce qu'il y a dans la malaria? Vous voyez des moustiques quelque part?

— Non.

— Alors vous vous trompez de boisson. (Il leva son verre.)

*Pour peu que l'on consente à oublier la part qu'il tient dans les romans et la vie de James Crumley, le Charlie's ne ressemble pas à grand-chose. C'est une longue salle bordélique encombrée de billards, de tables et de chaises bancales et d'un bar semi-circulaire où les pires poivrots de Missoula tiennent convention permanente. Tout au fond, le Dinosaur, un fast-food vaguement tex-mex, sert une bouffe bon marché fabriquée à base de piments et de cholestérol aux étudiants de l'Université du Montana. C'est crasseux, bruyant, parfois dangereux, mais allez savoir pourquoi, parfaitement inoubliable. Je finis par me demander si les barmaids et serveuses n'y sont pas pour quelque chose. Je ne sais pas où Charlie va les chercher, mais le fait est qu'elles vous donnent toutes envie de finir la nuit accoudé au bar, histoire d'être encore là pour les raccompagner. L'ennui, c'est qu'il faut tenir. La dernière fois que j'ai essayé, c'était avec une paléontologue qui faisait ça pour se payer ses études. Elle avait tout pour faire rêver un pilier de bar : beauté, rapidité, humour et cette façon de vous laisser croire que vous êtes le seul type dans cette assemblée de pochetrons. La seule chose dont je me souviens, c'est qu'elle dosait parfaitement les gin tonic et que j'ai eu du mal à me raccompagner tout seul.*

*P.R.*

## GIN TONIC

Mettez des **glaçons** dans un grand verre.
Versez 1 verre à liqueur de **gin**,
allongez de **Schweppes**.
Ajoutez une **rondelle de citron**.

## TEQUILA TONIC

Pressez 2 citrons verts.
Filtrez le jus.
Mettez dans un verre à whisky :
4 mesures de **tequila silver**,
3 mesures de **jus de citron vert**.
Ajoutez quelques **glaçons**.
Remuez.
Allongez de **Schweppes**.
Décorez d'une **tranche de citron vert**.

**DAVID DODGE**

## Trois tondus et un pelé

**Traduit de l'américain par Henri Robillot**

**SN N° 51**

Il y avait un bar à l'autre extrémité du restaurant. Le barman posa le verre qu'il astiquait et plaqua ses mains poilues sur le comptoir d'acajou.

— Et pour Monsieur?

— Deux **Marie-salope**.

— Deux quoi?

— Deux Marie-salope.

Le barman secoua la tête.

— Vous me la coupez! dit-il. Connais pas ce truc-là.

— Jus de tomate et vodka, dit Whit: un verre de jus de tomate, un cube de glace, un bon coup de vodka et du sel. Seulement pas de vodka dans l'un des verres et une double dose dans l'autre.

Le barman ferma les yeux en frissonnant.

— Formidable pour la gueule de bois, dit Whit. J'ai un copain, là-bas, qui a besoin d'être secoué.

— La double ration pour lui et le jus pour vous? demanda le barman, les yeux toujours fermés.

— Tout juste. Et en vitesse si possible.

Le barman frémit une dernière fois et ouvrit les yeux.

— OK, dit-il. Mais je ne veux pas de macchabée dans la boîte.

Il s'éloigna, prit deux verres au passage, en se répétant d'une voix dégoûtée:

— Vodka et jus de tomate!

Whit revint vers la table.

Les sandwiches et les Marie-salope arrivèrent en même temps. Whit prit son verre et le goûta pour s'assurer que le garçon n'avait pas mélangé les verres. Fausse alerte. Whit poivra son jus de tomate, le remua avec énergie, en avala une vaste gorgée et fit claquer ses lèvres.

— Vingt dieux! dit-il, les vitamines, y a qu'ça de vrai!

## BLOODY MARY

Pressez 1/2 citron.
Mettez directement dans un grand verre :
4 cl de **vodka**,
12 cl de **jus de tomate**,
le **jus du demi-citron**.
1 à 3 traits de **Worcestershire Sauce**,
1 à 3 traits de **Tabasco**,
1 pincée de **poivre de Cayenne**,
1 pincée de **sel**.
Ajoutez quelques **glaçons**, mélangez et décorez d'une **branche de céleri**. Si vous n'avez pas de céleri en branche, remplacez le sel par du sel de céleri.

## JUS DE TOMATE MAISON

Pressez un citron.
Lavez à l'eau froide 1 kg **de grosses tomates** mûres.
Coupez-les en quartiers, réduisez-les en purée à la grille fine d'un moulin à légumes. Jetez les peaux et les graines. Ajoutez du **sel**, du **poivre**, le **jus du citron** et mettez au réfrigérateur.
Servez le jus de tomate nature ou dilué avec de l'eau ou encore garni d'**herbes fraîches hachées** (persil ou cerfeuil ou aneth).

## BLOODY CESAR

Il s'agit d'une variante du Bloody Mary.
Modification : 6 cl de jus de tomate et 6 cl de **jus de clam** ou **du jus d'huître**.

## CLAMATO COCKTAIL

Mélangez directement dans un grand verre avec des **glaçons** :
2 mesures de **jus de tomate**,
2 mesures de **jus de clam**,
1 mesure de **vodka**.
Il existe une boisson toute prête, appelée Clamato, qui contient du jus de tomate et du jus de clam.

**STEPHEN SOLOMITA**
## Baroud d'honneur
**Traduit de l'américain par Frank Reichert**
**SN N° 2558**

«(...) Ouais, attends une seconde.» Kosinski leva son verre, fit signe à Ed O'Leary, endura sans broncher l'impitoyable moue sarcastique du barman.

«Qu'est-ce qu'il y a, Bell? Tu veux un peu plus de jus de tomate dans ta vodka? Je t'ai peut-être concocté un cocktail un peu trop corsé?

— Va t'chier, Ed. J'ai l'impression de me faire emboutir de tous les côtés. Et pourquoi? Parce que je t'ai commandé un **Bloody Mary**? Pour être franc, j'envisage de déménager mon bureau ailleurs.

— Ton bureau?» O'Leary fronça les sourcils. «Maintenant qu't'es un alcoolique repenti, t'as plus de bureau. Pas à ma connaissance, en tout cas.» En dépit du sarcasme il remplit le verre de Kosinski d'une mesure de vodka et d'une mesure égale de jus de tomate Molt.

«C'que j'arrive pas à piger, dit Kosinski à Tony Loest, c'est comment un mec qu'a tout le caractère d'un chien de garde peut conserver sa clientèle. Pourquoi on refout encore les pieds ici?

— Ça me dépasse», en convint Loest.

## BULLSHOT

D'origine britannique, ce cocktail est un excellent reconstituant
après une soirée un peu trop arrosée.

Mettez dans un shaker avec des **glaçons** :
4 cl de **vodka**,
6 cl de **consommé de bœuf** froid concentré.
**Salez** et **poivrez** si nécessaire avant de secouer.
Servez dans un grand verre à cocktail.

## CONSOMMÉ DE BŒUF

Hachez finement au couteau 1 kg de **plat de côtes de bœuf** dégraissé.
Préférez la coupe au couteau afin de ne pas écraser les fibres de la chair et que le jus de la viande ne sorte pas prématurément.
Ajoutez du **sel**, du **poivre** et un bouquet garni (**persil, laurier, céleri, thym**).
Disposez le tout dans un pot de grès. Mouillez à hauteur d'eau froide et laissez reposer 30 minutes.
Fermez le pot le plus hermétiquement possible avec du papier d'aluminium fixé à l'aide d'une ficelle.
Mettez à cuire au bain-marie dans une eau frémissante pendant 3 heures.
Rajoutez de l'eau si nécessaire.
Passez le contenu du pot à travers une mousseline et laissez le liquide s'écouler.
Laissez refroidir, couvrez et mettez au réfrigérateur.

## BLOODY BULL

Sans vodka, c'est le **VIRGIN BLOODY BULL**.

Mélangez directement dans un grand verre avec des **glaçons** :
6 cl de **jus de tomate**,
6 cl de **consommé de bœuf**,
4 cl de **vodka**,
1 cl de **jus de citron**,
1 trait de **Worcestershire Sauce**,
1 trait de **Tabasco**,
1 pincée de **poivre**,
1 pincée de **sel de céleri**.

**COLIN BATEMAN**
## La bicyclette de la violence
**Traduit de l'anglais (Irlande) par Stéphane Carn**
**SN N° 2519**

«Elle est là, Marie?»

Pearse fit non de la tête. Ils étaient seuls dans l'établissement — les effets conjugués du sale temps et de la période... La quinzaine touchait à sa fin et la plupart des clients attendaient leur chômage. «Non. Elle est sortie. C'est son heure de pause. Elle reprend à sept heures. Vous prenez un pot, en l'attendant?» Il n'avait pas précisé «offert par la maison», mais il savait que Miller l'entendrait ainsi. Enfin, un verre, c'était pas le Pérou... Pearse se tourna vers l'étagère des alcools, derrière lui.

«Qu'est-ce que vous diriez d'un petit whisky, pour vous mettre en jambes?

— Un **"Fuck the Pope"**! grommela Miller en se hissant sur un tabouret.

— Pardon?»

Pearse s'était retourné, le verre de whisky à la main.

«Un Vodka Coke, j'ai dit.»

Au bout d'un certain nombre de secondes, Pearse lui décocha un petit sourire aigre-doux, que Miller lui renvoya, tout aussi tièdement.

«Il me semblait que vous démarriez au whisky, d'habitude, non? fit Pearse en attrapant sa bouteille de vodka.

— Pas aujourd'hui.

— Ça, je vois. J'ai bien dit "d'habitude". Jusqu'à présent, quoi...

— Avant, ouais. Avant que vous commenciez à l'étendre d'eau. (...)

— Tu vas...» commença Pearse, mais il se ravisa aussitôt. La règle d'or, dans le métier, c'était de ne jamais s'engueuler avec un client, surtout quand on n'en avait qu'un. Il se retourna et se mit en quête du Coca.

## FUCK THE POPE

Dans une verre haut versez :
1/2 mesure de **vodka**,
1/2 mesure de **Coca-Cola** bien glacé.
Ajoutez un ou deux **glaçons**.
Décorez d'une **tranche de citron**.

## MOSCOW MULE

Pressez un citron vert.
Dans un verre haut, mettez :
le **jus du citron vert**,
5 cl de **vodka**.
Allongez de **ginger ale** bien frais.
Mélangez et décorez d'une **tranche de citron vert**.

## JAMES COLBERT
# Portrait de famille
Traduit de l'américain par Noël Chassériau
SN N° 2307

— Je vais chercher un citron, annonça Ellis sans me regarder et il partit en clopinant dans l'arrière-boutique dont il laissa la porte ouverte.

Je l'entendis ouvrir le réfrigérateur et fourgonner dedans. Des boîtes et des assiettes firent tinter les clayettes métalliques, le tiroir à légumes en plastique s'ouvrit et se referma.

Quand Ellis reparut sur le pas de la porte, roulant entre ses paumes le citron qu'il avait fini par trouver, ses yeux avaient une lueur dure.

— La plupart de ces gens ne sont que des pauvres bougres d'Amérique centrale, dit-il. «Immigrants clandestins» donne l'impression qu'ils débarquent d'une autre planète.

Je lui concédai ce point d'un hochement de tête.

— Comment leur fais-tu passer la frontière? demandai-je.

Au lieu de répondre à ma question, il examina le citron en le tournant dans tous les sens, retourna en boitillant jusqu'à sa petite tablette, à côté du bac à shampooing, et sortit de je ne sais où un couteau à longue lame. Il coupa une tranche de citron, la pressa dans le bol en plastique et ajouta du triple-sec pour confectionner une **margarita** chambrée, sa spécialité.

— Leur faire passer la frontière, c'est le plus facile, dit-il en me tournant le dos et en négligeant délibérément de m'offrir à boire. En quoi ça t'intéresse?

— Je suis curieux de savoir la raison pour laquelle je suis allé en taule, dis-je calmement.

## MARGARITA

Margarita ou Margherita selon les régions. L'un des plus célèbres cocktails à base de tequila.

Pressez un citron vert.
Filtrez le jus.
Givrez le bord d'un verre à cocktail à pied en l'humectant avec un quartier de citron vert puis en le passant dans une coupelle remplie de **fleur de sel**.
Mettez dans un shaker rempli de **glaçons** :
3 mesures de **tequila**,
1 mesure de **jus de citron vert**,
1 mesure de **triple-sec**.
Agitez vigoureusement.
Versez dans un verre et sirotez glacé sur le bord salé.

## MEXICANO

C'est une variante de la margarita, dans laquelle le triple-sec est remplacé par de la **crème de menthe verte**.

## PEAR MARGARITA

Givrez le bord d'un verre à cocktail à pied en l'humectant avec un quartier de citron vert puis en le passant dans une coupelle remplie de **fleur de sel**.
Pressez un citron vert.
Filtrez le jus
Mettez dans un shaker rempli de **glaçons** :
4 mesures de **tequila blanche**,
2 mesures de **Cointreau**,
2 mesures de **jus de figue de Barbarie**,
1 mesure de **jus de citron vert**.
Secouez, versez dans le verre et buvez glacé.

**CESARE BATTISTI**

## Buena onda

Traduit de l'italien par Arlette Lauterbach
SN N° 2432

— *Buena onda, hermano.* À la tienne!

Le deuxième verre ne se fait pas attendre, à partir du troisième, je ne les compte plus. Une bouteille de Siete Leguas apparaît sur la table, d'après Xavier c'est la seule tequila buvable, l'orgueil du Mexique.

— Agave pure à cent pour cent, *hermano.* Tu sais qui c'était, Siete Leguas? Tu ne sais pas? *Pinche güero,* tu ne sais pas que c'était le nom du cheval de Pancho Villa? Mais pourquoi vous traversez la grande flaque si vous n'y comprenez que dalle?

Tout en parlant, il prépare un mélange mortel nommé **Submarino**. Il s'agit d'un petit verre rempli de tequila, posé au fond d'un grand verre dans lequel on verse lentement de la bière jusqu'à ce qu'il flotte. Au fur et à mesure qu'on boit, la tequila et la bière se mélangent graduellement. Il jubile, se tourne à droite et à gauche pour montrer à ses amis comment on soûle un *pinche güero,* c'est-à-dire un crétin de visage pâle. Il ignore cependant qu'il a à faire à un type dont le foie a la forme d'une bouteille. Pendant ce temps, le patron du bistrot sert des poissons frits, des ragoûts pimentés et des tacos de *piccadillo.* J'ai commencé par refuser mais, maintenant que j'ai compris la règle du jeu, j'ingurgite tout ce qui peut atténuer l'effet de l'alcool.

Deux heures plus tard, Xavier n'est plus qu'une serpillière. Moi, bien qu'en piteux état, j'arrive encore à suivre les plaisanteries d'une tablée de cow-boys et d'un groupe de *mariachis,* à qui je sers de tête de turc.

*Hey, tout ce que je sais sur la tequila, c'est que c'est avant tout du mezcal. Seul le mezcal distillé dans l'État de Lalisco a droit au nom de tequila. La seule tequila qui soit digne d'être bue, c'est celle extraite à 100 % d'agave bleu : Herradura, Tesaro, etc.*

*Buvez-la comme un bon brandy. Si vous désirez un shazer, essayez une bonne bière mexicaine — Bohemia, Liston Azul, Negra Modelo — ou de la Sangrita (voir recette ci-dessous).*

*Si vous tenez absolument à mettre de la tequila dans cette étrange concoction appelée Margarita, n'employez que des limes fraîchement pressées et mélangez : 1 mesure de tequila, 1 mesure de limes, 1 mesure de Cointreau. Mais, de grâce, ne confectionnez pas cette boisson devant des gens de goût ou à proximité immédiate d'un mixer...*

*Toute la mythologie sur la tequila n'est que sottises. J'ai bu le meilleur mezcal de ma vie dans une canette de Coca et dans le ranch où il avait été distillé. Oubliez tout ce que vous avez entendu d'autre sur la tequila et le mezcal. Cent pour cent agave bleu, c'est tout. Pas de compromission...*

*James Crumley*

## SUBMARINO

Rien à rajouter. Suivez exactement la recette de Cesare Battisti. C'est un connaisseur.

## SANGRITA

Les Mexicains boivent leur verre de tequila en alternance avec un verre de sangrita accompagné de tranches de citron vert et de sel.

Pelez et épépinez 1 kg de **tomates** bien mûres.
Pressez 3 **oranges** et 2 **citrons verts**.
Filtrez le jus.
Hachez 1 **oignon blanc** moyen.
Épépinez et détaillez 5 **piments serranos verts**. Si vous ne trouvez pas de piments mexicains, remplacez-les par des piments rouges forts ou une cuillerée à soupe rase de piment de Cayenne.
Passez tous ces ingrédients au mixer.
Mettez au réfrigérateur et servez dans des verres à tequila.

**PHILIPPE CONIL**

## Le treizième môme

SN N° 2017

Le slow s'arrêta brusquement, remplacé par un tube à la mode. Ils se séparèrent. Gaudin, un peu gauche, la laissa passer devant lui. Elle s'assit sans paraître vouloir rester seule.

— Je vous offre un verre? demanda-t-il rapidement.

— **Tequila sunrise**.

Il fit demi-tour et rejoignit le bar.

Cat le suivit des yeux. Elle songea au boulot qu'elle avait fait avant de le dénicher, aux jours passés à le suivre... Et maintenant, elle dansait avec lui... Elle jeta un coup d'œil à sa montre. Encore une demi-heure. Elle se concentra de nouveau sur la piste pour éviter de penser. Au bar, Gaudin et le tas de graisse échangeaient quelques mots avec des airs de faux culs. Puis il revint avec deux verres et s'installa en face d'elle.

Cat but une gorgée. Il y avait nettement plus de tequila dans ce verre que dans le précédent. Elle dévisagea Gaudin:

— Vous faites quoi dans la vie?

Il se crispa légèrement:

— Je bosse dans l'administration...

— Laquelle?

Il détourna les yeux en se tortillant:

— Faut vraiment le dire?

— Ça vous gêne?

— Non... Mais en général, ça plaît pas.

— Dites toujours. (...)

— Je suis surveillant pénitentiaire.

Cat croisa les jambes:

— C'est vrai?

Il baissa les yeux, la matant par en dessous.

— Il en faut bien.

— J'ai rien contre... Rien du tout.

## TEQUILA SUNRISE

C'est le plus célèbre des cocktails à la tequila.

Pressez deux oranges.
Filtrez le jus et mettez à rafraîchir.
Dans un verre à whisky court et large, versez dans l'ordre, tout doucement et sans mélanger :
1/4 de **tequila** glacée,
3/4 de **jus d'orange** très froid,
un trait de **grenadine**.
Le cocktail prend une coloration irrégulière de lever de soleil auquel il doit son nom.

## TEQUILA SUNRISE

(VARIANTE)

Pressez un citron vert.
Filtrez le jus.
Mettez dans un shaker rempli de **glaçons** :
3 mesures de **tequila**,
6 mesures de **jus d'ananas**,
1 mesure de **jus de citron vert**,
1 cuillerée à café de **grenadine**.
Secouez énergiquement.
Versez dans un verre à cocktail évasé.
Décorez d'une **tranche d'ananas**.

## TEQUILA SUNRISE

(VARIANTE)

Pressez un citron vert.
Filtrez le jus.
Mettez dans un shaker à moitié rempli de **glace pilée** :
2 mesures de **tequila**,
1 mesure de **jus de citron vert**,
1 mesure de **grenadine**.
Agitez et versez rapidement dans un verre à cocktail haut.
Remplissez d'**eau gazeuse**.
Ajoutez une cuillerée de glace pilée et décorez d'une rondelle de citron.
Servez avec une paille.

**JERRY KENNEALY**

## Polo et ses poulains

Traduit de l'américain par M. Charvet
SN N° 2202

On se rendit quelques rues au nord, au British Banker's Club, bâtisse en pierre, autrefois banque convertie en bar-restaurant yuppie. C'était plein à craquer. La clientèle était un peu plus jeune qu'au «Big O». Au lieu de Levi's et de sweats, les garçons portaient des pantalons de velours côtelés et des vestes en tweed. Les filles, le genre de tenue de sport qu'on vend chez Saks et Neiman-Marcus.

Je suivis Jane quelques minutes. C'était un plaisir pour d'autres raisons que l'évidence. Elle aurait fait la fortune d'un chiropracteur: les garçons se dévissaient le cou pour la regarder. Je m'assis au bar. Le gosse à côté de moi commanda un verre. Le barman mit un peu de glace pilée dans un verre bas, versa une rasade de tequila, emplit d'une boisson gazeuse, mit une serviette dessus et le plaqua sur le bar. Le client le prit et le vida d'un trait pendant qu'il moussait encore.

— Ça s'appelle comment? demandai-je au barman.

— Un **popper**. Vous voulez goûter?

— Oui.

Un verre me suffit. Si pour une raison quelconque vous aviez subitement envie de devenir aveugle, fin saoul, c'était le meilleur moyen.

## POPPER

Suivez très exactement la recette décrite par Jerry Kennealy.

## TRINIDAD

Dans un gobelet à cocktail, versez :
1 mesure de **tequila**,
1 mesure de **curaçao bleu**,
1 cuillerée de **sucre en poudre**.
Ajoutez quelques **glaçons** et remuez.
Versez dans un verre haut et complétez avec du **Schweppes**.

## TEQUILA COLLINS

Dans un verre droit, versez :
1 mesure de **tequila**,
1 cuillerée de **sirop de sucre**,
le jus d'un **citron jaune**.
Remuez à la cuillère et allongez d'**eau gazeuse**.

## ACAPULCO

Dans un verre à whisky mettez :
3 mesures de **tequila blanche**,
4 mesures de **jus d'ananas**.
Allongez de **Seven Up** bien frais et remuez.

## ARRIBA!

Mettez dans un shaker rempli **de glaçons** :
3 mesures de **tequila blanche**,
6 mesures de **jus de pamplemousse**.
Remuez, versez dans un grand verre.
Allongez d'**eau de Seltz**.

**KONOP**

## Poulet casher

SN N° 2462

Comme chaque jour, Gambotti remarque avec satisfaction qu'on le sert avec certains égards. On lui donne d'office des olives avec sa **tomate-Ricard**. Pour ce genre de choses, les autres clients doivent implorer le loufiat. Le commissaire guette les regards. Oui, on la regarde, sa petite coupe de verre remplie de minuscules olives noires du pays. Elle fait des envieux. On murmure, aux autres tables, que Madame Ricci et ses employés peuvent se garer n'importe où, griller les feux rouges, que ça ne leur coûte jamais qu'un quart de kilo d'olives par mois!

Une idée salutaire me traverse l'esprit. Je me confonds en excuses, ça ne se fait pas de bosser quand on doit prendre l'anis avec le patron! Il y a des priorités dans la Police nationale. Jean-Toussaint ne me l'envoie pas dire.

— Quand même, c'est pas trop tôt! Ça ira pour cette fois mais souviens-toi que nous faisons un métier d'ordre. L'apéro; c'est midi trente, pas trente-cinq, ni quarante... Allez, exécution... Nature, mauresque, tomate ou perroquet?

Jamais de glaçons directement dans le pastis, selon les puristes, ce qui provoquerait une décantation de l'anéthole. Donc, utilisez une carafe remplie d'eau et de glaçons dont le bec retient les glaçons.

## TOMATE

Versez dans un verre à pastis :
1 mesure de **Ricard**,
1 trait de **grenadine**,
de l'eau glacée (3 à 5 mesures selon votre goût).

## MAURESQUE

Versez dans un verre à pastis :
1 trait **d'orgeat**,
1 mesure de **Casanis**,
de l'eau glacée.
L'été, augmentez la quantité d'eau et vous obtiendrez ce que les Marseillais appellent une « bassine ».

## PERROQUET

Versez dans un verre à pastis :
1 trait de **sirop de menthe**,
1 mesure de **pastis**,
de l'eau glacée.

## CANISSE

Versez dans un verre à pastis :
1 mesure de **crème de cassis**,
2 mesures de **Ricard**,
3 mesures d'eau glacée.

## ROSELINE

Même recette que le canisse, mais en remplaçant la crème de cassis par de la **crème de fraise**.

## PIERRE BOURGEADE
# Téléphone rose
SN N° 2528

Je m'assois en râlant à la terrasse du Canon de Denfert, et je commande en râlant un **double-Monaco** au garçon qui me demande ce que j'ai à râler.

«Je râle à cause d'une femme.

— Vous avez bien raison!» réplique-t-il.

C'est marrant, quelquefois, comme on se comprend vite, entre hommes. Ce garçon a évidemment une certaine expérience de la vie! Sa réponse me fait chaud au cœur. (...)

Il m'apporte le double-Monaco. Je le bois d'un seul trait mais, contrairement à ce que j'espérais, le demi-litre de mélange bière-grenadine ne m'apaise qu'à moitié.

J'en commande un second.

Le garçon me l'apporte.

«Je vous ai mis une lampée de gin dedans, me dit-il, pour relever le goût. C'est une petite recette de la maison. Si ça ne vous plaît pas, je vous le change.

— Non, très bien. Ça ira.»

Je bois deux ou trois gorgées de ce nouveau breuvage, et je trouve en effet qu'il est meilleur. L'âcreté du gin se débrouille pour faire son chemin dans l'épais magma bière-grenadine, un peu à la manière d'un serpent se faufilant dans un marigot tiède et vaseux.

Le garçon, raidi sur ses pieds plats, le plateau sous le bras, légèrement penché en avant, attend respectueusement le verdict.

«Monsieur aime ça?

— Ouais. C'est nettement meilleur que le Monaco ordinaire. Ça s'appelle comment?

— Un **Mexico**. Pour ne rien vous cacher, c'est un poison de ma propre invention.

— Bravo!»

## MONACO

Versez de la **bière** bien fraîche dans un verre à orangeade.
Ajoutez un trait de **grenadine**.
Buvez bien frais.

## PANACHÉ

Mettez dans un pichet :
1/2 litre de **bière blonde** fraîche,
1/2 litre de **limonade** glacée.
Versez dans des verres à orangeade et buvez frais.

## PANACHÉ-TANGO

Dans un verre à orangeade, versez :
moitié **limonade** glacée,
moitié **bière blonde** fraîche,
1 trait de **grenadine**.

## VALSE

Dans un verre à orangeade, versez :
moitié **limonade** glacée,
moitié **bière blonde** fraîche,
1 trait de **sirop de menthe**.

## BIÈRE AU JUS DE CITRON

Pressez 2 citrons.
Filtrez le jus.
Mettez dans un pichet :
1/2 litre de **bière blonde** bien fraîche,
1 litre d'**eau gazeuse** glacée,
6 cl de **jus de citron**.
Ajoutez du **sucre** selon votre goût.
Servez aussitôt.

**RAYMOND CHANDLER**

## Le grand sommeil

Traduit de l'américain par Boris Vian

SN N° 13

C'était encore une pièce magnifique, et maintenant on y jouait à la roulette au lieu d'y effectuer des danses calmes et démodées. Il y avait trois tables près du mur du fond. Une rampe basse en cuivre les reliait et formait une rambarde de protection autour des croupiers. Les trois tables tournaient, mais seule celle du milieu attirait la foule. Je voyais la tête brune de Vivian Regan du bar où j'étais accoudé et où j'agitais un petit verre de **bacardi** sur le comptoir d'acajou.

Le barman se pencha vers moi en regardant le groupe de gens bien habillés qui se pressait à la table du milieu.

— Elle ramasse tout ce soir, dit-il. La grande poupée aux cheveux noirs.

— Qui est-ce?

— Pourrais pas vous le dire. Elle vient pourtant souvent.

— Ça me ferait mal que vous ne sachiez pas son nom.

— Mais je travaille ici, monsieur, dit-il sans aucune acrimonie. Elle est seule, en plus. Le type qui était avec elle est rétamé. Ils l'ont ramené à sa voiture.

— Ça m'étonnerait vachement. En tout cas, bonne chance. Est-ce que je vous adoucis ce bacardi ou est-ce que vous l'aimez comme ça?

— Je l'aime comme ça, si tant est que je l'aime... dis-je.

— Moi, je servirais aussi bien du sérum antidiphtérique, dit-il.

Le **rhum** est une eau-de-vie qui provient de la fermentation alcoolique et de la distillation soit du jus (vesou) ou du sirop de canne à sucre (pour le rhum agricole et le rhum de sirop), soit de mélasses résultant de la fabrication du sucre de canne (pour le rhum de sucrerie).
C'est le rhum blanc qui convient le mieux pour la confection des cocktails.
Les rhums plus ambrés, plus corsés, sont réservés pour les grogs, les flambages, la pâtisserie et la cuisine.
Les rhums vieux s'apparentent à un cognac et sont gardés pour la dégustation en digestif.
Le Bacardi blanc est un rhum léger qui entre dans la composition du Bacardi Cocktail.

## BACARDI COCKTAIL CLASSIQUE

Mettez un verre bas et évasé à rafraîchir dans le réfrigérateur.
Pressez un citron.
Filtrez le jus.
Mettez dans un shaker rempli de **glaçons** :
1 mesure de **jus de citron**,
4 mesures de **Bacardi blanc**,
2 traits de **grenadine**.
Agitez énergiquement.
Versez dans le verre.

## COCO BACARDI

Pressez un citron.
Filtrez le jus.
Givrez le bord d'un verre bas et évasé en l'humectant puis en l'enfonçant dans une soucoupe contenant des **copeaux de noix de coco**.
Mettez dans un shaker rempli de **glaçons** :
1 mesure de **jus de citron**,
4 mesures de **rhum blanc**,
1 trait de **grenadine**,
2 cuillerées à café de **lait de coco**.
Agitez énergiquement.
Versez dans le verre givré à la noix de coco.

**CHESTER HIMES**

## Couché dans le pain

**Traduit de l'américain par Janine Hérisson et Henri Robillot**

**SN N° 522**

Le vaste et luxueux salon de l'appartement de la Septième Avenue était bondé d'amis et de parents de Big Joe Pullen, célébrant son passage de vie à trépas.

Toute de noir vêtue, sa veuve, Mamie Pullen, surveillait le buffet.

Dulcy, l'épouse actuelle du filleul de Big Joe, Johnny Perry, errait de-ci de-là, purement décorative, tandis qu'Alamena, l'ancienne femme de Johnny, s'efforçait de se rendre utile. (...)

S'abandonnant à leur bon cœur, les autres étaient plongés dans une affliction avivée par l'alcool qu'ils avaient ingurgité et par la chaleur étouffante.

Des dames de couleur, membres de l'Église de la Sainte-Culbute, pleuraient, se lamentaient et tamponnaient leurs yeux rougis avec des mouchoirs bordés de noir.

Des serveurs de wagon-restaurant exaltaient les vertus de l'ex-chef de cuisine. Des sous-maîtresses de bordel échangeaient des souvenirs touchant feu leur client. Des flambeurs, copains du défunt, pariaient sur les chances qu'avait leur ancien partenaire d'entrer tout droit au paradis.

Dans de grands verres pleins de bourbon et de ginger-ale, de **rhum et Coca-Cola**, de gin tonic limpide, tintaient des cubes de glace.

Tout le monde buvait et s'empiffrait. Le liquide et le solide étaient offerts à discrétion. Un épais nuage de fumée de tabac gris bleuâtre flottait dans la pièce où se mêlaient les effluves de parfum bon marché et de fleurs de serre chaude, l'odeur aigre de la transpiration, les relents d'alcool, de friture et de mauvaises haleines.

## CUBA LIBRE

C'est le plus célèbre des cocktails à base de Coca-Cola.

Pressez un citron.
Filtrez le jus.
Dans un verre haut, versez :
1/6 de **jus de citron**,
2/6 de **rhum blanc**.
Complétez avec du **Coca-Cola**.
Ajoutez un ou deux **glaçons**.

## RHUM FIZZ

Pressez un citron.
Filtrez le jus.
Mettez dans un shaker :
2 mesures de **jus de citron**,
2 mesures de **sirop de sucre**,
5 mesures de **rhum blanc**.
Agitez et versez dans un verre à orangeade.
Ajoutez des **glaçons** et allongez de **soda**.

## HIGHBALL

Découpez au couteau un ruban de citron (non traité).
Dans un grand verre à orangeade, versez 5 cl de **rhum ambré**.
Ajoutez des **glaçons**.
Allongez de **Seven Up** ou de Ginger Ale.
Décorez avec le **ruban de citron**.

## RHUM LONG DRINK

Dans un verre à orangeade, écrasez un **morceau de sucre**.
Ajoutez :
1 trait d'**Angostura**,
3 quartiers d'**orange**,
3 quartiers de **citron**.
Ajoutez des **glaçons**.
Versez 5 cl de **rhum blanc**.
Allongez de **soda**.
Décorez le verre d'une rondelle de citron et d'une rondelle d'orange.

**JEAN-PAUL DEMURE**

## La belle dame dans un violon

SN N° 2034

Il se gare devant le Terminus. À cette heure de la soirée, le coin est plutôt calme: les apéros rentrent chez eux et les pousse-café ne sont pas encore arrivés.

Chapron s'installe à la terrasse, se laisse glisser au bout de son fauteuil de rotin, les pieds sur un autre.

— Que diriez-vous de quelque chose de vraiment fabuleux, une sorte de nectar un peu corsé, avec à boire et à manger dans un même verre?

— Qu'est-ce que vous mijotez? Est-ce que vous...

— Ah vous me connaissez mal! Il faut dire qu'on n'a pas beaucoup travaillé ensemble... Moi, je ne mijote pas, je bous ou non. Allez, détendons-nous, profitons de l'été si bref dans nos régions. Ça sent les vacances. Vous voyez comme les gens se laissent aller? Chemises à fleurs et bermudas...

De la main, il fait signe à Jérôme, qui abandonne deux clients pour s'affairer à nettoyer leur table. (...)

— Allez, mon petit Jérôme, donne-nous du **Punch Spécial Maison**.

Jérôme apporte des espèces de bols sur pied, pleins d'un liquide crémeux, mousseux, avec une paille gros modèle, des morceaux de fruits, des bouts d'épices. La stagiaire regarde le verre, hume les vapeurs d'alcool:

— J'espère que vous n'allez pas vous mettre à bouillir, dit-elle.

— Nous sommes de vieux amis. On se connaît.

— Eh bien, je vais faire connaissance.

Chapron la regarde tirer sur sa paille. Spécial Maison, ça veut dire double dose de rhum. Les larmes lui viennent aux yeux, passé le voile de crème, mais elle retrouve son souffle sans grimace.

— C'est meilleur que le lait de ma ferme, pour finir, dit-elle en passant une langue brève sur ses lèvres roses.

## KETCH COCO

Pressez 1/2 citron vert et 1/2 citron jaune.
Filtrez les jus.
Mettez dans un gobelet à mélange rempli de **glaçons** :
1 mesure de **lait de coco épais**,
1 mesure de **liqueur de maracuja** (fruits de la passion)
2 mesures de **rhum brun**,
1 trait de **jus de citron vert**,
1 trait de **jus de citron jaune**,
2 cuillerées à soupe de **sucre roux**.
Agitez énergiquement et versez dans des verres à punch.
Décorez de **tranches de fruits de la passion** et de **rondelles de citron**.
Servez avec une paille.

## RHUM EGGNOG

Battez un blanc d'œuf jusqu'à ce qu'il devienne mousseux.
Mettez dans un shaker avec quelques **glaçons** :
le **blanc d'œuf**,
1 cl de **sirop de sucre**,
10 cl de **lait**,
2 cl de **crème fraîche**,
2 cl de **rhum blanc**,
2 cl de **rhum vieux**.
Agitez énergiquement, servez dans un grand verre ballon et saupoudrez de **noix muscade râpée**.

## LACTA PUNCH

Pressez 1/2 citron jaune.
Filtrez le jus.
Mettez dans un shaker rempli de **glaçons** :
1 mesure de **rhum blanc**,
1 mesure de **rhum brun**,
2 mesures de **lait entier**,
1 cuillerée à soupe de **sucre roux**,
1 trait de **jus de citron**,
une petite pincée de **noix muscade en poudre**.
Agitez énergiquement pour faire mousser la préparation.
Versez dans des verres à punch et dégustez avec une paille.

**JONATHAN LATIMER**

## Quadrille à la morgue

Traduit de l'américain par Minnie Danzas

SN N° 26

Lorsqu'ils se retrouvèrent à nouveau dans la rue, quelques minutes avant minuit, le vent qui les frappa au visage était aussi chaud et fade que le souffle d'un séchoir électrique dans un salon de coiffure. À coups de coude, ils se frayèrent un chemin à travers la foule, sous les enseignes illuminées des théâtres, dans Randolph Street; ils réussirent à trouver une place chez «Henrici's» où chacun but deux verres de **punch du Planteur**. Puis ils reprirent un taxi.

— Je vous demande pardon, dit le chauffeur, quand Crane lui eut donné l'adresse, mais cet endroit est un coupe-gorge. À votre place, j'irais ailleurs.

— Dites donc, dit O'Malley, si on avait besoin d'un guide, on aurait loué un car pullman.

— Ça va, patron, dit le chauffeur.

Comme ils sortaient du virage, Crane appuya sa tête contre les coussins, et les yeux fermés, se mit à fredonner:

*« Tu m'apportes des églantines,*
*À moi, qui n'ai pas de bottines. »*

— Qu'est-ce qui vous fait penser à cette chanson? demanda O'Malley. Ça fait plus de dix ans que je ne l'ai entendue.

— C'est cette chère miss Ross. Je pense à elle sans cesse. Comment expliquez-vous qu'une poule de son espèce puisse se débrouiller sans chaussures?

— Elle était peut-être Japonaise... proposa O'Malley.

## PUNCH DU PLANTEUR

Pressez des citrons et des oranges.
Filtrez les jus.
Mettez dans un shaker avec quelques **glaçons** :
2 mesures de **jus de citron**,
8 mesures de **jus d'orange**,
1 mesure de **grenadine**,
5 mesures de **rhum vieux**.
Agitez, versez dans des verres à whisky bas.
Décorez d'une **tranche d'orange** et d'une **cerise confite**.
Saupoudrez légèrement de **noix muscade râpée**.

## PUNCH DE LA PASSION

Pressez 1/2 citron vert.
Filtrez le jus.
Mélangez dans un gobelet :
le **jus de citron**,
8 cl de **jus de maracuja** (fruits de la passion),
1 cl de **sirop de maracuja**,
2 cl de **rhum blanc**,
3 cl de **rhum ambré**.
Versez sur de la **glace pilée** dans des grands verres à cocktail.

## DAIQUIRI

Pressez un citron vert.
Filtrez le jus.
Mettez, dans un shaker rempli de **glaçons** :
2 mesures de **jus de citron vert**,
1/2 mesure de **sirop de sucre**,
5 mesures de **rhum blanc**.
Agitez et servez dans un verre à cocktail glacé.

## SCREWDRIVER RUM

Mettez quelques **glaçons** dans un verre à orangeade.
Versez :
10 cl de **jus d'orange**,
5 cl de **rhum blanc**.

**MICHAEL THOMAS HINKEMEYER**
## La cueillette des morts
**Traduit de l'américain par F. M. Watkins**
**SN N° 2006**

— Ôte ton manteau, Emil, dit Nubs. Je suis heureux que tu sois venu. Je vais sortir les œufs. Le vieux Mott nous a quittés, j'ai le regret de te le dire.

— Mott? Il voulait tenir jusqu'à Noël.

— Ouais. Mais j'ai vu passer le corbillard qui allait le chercher.

Emil accrocha son manteau et ôta ses bottes.

Nubs cassa six œufs dans un grand saladier puis, avec une écumoire, il pêcha les jaunes et les mit dans un bol qu'il tendit à Emil, avec un batteur à œufs.

— Tiens, je ne vais pas me taper tout le boulot.

Après avoir mis une bouilloire sur le poêle, il s'assit à table en face d'Emil qui battait déjà les jaunes d'œuf en crème. Nubs fit de même avec les blancs. Pendant un moment, ni l'un ni l'autre ne parla. La bouilloire se mit à chanter. (...)

Nubs prit le bol d'Emil et mélangea avec précaution les blancs montés en neige avec les jaunes. L'eau bouillait maintenant. Nubs se leva, alla chercher deux tasses et une bouteille de brandy. Il remplit les tasses à moitié, ajouta une grosse cuillerée d'œufs battus et versa de l'eau bouillante.

— La noix muscade est là, à côté du sel et du moulin à poivre, dit-il en se rasseyant.

Emil saupoudra le sommet de son breuvage mousseux d'une généreuse quantité de muscade et respira le parfum. Nubs fit de même. Ils trinquèrent, burent et léchèrent la mousse d'œuf sur leurs lèvres.

— On peut aussi préparer un bon **Tom and Jerry** avec du rhum. Mais j'aime mieux le brandy, dit Nubs, et il regarda Emil en face. Qu'est-ce que je peux faire pour toi?

Chez la vieille garde, il était entendu une fois pour toutes qu'aucune visite n'était jamais totalement privée d'une raison sérieuse.

On aurait tort de croire que le nom de ce cocktail vient du chat et de la souris survoltés des dessins animés. C'est, au contraire, à partir du nom de la boisson inventée par Jerry Thomas qu'Hannah et Barbera trouvèrent le nom de leurs personnages.
Jerry Thomas, barman génial né en 1825 à qui ses contemporains respectueux donnèrent le titre de professeur, consacra toute sa vie aux boissons mélangées dont il lança la mode. Il inventa quelques classiques comme le Blue Blazer ou le Martini, et porta la bonne parole aux quatre coins du monde sans jamais se séparer de son nécessaire en argent.

## TOM AND JERRY

Faites bouillir 1/2 litre de **lait entier**.
Séparez le jaune et le blanc d'un **œuf**.
Battez le blanc en neige.
Faites mousser le jaune avec 2 cuillerées à soupe de **sucre en poudre**.
Mélangez délicatement le blanc avec le jaune.
Mettez dans un verre résistant à la chaleur avec 4 cl de **rhum blanc**.
Versez le lait chaud (quantité selon votre goût) et mélangez.
Râpez un peu de **noix muscade** sur le mélange mousseux.
Buvez chaud.

## SWEET AND HOT

Dans une casserole, faites chauffer :
6 cl de **lait entier**,
4 cl de **rhum ambré**,
2 cl de **Kahlùa** (liqueur de café mexicaine),
**1 clou de girofle**,
**1 zeste de citron jaune**.
Retirez du feu.
Versez dans des verres résistant à la chaleur.
Incorporez 2 grosses cuillerées à soupe de **crème liquide** battue et mélangez très délicatement.
Buvez chaud.

**EDMUND NAUGHTON**

## Le grand Noir et le petit Blanc

**Traduit de l'américain par M. Charvet**

**SN N° 1962**

Le barman, qui faisait comme s'il n'entendait pas, avait une barbe et se trouvait plus près de la porte que les deux clients. Il prit le torchon et essuya le bar. Scanlon et Wochenski faisaient régulièrement une descente dans ce bar. Ils savaient qu'il n'y avait personne en ce moment et viendraient toucher leur pot-de-vin dans quelques instants. Ils ne s'attendaient pas à y trouver du monde.

— Ouais, dit Spook, on leur lancera un avertissement.

— C'est de l'acide chimiquement pur, mec. Ça leur fera sauter le ciboulot.

— Faut rester cool, dit Spook.

— Comme le temps qu'il fait dehors. Glacé comme un nichon de sorcière. Ils demanderont leur **grog chaud**, dit Jim en retournant un des morceaux de sucre posés sur le bar. (...)

Ils regardèrent les rafales de neige que le vent soulevait devant la fenêtre de façade. On n'entendait que le vent et la pendule à l'extrémité du bar.

Ils apparurent.

Scanlon et Wochenski s'encadrèrent dans la porte, tête baissée, la poussèrent et entrèrent en secouant les pieds. Wochenski referma vivement la porte derrière eux. Ils allèrent au bar, ôtèrent leurs gants, les posèrent sur le comptoir et se frottèrent les mains.

Ils respirèrent vigoureusement.

— Deux grogs chauds, dit Scanlon.

Ils se trouvaient de l'autre côté de Jim. Quand le barman commença à préparer leur consommation, Scanlon regarda Spook.

— Tiens donc! fit-il. V'là le Roi.

## GROG

Le grog est le traitement miracle des rhumes et des grippes. Mais comme il vaut mieux prévenir que guérir, confectionnez-le les soirs de grand froid.

Dans une casserole, faites bouillir :
1 mesure de **rhum brun**,
1/2 mesure de **sirop de canne**,
quelques **rondelles de citron jaune**.
Retirez les tranches de citron et passez dans un filtre à thé.
Versez brûlant dans un verre résistant à la chaleur.
Ajoutez une tranche de citron frais et buvez chaud.

## TILA CALDA

Dans une casserole, préparez une infusion de tilleul forte, bien sucrée.
Passez et remettez dans la casserole :
1 mesure de **rhum brun léger**,
1 mesure de **tilleul sucré**,
quelques **rondelles de citron vert**.
Versez brûlant dans un verre résistant à la chaleur et buvez chaud.

## CREMA ou PUNCH CATALAN

Préparez 75 cl de **café**.
Mettez dans une marmite en terre cuite :
20 cl de **rhum blanc**,
15 cl de **rhum ambré**,
8 cl de **cognac**,
du **sucre** selon votre goût,
le **zeste d'un citron**,
**1 bâton de cannelle**,
1 pincée de **noix muscade**.
Chauffer le mélange puis faites-le flamber.
Ajoutez le café par petites quantités pour que le liquide continue à flamber.
Buvez très chaud dans des tasses en terre.

## MARCIA MULLER
# À claquer des dents
**Traduit de l'américain par Paul Kinnet**
**SN N° 2240**

— J'ai du **vin chaud**. Vous en voulez?

Intérieurement, je soupirai. Je hochai la tête et je l'observais tandis qu'elle en versait dans les verres. Au cours des trois dernières semaines, j'avais goûté à peu près toutes les variétés de vin chaud connues par l'humanité. Pendant ces vacances, les gens sont pris d'une manie bizarre. Ils prennent des vins parfaitement buvables — parfois même bons — et ils y fourrent d'étranges substances. Des clous de girofle, des pelures d'oranges, de la cannelle et, à ma connaissance, du persil, de la sauge, du romarin et du thym. Ils en font des litres et des litres, plus qu'aucune foule ne pourrait raisonnablement en boire, et deux jours avant le nouvel an, ils vous servent encore ce qui leur reste depuis le 15 décembre.

Amy me tendit mon verre et sembla attendre ma réaction. J'en pris une gorgée, découvris qu'il était buvable dans mon état actuel de frigorification et murmurai un compliment. Puis nous revînmes dans le salon et nous nous assîmes aux deux bouts opposés du divan en cuir. Amy replia sous elle ses jambes gainées et se tourna pour pouvoir me regarder.

## VIN CHAUD AUX ÉPICES

(pour 6 personnes)

Mettez dans une casserole :
1 litre de **côtes-du-rhône rouge**,
200 g de **sucre en poudre**,
1 **orange** non traitée, coupée en quartiers avec la peau,
6 **dattes**,
4 **figues sèches** coupées en deux,
5 **graines de cardamome**,
1/2 **bâton de cannelle**,
50 g de **raisins secs**,
3 rondelles de **gingembre**,
3 **clous de girofle**.
Portez doucement à ébullition et laissez cuire 10 minutes.
Retirez du feu, couvrez, laissez infuser 5 minutes puis filtrez.
Ajoutez délicatement 10 cl de **cognac**, pour qu'il reste à la surface, et enflammez.
Servez brûlant dans des verres résistant à la chaleur.

## VIN BRÛLÉ

(pour 6 personnes)

Mettez dans une casserole :
1 bouteille de **vin de Bourgogne rouge**,
200 g de **sucre**,
2 **clous de girofle**,
1 branche de **romarin**,
1 feuille de **laurier**,
1 morceau de **bâton de cannelle**,
6 grains de **poivre**,
une pincée de **noix muscade râpée**.
Faites chauffer doucement.
Quand une mousse blanche commence à se former, enflammez le vin.
Lorsque les flammes s'éteignent, filtrez.
Servez brûlant dans des verres résistant à la chaleur.

**JIMMY SANGSTER**

## Un mouroir de poche

**Traduit de l'américain par Simone Hilling**

**SN N° 2139**

— Comment m'avez-vous reconnu? demanda-t-il.

— Caroline m'a dit un jour que vous ressembliez à Michael Caine un jour de repos, dit-elle. Désolée d'être en retard.

Il consulta sa montre. Elle avait effectivement cinq minutes de retard. À Beverly Hills, ce n'était rien.

— Notre table n'est pas encore prête, dit-il. Asseyez-vous.

Elle se percha sur un tabouret. Elle portait Joy, le parfum préféré de James.

— Vous prenez quelque chose.

— Oui, un **kir**.

James fit signe au barman et commanda un kir et un autre Bloody Mary, tout en l'examinant dans la glace au-dessus du bar. Elle avait les cheveux vaguement blonds et d'une longueur démodée. Elle portait un mince bandeau de soie sur le front. Elle avait les yeux bleu foncé, le nez droit, et la bouche retroussée aux commissures, de sorte qu'elle semblait sourire en permanence. Avant qu'elle s'asseye, James avait pu constater qu'elle faisait dans les un mètres soixante-dix et, bien qu'il n'ait pas eu le temps d'apprécier ses formes, il était sûr qu'elles étaient parfaites.

On leur apporta leurs consommations au moment où le maître d'hôtel leur annonça que leur table était prête. James la suivit, restant un peu en arrière pour mieux la voir. Il ne s'était pas trompé. Elle était parfaite.

Ce cocktail a été rendu célèbre par le chanoine Kir, qui ne l'a pas inventé comme le veut la tradition, mais en avait fait la boisson des vins d'honneur de l'hôtel de ville quand il était maire de Dijon. Le kir doit être épais, choisissez de la double crème artisanale bien grasse que l'on reconnaît à ce qu'elle nappe le verre. Le vin blanc utilisé traditionnellement est le bourgogne blanc aligoté, mais vous pouvez aussi utiliser du mâcon-villages, du sauvignon ou du sancerre.

## KIR

Les proportions d'un vrai kir sont :
moitié **crème de cassis**,
moitié **bourgogne blanc** frais.

## BLANC CASSIS

Dans un verre à vin, mélangez :
1/6 de **crème de cassis**,
5/6 de **bourgogne blanc aligoté** frais.

## CARDINAL ou COMMUNARD

Dans un verre à vin, mélangez :
1/5 de la **crème de cassis**,
4/5 de **vin rouge** frais, beaujolais par exemple.

## BLANC CASSÉ

Dans un verre à vin, mélangez :
1/8 de **crème de cassis**,
7/8 de **vin blanc**.

## DRY KIR

Dans un verre à vin, mélangez :
1/6 de **gin**,
5/6 de **vin blanc**,
1 trait de **crème de cassis**.

## KIR ROYAL

Dans une flûte haute, versez :
1/4 de **crème de cassis**,
3/4 de **champagne** bien frappé.

## OPPEL & DORISON
# Canine et Gunn
SN N° 1940

El Pirata reçut au visage la bouffée d'air brûlant qui accompagnait chaque ouverture de la porte de son bistrot. Situé bien en retrait du port et de l'animation estivale, son établissement ne recevait qu'un nombre restreint d'habitués. L'intrus qui venait d'entrer n'appartenait pas à ceux-ci, il le savait rien qu'à la manière dont ses pas résonnaient dans la salle vide; un écho dédoublé courait au ras du sol, l'accompagnant. Sans cesser d'essuyer le verre qu'il tenait, El Pirata attendit que le nouvel arrivant s'arrête au bar et prenne place sur l'un des hauts tabourets, seule concession au modernisme des débits de boisson.

— *Ay, Pepita!* dit-il.

— *Buenas tardes, hombre*, tu n'as rien perdu de ta sagacité, répondit Canine en posant un coude sur le comptoir.

L'Espagnol rencontra un regard gris-bleu, encadré par la monture rectangulaire en acier poli dont les branches avaient trois pouces d'épaisseur.

— Longtemps qu'on ne t'avait pas vue dans le pays, reprit El Pirata; qu'est-ce que tu prends?

— Une **sangria** dans un grand verre et trois mesures de blanche!

Sans sourciller, le cafetier plongea une louche argentée dans une bassine pleine d'un liquide écarlate à la surface duquel nageaient citrons, oranges et pommes coupés en morceaux.

— Voilà déjà la sangria... Pour le reste, tu le veux en vrac ou en doses unitaires?

— En doses.

El Pirata lâcha son torchon et disparut derrière un rideau de perles qui cliqueta dans le silence humide du café. Canine but une gorgée et regarda autour d'elle: rien n'avait changé depuis la dernière fois.

Pour la sangria utilisez un vin rouge méditerranéen fort en alcool. Elle se fait avec des oranges et des citrons (choisissez des agrumes à peau très fine), mais vous pouvez compléter avec d'autres fruits de saison. Préparez-la à l'avance et laissez-la infuser dans un endroit très frais (au réfrigérateur ou dans une bassine remplie de glaçons).

## SANGRIA

Mettez dans un grand pichet :
2 bouteilles de **côtes-du-rhône** à 14°,
4 **oranges** non traitées, coupées en quartiers avec la peau,
2 **citrons** non traités, coupés en quartiers avec la peau,
20 cl de **cognac**,
150 g de **sucre**.
Pressez les quartiers d'agrumes en les écrasant légèrement.
Laissez macérer 1 heure environ.
Ajoutez de l'**eau gazeuse** glacée et servez sans attendre avec des glaçons.

## HENDAYA

(sangria du Pays basque)

Mettez dans un grand pichet :
1 litre de **vin rouge**,
1 **orange** non traitée, coupée en rondelles,
1 **citron** non traité, coupé en rondelles,
le **jus d'un citron**,
2 **clous de girofle**,
1 **bâton de cannelle**,
1 verre d'**Izarra**,
1 verre de **crème de cassis**,
150 g de **sucre**.
Laissez macérer quelques heures au réfrigérateur.
Avant de servir, filtrez la préparation et ajoutez 1 litre d'**eau gazeuse** bien fraîche.
Servez avec des **glaçons**.

**ROBERT B. PARKER**
## Un passé pas si simple
**Traduit de l'américain par Olivier Vovelle**
**SN N° 2292**

Au bar, nous nous assîmes à une table près de la fenêtre d'où nous avions vue sur la pluie qui tombait sur le jardin public. Susan commanda un **cocktail au champagne**; j'optai pour un **scotch-soda**.

— Pas de bière?

— Je marque le coup, expliquai-je. Je suis ici avec toi et Paul est à la maison. Ça s'arrose.

— Et depuis quand boit-on du scotch pour marquer le coup?

Susan posa son menton sur ses mains entrelacées et plongea ses yeux dans les miens. Comme toujours, l'expérience avait quelque chose de presque palpable. Jouant en contrepoint, le poids de son intelligence sérieuse et sa frivolité de princesse gâtée avaient un effet cumulatif.

— Parfois, c'est le champagne, dis-je; d'autres fois le scotch.

Il faisait sombre dans le bar. La pluie glissait sur la grande baie vitrée et la lumière du soir qui filtrait était ténue et argentée. Susan prit une noix de cajou dans le petit ramequin de mélange pour apéritif posé sur la table et en mordit un tiers tout au plus, qu'elle se mit à manger prudemment.

— Je devais avoir dix-sept ans la première fois que j'ai bu autre chose que de la bière, dis-je.

## COCKTAIL AU CHAMPAGNE

Mettez un grand verre à pied à rafraîchir.
Imbibez un morceau de **sucre** de quelques gouttes d'**Angostura** et placez-le au fond du verre.
Versez 3 cl de **cognac**.
Remplissez le verre de **champagne** bien frais.
Décorez d'une **rondelle d'orange** et servez pendant que le sucre est en train de fondre.

## FIZZ CHAMPAGNE

ou mimosa

Pressez une orange.
Filtrez le jus.
Dans une grande flûte à champagne, versez le **jus d'orange**.
Remplissez de **champagne** frappé.

## COCKTAIL D'ODILE

Pressez des oranges.
Filtrez le jus et mettez au réfrigérateur.
Mettez dans un grand pichet :
1/2 litre de **champagne** frappé,
1/2 litre de **jus d'orange** très frais,
20 cl de **cognac**,
10 cl de **Cointreau**.
Mélangez, mettez à rafraîchir et servez en évitant de poser les doigts sur la carafe givrée.

## CHAMPAGNE COCKTAIL

Dans des flûtes, versez :
1/4 de **crème de framboise** (crème de fraise, guignolet ou mandarine conviennent aussi),
3/4 de **champagne** frappé,
1 trait de **cognac**.
Décorez avec une pique de bois plantée dans le fruit correspondant à la crème choisie.

**JONATHAN LATIMER**
## Quadrille à la morgue
**Traduit de l'américain par Minnie Danzas**
**SN N° 26**

Ils traversèrent le salon, croisèrent des femmes qui buvaient des cocktails, des hommes qui buvaient du whisky. Ils parvinrent enfin dans une alcôve aménagée en bar et décorée en noir et argent. L'air était lourd de la fumée des cigarettes et imprégné d'une complexe odeur, où l'on pouvait déceler le tabac, le champagne, le citron, les parfums, la brillantine, les fleurs naturelles des corsages féminins, le whisky, la lotion à barbe, le gin. Crane observa que presque tous les hommes avaient dépassé l'âge mûr — on leur donnait cinquante ans et davantage.

Le barman s'informait de leurs préférences.

Les dames réclamèrent des cocktails-champagne, Courtland, O'Malley et Williams s'en tinrent au «scotch-soda», Crane voulut goûter lui aussi au **cocktail-champagne**.

Pour préparer les «scotch-soda», le barman choisit une bouteille de Haig and Haig et Crane en conclut aussitôt que la soirée serait excellente. Le champagne était du **Mumm Cordon Rouge**. Le barman le distribua dans des verres en cristal, avec zeste de citron et morceau de sucre, partiellement imbibé de «bitters» variés.

Les pieds des danseurs frottaient le sol de la terrasse, avec le bruit glissé, doux et mat, d'un polissoir de manucure. L'ensemble Wayne King — clarinette et cordes — jouait un tango.

Vangie saisit la main de Crane.

— Viens, chéri, on va danser. — Elle agita ses épaules. — Je suis une mordue du tango.

Crane posa le verre à champagne vide sur le comptoir.

— M'en faut un autre rapport à la cadence. — Le barman prépara le mélange; il le but d'un trait. — O.K. On y va!

## BLUE BIRD

Dans une flûte à champagne, versez :
1/4 de **curaçao bleu**,
1/4 de **Cointreau**,
1/2 de **champagne brut** très frappé.

## CHRISTINA

Dans une flûte à champagne, versez :
1/5 de **liqueur d'abricot**,
1/5 de **Cointreau**,
3/5 de **champagne brut** très frappé.

## PICK ME UP

Pressez 1/2 citron.
Filtrez le jus.
Mettez dans un shaker rempli de **glaçons** :
1 cl de **jus de citron**,
1 trait d'**Angostura**,
1 trait de **grenadine**,
1 trait de **sirop de sucre**,
3 cl de **cognac**.
Agitez, versez dans une flûte à champagne.
Allongez de **champagne brut** très frappé.

## PICK ME UP
(VARIANTE)

Pressez 1/2 citron.
Filtrez le jus.
Mettez dans un shaker rempli de **glaçons** :
1 trait de **grenadine**,
1 trait de **jus de citron**,
1/8 de **cognac**,
1/8 de **Cointreau**.
Agitez et versez dans un verre haut et évasé.
Allongez de **champagne brut** très frappé.
Ajoutez quelques petites **fraises des bois**.
Dégustez en grignotant les fraises.

## ROBERT B. PARKER
# Base-ball boum!
**Traduit de l'américain par Noël Chassériau**
**SN N° 1983**

C'était un petit restaurant, avec une table surchargée de desserts dans l'entrée et deux salles séparées par une arcade. Le plafond était en verre dépoli, comme une serre, et les murs étaient faits de briques patinées, les unes provenant de la construction primitive, les autres artistiquement mêlées aux authentiques. Les nappes étaient roses, et il y avait des fleurs et des plantes partout, notamment dans des pots suspendus.

— Bonsoir, madame Utley, dit le maître d'hôtel en smoking. Votre table vous attend.

Elle sourit et lui emboîta le pas. Je fermai la marche. L'un des murs du restaurant était recouvert de miroirs, ce qui faisait paraître l'établissement beaucoup plus vaste qu'il ne l'était. Je m'examinai au passage. Mon complet faisait son petit effet, et je m'étais fait couper les cheveux la semaine précédente. Si seulement un dénicheur de talents de *Playgirl* pouvait me remarquer.

— Vous prendrez l'apéritif?

— Un **Campari** on the rocks avec un zeste, John, dit Patricia Utley.

— Vous avez de la bière à la pression? demandai-je.

— Non, dit le maître d'hôtel.

— Vous avez de l'Amstel en canette?

— Non, dit-il.

— Vous croyez que le *Nedick's* est encore ouvert? demandai-je à Patricia Utley.

— Apportez-lui une bouteille de Heineken, John, dit-elle au maître d'hôtel.

— Certainement, madame Utley, dit le loufiat et il s'éloigna d'un pas majestueux en direction de la cuisine.

Elle me regarda et secoua la tête.

— Il vous arrive quelquefois d'être sérieux, Spenser?

C'est à Milan, au café Campari que son propriétaire, Gasparo Campari, servait à ses clients une boisson rouge qu'il appelait le *bitter all'uso di Hollanda* (le bitter des Hollandais). À cette époque, tous les cafés-bars élaboraient des recettes originales, à base de vins, de plantes aromatiques, de zestes d'agrumes et d'écorces variées et chacun gardait jalousement sa recette.
Son fils Davide fut à l'origine de l'essor de la marque, aujourd'hui mondialement connue. En effet, épris de la cantatrice Lina Cavalieri, de séparation en réconciliation, la suivant dans le monde entier de la Russie aux États-Unis, il ouvrit dans chaque pays un nouveau marché à l'export. Passant par la publicité, le parrainage des épreuves sportives, la promotion du Campari Long Drink, ce génie du marketing fit du Campari le bitter le plus vendu au monde.

## AMERICANO

Mettez deux **glaçons** dans un verre haut.
Versez :
1/3 de **Campari**,
2/3 de **Martini rouge**,
Mélangez, ajoutez une **tranche de citron** et allongez d'**eau gazeuse** selon votre goût.

## AMERICANO
(VARIANTE)

Mettez deux **glaçons** dans un verre à whisky.
Versez :
2/6 de **Campari**,
1/6 de **Martini dry**,
3/6 de **Martini rouge**.
Mélangez et décorez d'**écorces d'orange et de citron**.

## NEGRONI

Mettez deux **glaçons** dans un verre haut.
Versez :
1/3 de **Martini rouge**,
1/3 de **Campari**,
1/3 de **gin**.
Décorez d'une **tranche d'orange** et allongez d'**eau gazeuse** si vous le désirez.

**JIM THOMPSON**
## Le lien conjugal
**Traduit de l'américain par Pierre Château**
**SN N° 527**

Certes, il lui était arrivé de croire parfois qu'elle avait volé de ses propres ailes. Doc avait eu la délicatesse de lui donner cette illusion. Mais, en réalité, ils avaient toujours formé, à eux deux, qu'une seule et même équipe. Elle n'avait monté qu'un seul coup par ses propres moyens: la combine avec Beynon. Or, de toute évidence, même sans parler de conséquences, elle aurait rudement mieux fait de ne pas s'en mêler, de cette histoire-là! (...)

Une fois au buffet, Carol se rendit aux toilettes pour raviver son maquillage et se faire donner un coup de brosse par la préposée noire. Puis elle gagna le bar et se fit servir coup sur coup deux doubles **Martini**. Elle en aurait encore bien pris un troisième — pas tellement pour le plaisir de boire que pour se donner un prétexte à prolonger son séjour au bar; simplement pour rester un peu plus longtemps dans ce local frais, ombreux, pour y sentir ses forces, son assurance se répandre de nouveau dans tout son être, bref pour se sentir en sécurité. Mais les aiguilles de l'horloge le lui interdisaient formellement, ce troisième verre. Il ne restait plus que dix minutes à peine avant le départ du train.

Elle vida son verre jusqu'à la dernière goutte et sortit en trombe du bar. Elle repéra son coffre à bagages, introduisit la clé dans la serrure et la fit jouer. Ou plutôt, c'est ce qu'elle essaya de faire. La clé ne tourna point. Ce n'était point celle de ce coffre-là!

Le premier **vermouth** fut élaboré en 1786 par Benedetto Carpano dans sa « botega » à Turin, en Italie. Après la scission du royaume de Savoie entre l'Italie et la France, on distingue le vermouth italien du vermouth français.
Les vermouths blancs ou rouges sont faits d'un mélange de vin fortifié avec de l'alcool neutre, de sirop de sucre ou de mistelle (jus de raisin non fermenté, additionné d'eau-de-vie de vin), de plantes aromatiques alpines (absinthe, quinquina, genièvre, écorce d'orange...) et d'épices (clous de girofle...). Ces apéritifs doivent leur amertume au quinquina et à l'écorce d'orange amère. Chaque marque garde jalousement ses secrets de fabrication.
Les marques les plus connues de vermouth sont le Martini et le Cinzano.

On distingue :

Le **Martini rosso** (Martini rouge) de couleur ambrée, apprécié pour la puissance de son bouquet et sa finale prolongée.

Le **Martini bianco**, de couleur pâle, plutôt suave en bouche, qui dégage des arômes de fleurs et de zestes.

Le **Martini extra-dry**, de couleur très pâle ; il est sec et piquant en bouche et sa finale évoque les zestes.

Le **Martini rosé**, de couleur saumon clair. Plutôt rond en bouche, il présente un bouquet riche et vineux aux nuances d'herbes fraîches.

## BITTER SWEET

Mettez quelques **glaçons** dans un verre à cocktail.
Versez :
moitié **Martini rouge**,
moitié **Martini blanc**,
1 trait d'**orange bitter**.
Décorez d'un **zeste d'orange**.

## VERMOUTH COCKTAIL

Mettez dans un gobelet à mélange rempli de **glaçons** :
moitié **Martini dry**,
moitié **Martini blanc**,
un trait d'**orange bitter**.
Mélangez et versez dans un verre à cocktail glacé.

**ROBERT B. PARKER**
## Une paire de deux
Traduit de l'américain par O. Vovelle
SN N° 2324

Belson et moi étions installés face à deux Martinis au bar du Grill 23, qui se trouve en face de la préfecture de police et à deux rues de mon bureau. Je bois toujours le Martini avec une rondelle de citron. Autour de nous, une horde de jeunes courtiers en assurance et de créatifs de pub bien sapés caquetaient hystériquement muscu et boutique. Le Campari et l'eau gazeuse étaient bien vus.

— Un des Raiders de Hobart Street a pris un pruneau, dit Belson.

Il y avait un assortiment de fruits secs dans un ravier en verre posé sur le bar. Je choisis quelques noix de cajou et les croquai.

— Pas possible, fis-je

— Un certain John Porter. Quelqu'un l'a déposé aux urgences de l'hosto avec un pruneau dans l'épaule. John Porter n'a pas voulu nous dire qui lui a tiré dessus.

— John Porter?

— Ouais? T'as eu à faire aux Raiders, il me semble?

— Le monde est petit, philosophai-je.

Je bus une gorgée de mon Martini. Ce n'est pas évident de s'habituer à ce truc, mais ça vaut le coup. (...)

Belson finit son **Martini** et en commanda un autre. Il le prend sans glace, au gin, avec une olive. Moi, je le préfère *on the rocks*, avec une bonne dose d'Absolut vodka. Je commandai moi aussi un deuxième verre.

— C'est vraiment pour être poli, dis-je. Je ne voudrais pas que tu te fasses l'effet d'un pochetron.

— Trop aimable, dit Belson. (Il inspecta le bol de fruits secs.) Tu bouffes toutes les noix de cajou ou quoi?

— Ben tiens!

— Putain d'égoïste, dit Belson.

*Au plus fort de la ruée vers l'or, un prospecteur se rendant à Martinez s'arrêta un jour à l'Hôtel Occidental de San Francisco. Il jeta une pépite sur le bar et demanda au barman, le célèbre Jerry Thomas, de lui concocter une boisson unique. Thomas mélangea du gin, du bitter, du marasquin et du vermouth avec de la glace et baptisa Martinez le cocktail qu'il versa dans un verre à pied.*

*Une variante de la légende prétend que le prospecteur à la pépite était un Français, Julien Richelieu, qui habitait à Martinez.*

*Le plus célèbre des cocktails était né. Le mot Martinez resta, puis se déforma pour devenir, en 1890, le Martini.*

*Les vrais amateurs l'aiment très sec et se montrent radins avec le vermouth.*

*Les puristes prétendent même qu'il suffit de ranger côte à côte sur la même étagère le gin et le vermouth avant de verser le gin sur la glace et d'ajouter le zeste de citron ou l'olive.*

*Dans son roman,* Les serpents de la frontière, *James Crumley donne sa propre recette, qu'il appelle le Dead Solid Perfect Martini.*

*P.R.*

## DEAD SOLID PERFECT MARTINI
**RECETTE DE JAMES CRUMLEY**

Un verre glacé,
un frémissement de **vermouth**,
un soupçon de **jus d'olive**,
une larme de **jalapeno**,
un petit **oignon à cocktail**
et une généreuse rincée de **gin** sur les glaçons jusqu'à ce qu'il y ait de la fumée dans l'air humide.

**KAREN KIJEWSKI**
## Katapult
**Traduit de l'américain par Aleth Paluel-Marmont**
**SN N° 2424**

Il était tôt. Il y avait des tables libres mais nous fîmes d'abord une étape au bar. Les vieilles habitudes ont la vie dure et j'avais tenu un bar pendant des années. Une serveuse glissa d'un pas chaloupé vers notre table et y disposa deux petits napperons.

«Un **Bombay Martini**, très sec», dit Charity.

«Vin blanc, pour moi.»

«Heu… un bon blanc, hein?», ajouta Charity faute de mieux pour préciser sa pensée. Elle s'y connaît mieux en gin qu'en crus bourgeois.

«Nous avons un Chardonnay, un Sauvignon, un Pouilly fumé, un Riesling et…», sa voix resta en suspens tandis que Charity et moi échangions un regard. J'élevai un sourcil en signe de perplexité. Charity sourit.

«Du Chardonnay, ce sera parfait.»

La fille me récita alors une litanie de Chardonnay variés, j'en choisis un au hasard, et grâce à Dieu elle s'éclipsa.

Un mélange étonnant : le pastis dans le vermouth.

## BOMBAY MARTINI

Mettez dans un gobelet à mélange avec des **glaçons** :
1 mesure de **Martini dry**,
1 mesure de **Martini blanc**,
2 mesures de **cognac**,
1 trait de **Ricard**.
Mélangez et versez dans un verre à cocktail préalablement glacé.

## BRASIL

Mettez dans un gobelet à mélange avec des **glaçons** :
moitié **Martini dry**,
moitié **sherry dry** (xérès),
1 trait de **Ricard**.
Mélangez et versez dans un verre à cocktail préalablement glacé.

## MACARONI

Mettez directement dans un grand verre avec des **glaçons** :
2 cl de **Martini blanc**,
1 trait de **Ricard**.
Mélangez, allongez d'eau selon votre goût et mélangez à nouveau.

## OPAL

Mettez dans un gobelet à mélange avec des **glaçons** :
moitié **Martini dry**,
moitié **gin**,
2 traits de **Ricard**.
Mélangez et versez dans un verre à cocktail préalablement glacé.

## ROBERT B. PARKER
# La poupée pendouillait
Traduit de l'américain par Rosine Fitzgerald
SN N° 2267

— Et bien, dit-elle, le feu est prêt à être allumé, la table est mise pour deux. Les verres à vin?

Elle secoue un peu la tête pour faire tomber la neige de ses cheveux qu'elle tapote avec des gestes typiquement féminins et elle ajoute:

— Que veux-tu faire?

— Je suis comme le feu. Mais nous pourrions quand même commencer par un cocktail.

— Nous aurions tort de faire autrement, dit Susan.

— Bon. Alors tu allumes le feu pendant que je prépare les cocktails.

— Les femmes juives ne font pas le feu, dit Susan.

— Il est tout fait. Tu n'as qu'à faire brûler le papier en trois ou quatre endroits.

Elle s'accroupit devant la cheminée en lissant sa jupe sous ses cuisses, et elle gratte une allumette. Je passe dans la cuisine, de l'autre côté du comptoir, et m'occupe des cocktails **martini-vodka**. Je les mélange dans une cruche à l'aide d'une longue cuillère. Dans le temps, je remuais avec la lame d'un couteau de cuisine, jusqu'au jour où Susan, me voyant ainsi occupé, s'est précipitée dehors pour aller m'acheter une cuillère en argent, à long manche. Je verse le cocktail de Susan dans un verre à pied, j'y ajoute quatre olives mais pas de glaçon. Je verse le mien sur des glaçons, dans un épais verre sans pied, et j'ajoute un zeste de citron. Je mets les deux verres sur un plateau laqué que je porte dans le séjour et pose sur la table basse. (...)

Nous trinquons et buvons.

— Ce cocktail est délicieux, dit Susan.

— Spenser, dis-je, le roi du cocktail.

## MARTINI VODKA

Mettez dans un gobelet à mélange avec des **glaçons** :
5 cl de **vodka**,
2 traits de **Martini dry**.
Mélangez et versez dans un verre évasé.
Ajoutez une **olive verte** et pressez le **zeste d'un citron**.

## POMERANI

Pressez un citron.
Filtrez le jus.
Mettez dans un shaker avec des **glaçons** :
6 mesures de **vodka**,
2 mesures de **Martini rouge**,
1 mesure de **sirop de sucre**,
1 mesure de **jus de citron**.
Agitez énergiquement et versez dans un verre à cocktail.
Ajoutez un **zeste de citron**.

## CZARINA

Mettez dans un gobelet à mélange avec quelques **glaçons** :
5 mesures de **vodka**,
3 mesures de **Martini dry**,
2 mesures de **liqueur d'abricot**,
1 trait d'**Angostura**.
Mélangez et versez dans un verre à cocktail.

## GRAND PRIX

Pressez un citron.
Filtrez le jus.
Mettez dans un shaker avec des **glaçons** :
5 mesures de **vodka**,
3 mesures de **Martini dry**,
2 mesures de **Cointreau**,
le **jus de citron**,
1 trait de **grenadine**.
Secouez énergiquement et versez dans un verre à cocktail.

**RAYMOND CHANDLER**

## La grande fenêtre

**Traduit de l'américain par Renée Vavasseur et Marcel Duhamel**

**SN N° 45**

Je pénètre dans le bar et je sombre immédiatement au fond d'un fauteuil rembourré de duvet. La verrerie tinte délicatement, les lumières luisent doucement, des voix parlent à voix basse d'amour ou de dix pour cent, ou de tout ce qu'on peut bien chuchoter dans un tel lieu. (...)

Lentement, le barman gagne l'extrémité du comptoir et s'arrête, le regard perdu, le visage livide et sans expression. Puis il se tourne vers moi.

— Monsieur?

— Je voudrais parler à un type du nom d'Eddie Prue.

— Et alors?

— Il travaille ici.

— Il travaille à quoi, ici?

Sa voix est impassible, mais sèche comme un vent de sable.

— Si j'ai bien compris, c'est le sous-fifre de la maison... Voyez ce que je veux dire...

— Ah! Eddie Prue.

Il fait la moue et dessine des petits cercles sur le bar avec son chiffon.

— Comment vous appelez-vous?

— Marlowe.

— Marlowe. Prenez-vous quelque chose en attendant?

— Un **dry martini** fera l'affaire.

— Un martini. Sec. Très, très sec.

— Ça va.

— Vous le mangerez avec quoi? Une cuiller, un couteau ou une fourchette?

— Coupez-le en tranches, je veux simplement le grignoter.

— En allant à l'école. Et l'olive, je vous la mets dans un sac en papier?

— Pochez-moi l'œil avec, si ça peut vous soulager.

— Merci, Monsieur, il fait. Un dry martini.

## BAMBOO

Mettez dans un gobelet à mélange avec des **glaçons** :
2 mesures de **Martini dry**,
3 mesures de **sherry dry** (xérès),
1 trait d'**Angostura**.
Mélangez et servez dans des verres à cocktail préalablement glacés.

## BIJOU

Mettez dans un gobelet à mélange avec des **glaçons** :
2 mesures de **Martini dry**,
1 mesure de **chartreuse verte**,
2 mesures de **gin**,
1 trait d'**Angostura**.
Mélangez et versez dans un verre à cocktail préalablement glacé.

## RHUM-MARTINI

Mettez dans un gobelet à mélange avec des **glaçons** :
1 mesure de **Martini dry**,
5 mesures de **rhum blanc**.
Mélangez, versez dans un verre à cocktail préalablement glacé.
Ajoutez une **olive noire**.

## CARUSO

Mettez directement dans un verre à cocktail avec 3 **glaçons** :
2 cl de **Martini dry**,
2 cl de **gin**,
1 cl de **crème de menthe verte**.

## IMPÉRIAL

Mettez dans un gobelet à mélange avec des **glaçons** :
moitié **Martini dry**,
moitié **gin**,
1 trait **d'Angostura**.
Versez dans un verre à cocktail et pressez un **zeste de citron**.

**MICKEY FRIEDMAN**

## L'orage ne vient jamais seul

Traduit de l'américain par Jean-Michel Alamagny

SN N° 1963

(...) une ombre s'avança sur le sol: c'était celle de Wesley Stafford qui entrait, sa bible sous le bras. Moody, l'air excédé, baissa les yeux sur le comptoir souillé et redoubla de vigueur pour l'essuyer avec des mouvements circulaires de sa lavette.

Wesley sortit une feuille de papier de sa bible et la glissa sur le bar en direction de Moody.

— Louons le Seigneur, dit-il.

— Louons le Seigneur, répondit le serveur. Qu'est-ce que vous voulez boire?

— Je suis ici pour apporter la bonne parole, fit Wesley sans relever la question et en poussant le papier plus près de Moody. (...)

Diana se pencha vers lui et prit un tract dans le livre. Tout en le dépliant, elle fit signe à Moody.

— Apporte un **Southern Comfort** au Frère Stafford.

La bouche de celui-ci se pinça:

— Non.

Le barman ne bougea pas jusqu'à ce que Diana lève sur lui un regard insistant.

— Tu m'entends, Moody?

Pendant que celui-ci obtempérait, elle lissa le papier sur la table et le lut en silence. Wesley dédaigna le verre de whisky posé devant lui.

— *Je lui ai laissé du temps pour se repentir*, lut-elle tout haut, *mais elle ne veut pas se repentir de son impudicité*.

Les yeux de Wesley restaient fixés au loin. Elle poussa le verre plus près de lui.

Pourquoi ne goûtez-vous pas?

Il secoua la tête. Elle trempa alors son index dans le liquide ambré et lui en humecta légèrement la lèvre inférieure. Il passa instinctivement sa langue dessus.

Diana émit un petit gloussement en le voyant rougir.

— Comment pouvez-vous prêcher si vous ne savez pas de quoi vous parlez?

Le **Southern Comfort** est une liqueur à base de bourbon aromatisée à la pêche.

## SOUTHERN COMFORT SOUR

Pressez une orange et un citron.
Filtrez le jus.
Mettez dans un shaker avec des **glaçons** :
2 mesures de **jus de citron**,
1 mesure de **jus d'orange**,
4 mesures de **Southern Comfort**.
Agitez, versez dans un verre à whisky et ajoutez une **cerise à l'eau-de-vie** (avec la queue).

## DEEP SOUTH

Pressez le jus d'un citron vert.
Filtrez le jus.
Mettez dans un shaker avec des **glaçons** :
1 mesure de **jus de citron vert**,
1 mesure de **rhum vieux**,
1 mesure de **Southern Comfort**.
Agitez, versez dans des flûtes à champagne et allongez de **champagne brut** très frappé.

## GOLDEN NAIL

Mettez quelques **glaçons** dans un verre à whisky bas et versez :
2 mesures de **bourbon**,
1 mesure de **Southern Comfort**.

## BLACK WIDOW

Pressez 1/2 citron vert.
Filtrez le jus.
Mettez dans un shaker avec des **glaçons** :
le **jus de citron vert**,
1 cuillerée de **sucre en poudre**,
1 cl de **Southern Comfort**,
3 cl de **rhum ambré**.
Agitez et versez dans une grande flûte.

## CHESTER HIMES
# Couché dans le pain
**Traduit de l'américain par Janine Hérisson et Henri Robillot**
**SN N° 522**

La tête du cuisinier s'encadra dans le guichet de la cuisine par où on passait les plats.

— Salut, papa! lança-t-il.

Johnny lui fit un signe de la main.

Trois autres tables étaient occupées par des hommes et des femmes de la corporation. La boîte était le fief exclusif des souteneurs de haut vol, de ceux qui vivaient à Harlem du jeu et de la prostitution. Personne d'autre n'y était admis. Tout le monde connaissait tout le monde, et tous les clients saluèrent Johnny au passage.

— C'est moche, pour Big Joe, papa.

— On peut pas arrêter la partie quand le meneur de jeu disparaît.

Personne ne mentionna Val. Il avait été assassiné et personne ne savait par qui. Cette histoire regardait uniquement Johnny, Dulcy et les flics, et personne n'avait l'intention de s'en mêler.

Un fois Johnny assis, la serveuse apporta le menu et Peter Wee un grand pichet de limonade où flottaient des tranches de citron et de gros cubes de glace.

— Je veux un **Singapour Sling**, dit Dulcy.

Johnny lui jeta un coup d'œil.

— Bon, alors une fine à l'eau. Tu sais bien que les alcools glacés m'empêchent de digérer.

— Moi, je prendrai du thé froid, déclara l'avocat.

— Et un gin-tonic pour moi, dit Alamena.

## SINGAPORE SLING

Pressez 1 citron et filtrez le jus.
Mettez dans un shaker avec des **glaçons** :
1 mesure de **jus de citron**,
1 mesure de **sirop de sucre**,
2 mesures de **cherry brandy***,
4 mesures de **gin**.
Agitez, versez dans un verre sur pied. Complétez avec du **Perrier**.
Décorez avec une **rondelle de citron** et une **cerise confite**.

## SINGAPORE SLING
(VARIANTE)

Mettez dans un shaker avec des **glaçons** :
moitié **cherry brandy**,
moitié **gin**,
deux traits de **jus de citron**.
Agitez et versez dans un verre à whisky.
Mettez quelques **glaçons**, complétez avec du **Perrier**.
Décorez avec une **rondelle de citron** et une **cerise confite**.

## CHERRY BLOSSOM

Pressez un citron et filtrez le jus.
Mettez dans un shaker avec des **glaçons** :
2 cl de **jus de citron**,
1 cl de **cherry brandy**,
1 trait de **grenadine**,
3 cl de **cognac Rémy Martin**.
Agitez et versez dans un verre à cocktail préalablement glacé.

## CHERRY FIZZ

Mettez dans un shaker avec des **glaçons** :
2 cl de **jus de citron**,
2 cl de **cherry brandy**,
2 cl de **cognac**.
Agitez, versez dans un grand verre, allongez d'**eau gazeuse** et ajoutez un trait de **jus de cerise**.

* C'est un brandy aromatisé à la cerise.

**MARK SCHORR**
## Un taxi pour Las Vegas
Traduit de l'américain par Noël Chassériau
SN N° 2003

Le *Corps magnifique* était un bâtiment tout en bois. Il y avait des plantes vertes partout, aux fenêtres, par terre, pendues au plafond. Diamond eut l'impression d'arriver en Amazonie.

Les clients et les employés de l'établissement étaient tous des zélateurs du culte du sacro-saint corps humain. Diamond fut catalogué comme un athée égaré parmi les croyants de la vraie foi et traité par le mépris.

— J'ai changé d'avis, lui déclara son grand amour. Prenons plutôt le **spécial de luxe**.

— Tout ce que tu voudras.

Le serveur qui vint prendre la commande s'adressa à la femme en ignorant délibérément Diamond. Il revint avec deux grands verres pleins d'un liquide laiteux, en déposa un devant la femme avec un soin scrupuleux, et planta l'autre devant Diamond sans aucun ménagement.

Le détective but une gorgée et fit la grimace.

— Qu'est-ce qu'il y a là-dedans?

— De la levure de bière, deux œufs crus, de la caroube, de l'huile vitaminée, un tas de trucs.

— Ça sent le médicament.

— C'est meilleur pour la santé qu'un médicament. Cela équilibre votre yin et votre yang.

— Je ne savais pas qu'ils étaient déséquilibrés.

— Vous n'avez probablement pas fait un repas convenable depuis des années.

— Oh que si! Je ne suis pas de ces célibataires qui se négligent. Je commence presque toutes mes journées par deux œufs brouillés, du bacon et des saucisses. Et je mange de la viande rouge et des pommes de terre plusieurs fois par semaine.

Elle le regarda comme s'il lui avait avoué être un bourreau d'enfants.

## BANANAS

Mettez dans un mixer :
2 **bananes**,
1 **yaourt velouté**,
2 cuillerées de **sirop d'érable**,
1 **jaune d'œuf**,
1 petit verre de **lait**.
Mixez et saupoudrez de pistaches pilées.

## PETIT DÉJEUNER D'HIVER

Mettez dans un grand mixer :
1 **banane**,
1/2 **poire** épluchée et évidée,
1/2 **pomme**,
2 cuillerées à soupe de **sucre**,
1 cuillerée à soupe de **noix de coco en copeaux**,
1 trait de **sirop d'orgeat**,
2 cuillerées à soupe de **corn-flakes complets**.
Couvrez de **lait entier** très froid.
Mixez 3 minutes jusqu'à ce que le mélange devienne bien mousseux.

## MILK-SHAKE D'ÉTÉ

Mettez dans un mixer :
5 **fraises**,
8 **framboises**,
1 **banane**,
1 **pêche** épluchée et dénoyautée,
1 **poire** bien mûre épluchée et épépinée,
1 cuillerée de **crème fraîche liquide**,
5 cuillerées de **sucre**,
2 traits de **grenadine**,
1 grand verre de **lait** très froid.
Mixez et buvez frais.

**ROBERT B. PARKER**
## Un passé pas si simple
**Traduit de l'américain par Olivier Vovelle**
**SN N° 2292**

— Je devais avoir dix-sept ans la première fois que j'ai bu autre chose que de la bière, dis-je. On chassait le gibier à plume dans le Maine, mon père et moi. (...) Nous sommes retournés au relais de chasse où nous étions descendus, nous avons installé (la chienne) Pearl dans notre chambre et nous lui avons donné à manger, puis nous sommes descendus au bar et mon père a commandé deux **whiskies** doubles. Le barman nous a regardés mon père et moi et il a apporté le whisky sans commentaire. Il a posé les deux verres devant mon père et mon père a poussé l'un des verres devant moi.

— On est tombés sur un ours dans les bois aujourd'hui, a dit mon père d'une voix neutre. (Il avait gardé une pointe d'accent de l'Ouest.) — Le gosse s'est pas dégonflé.

Le barman était un type maigre et basané avec un gros nez. Il m'a regardé, il a hoché la tête et il est allé à l'autre bout du bar, et mon père et moi on a bu notre scotch.

— Et il ne t'en a jamais reparlé, compléta Susan.

Je secouai la tête.

— «Cette liqueur brune, fit-elle, que ne buvaient ni les femmes, ni les jeunes gens, ni les enfants, mais les seuls chasseurs.»

— Faulkner, fis-je.

Susan sourit.

— Tu es cultivé pour un type qui doit acheter des cravates extra-longues.

— De son point de vue, je m'étais conduit en homme, alors il m'a traité comme tel.

— Ni les femmes, ni les jeunes gens, ni les enfants, dit Susan.

— On pourrait peut-être lui faire retirer le Nobel à titre posthume, dit Susan.

Le **whisky** est une eau-de-vie de grain à laquelle on n'ajoute aucun aromate. Ce qui importe le plus, c'est la qualité de l'eau avec laquelle le whisky est porté au degré d'alcool désiré.

## LIQUEUR DE WHISKY AUX HERBES

Dans une casserole, faites tiédir 250 g de **miel**.
Incorporez 90 cl de **whisky**, remuez jusqu'à ce que le miel soit entièrement dissous.
Dans une bouteille d'un litre mettez 2 brins de **fenouil séché**, 2 brins de **thym séché**, 4 **clous de girofle** et 1 **bâton de cannelle**.
Versez le whisky et le miel dans la bouteille, fermez hermétiquement et laissez infuser pendant au moins 3 mois à l'abri de la lumière en agitant la bouteille de temps en temps.
Filtrez avant de transvaser et de déguster.

## RAISINS AU WHISKY

Égrappez 1 kg de **raisin vert** bien sucré.
Piquetez uniformément les grains de raisin avec une aiguille stérilisée.
Pesez 450 g de **sucre cristallisé**.
Dans un grand bocal, alternez les grains de raisin et le sucre jusqu'à 2 cm du bord.
Versez lentement le **whisky** jusqu'à 1 cm au-dessus des fruits.
Fermez hermétiquement le bocal et agitez de temps en temps pour dissoudre entièrement le sucre.
Conservez à l'abri de la chaleur.
Attendez 2 à 3 mois avant de déguster.

## GROG AU WHISKY

Mettez dans un pichet :
20 cl de **whisky**,
le zeste de 2 **oranges non traitées**,
4 pincées de **noix muscade râpée**.
Laissez macérer quelques heures.
Préparez un sirop avec 80 g de **sucre** et 60 cl d'eau.
Filtrez la macération.
Ajoutez-la au sirop de sucre et mélangez.
Servez chaud dans des verres épais résistant à la chaleur.

## JON A. JACKSON
# Le liquidateur
Traduit de l'américain par Mona de Pracontal
SN N° 2454

Elle lissa le devant de son chemisier et sourit.

Soudain, elle se leva d'un bond et gagna un meuble dans le coin du salon. Elle en sortit une carafe en verre taillé et un verre, qu'elle remplit d'une solide rasade de **whisky**. Elle se tourna vers Mulheisen et leva le verre en un geste moqueur.

— C'est un peu tôt, mais il a l'air de faire bien assez tard, dit-elle avec un coup d'œil vers la pluie sombre.

Elle éclusa le verre.

— Ouh! J'en avais besoin! Et toi?

Mulheisen fronça les sourcils, puis répondit:

— D'accord.

Il traversa la pièce jusqu'à elle. Elle les servit tous les deux.

— *Nastrovya*, dit-elle. Ça veut dire «sale journée».

Elle but la moitié de son verre. Mulheisen renifla le sien.

— Qu'est-ce que c'est?

— Du whisky, imbécile.

— Ouais, mais quel type?

Il goûta avec circonspection. C'était un blend quelconque.

Elle remplit de nouveau son verre et le porta à la table. En se rasseyant, elle allongea les bras sur le dessus du canapé, de part et d'autre, et la tension sur les boutons fit bâiller son chemisier.

Mulheisen la regardait depuis l'autre bout de la pièce. Le whisky avait un goût métallique et artificiel prononcé. Il eut le souvenir fugace d'être allé chez un ami après l'école et d'avoir goûté au whisky interdit du père. Le moment présent ressemblait beaucoup à ça; c'était peut-être le même whisky.

## REMONTANT AUX MERISES

Il est difficile de trouver des merises sur les marchés. Vous pouvez remplacer ces fruits par des cerises acides, mais bien juteuses.
Équeutez 1 kg de **merises**.
Mettez-les dans un grand bocal en alternant une couche de fruits avec une cuillerée à soupe de **sucre** (× 10).
Écrasez les fruits au fur et à mesure à l'aide d'un pilon de manière à leur faire rendre leur jus.
Quand le bocal est rempli, versez du **whisky** jusqu'à 1 cm au-dessus des fruits.
Fermez hermétiquement le bocal et entreposez-le à l'abri de la lumière.
Remuez de temps en temps jusqu'à ce que le sucre soit entièrement dissous. Laissez reposer pendant 4 mois.
Ouvrez les bocaux, versez le contenu dans une terrine et écrasez méticuleusement les fruits. Passez deux fois à travers une mousseline.
Quand la liqueur est limpide, transvasez dans des petites bouteilles et bouchez.
Cette liqueur se conserve longtemps et s'améliore en vieillissant.

## ANANAS AU WHISKY

À l'aide d'un couteau tranchant, coupez le haut et la base d'un **ananas** parfaitement mûr. Détaillez-le en tranches d'un centimètre d'épaisseur environ.
Retirez soigneusement l'écorce pour ne garder que la pulpe.
Portez à ébullition 1 dl d'eau additionnée de 500 g de **sucre semoule**.
Ajoutez les tranches d'ananas et laissez frémir à petit feu pendant 10 minutes.
Laissez refroidir.
Disposez les tranches d'ananas dans un bocal.
Ajoutez 2 verres de **whisky**, couvrez jusqu'à hauteur des fruits avec le sirop de sucre.
Fermez hermétiquement et laissez macérer dans un endroit frais pendant 2 semaines avant de consommer.
Les ananas au whisky peuvent se conserver pendant 4 mois.

## DOUG HORNIG
# Une chouette famille!
SN N° 2080

— Merti, dis-je. Je ne tais pas te qu'ils voulaient. M'ont teulement tabatté...

Mes «s» avaient du mal à passer mes lèvres.

— Mon vieux, dit un autre, fallait être fou pour se promener dans les rues ce soir. Vous avez de la chance que Delmos était dans le coin. Ces types auraient pu vous tuer.

Ce n'était pas une plaisanterie.

— Oui, dit un autre, nous sommes en patrouille depuis trois heures et nous avons déjà empêché quatre bagarres.

— Vatrouille?

Les «p» avaient du mal à passer aussi. (...)

— Un petit rafraîchissement? dis-je tout en marchant.

Mes «p» étaient revenus.

— Taisez-vous! fit Delmos. Attendez qu'on vous ait introduit un peu de whisky dans la gorge.

On pénétra dans l'appartement en chancelant, et Delmos me déversa sur le divan du salon.

— Où est le whisky?

— Il devrait y en avoir une bouteille près de mon lit.

Il se rendit dans la chambre à coucher, prit la bouteille de **Jameson** et m'en versa un grand demi-verre.

— Merci, dis-je.

Le son «s» était revenu. Ou quelque chose d'approchant.

— Avez-vous besoin d'un médecin? demanda-t-il. Voulez-vous aller à l'hôpital?

— Non aux deux questions, dis-je en secouant doucement la tête.

Les hôpitaux ont tendance à avoir sur moi un effet négatif. Trop de gens y entrent pour ne jamais en ressortir vivants.

Je bus le whisky en trois gorgées égales. Je compris alors pourquoi les Irlandais le gardent à portée de la main pour le moment où ils cessent de se bagarrer. Je décidai que j'allais continuer à vivre, si difficile que cela paraisse.

*When writers drink*
*With spirits raised,*
*The spirits that's*
*Most often praised,*
*Is Jameson —*
*(or so we've found),*
*'tis living proof,*
*And the world's round.*

Difficile de célébrer ce whisky irlandais, odoriférant et fleuri, autrement qu'en l'associant à sa ville, Dublin, et à la centaine d'écrivains qu'elle vit naître, dont, entre autres, trois prix Nobel (G. B. Shaw, W. B. Yeats et S. Beckett), Jonathan Swift, Oscar Wilde et James Joyce. De là à penser qu'il y a un lien entre les fragrances du Jameson et celles de la création littéraire, il n'y a qu'un pas que les Dublinois franchissent allégrement.

## IRISH CORDIAL

Dans un mortier, concassez :
5 **clous de girofle**,
7 **grains de cardamome**.
Mettez dans un grand bocal :
2 litres de **Jameson**,
500 g de **raisins secs**,
15 g de **noix muscade râpée**,
les clous de girofle et la cardamome,
300 g de **cassonade**,
2 pincées de **safran**,
un petit morceau d'**écorce de bigarade** (orange amère).
Fermez hermétiquement le bocal.
Agitez de temps en temps pour faire dissoudre entièrement le sucre.
Laissez reposer quelques semaines à l'abri de la lumière.
Ouvrez ensuite le bocal, filtrez plusieurs fois, transvasez dans des petites bouteilles, fermez hermétiquement pour conserver.

## THÉ AU WHISKY

Faites infuser du **thé Earl Gray** dans une théière.
Versez dans des tasses, sucrez à votre goût.
Chauffez légèrement 10 cl de **whisky** par tasse.
Versez sur le thé et flambez.

## DON WINSLOW
# À contre-courant du grand toboggan
**Traduit de l'américain par Philippe Loubat-Delranc**
**SN N° 2534**

Walter Withers, assis au comptoir du Blarney Stone, réchauffait un verre de **Jameson's** si agréable à tenir en main que le sermon habituel de Rourke ne le gênait pas.

— C'était une ville formidable, tu sais, dit le barman. Quand Jimmy Wagner la tenait avec les Irlandais et les Italiens…

Withers opina, bon prince.

C'est toujours une ville formidable, songea-t-il. Je suis assis dans un troquet chaleureux, obscur, un verre de bon whisky à la main et cinquante mille dollars en espèces à mes pieds. Et quand j'aurai fini ce que je suis venu faire, j'irai retrouver Gloria à l'Oak Room pour lui parler de l'époque où cette ville était formidable. Et après un ou deux verres, on filera au Palm pour un chateaubriand saignant et un ou deux ballons de rouge.

*Dans l'alambic, j'ai mis l'Irlande*
*Dans ma distillerie, tous mes secrets*
*Dans mes bouteilles, toute ma patience*
*et mon nom sur mon whisky.*

John Jameson

## IRISH COFFEE

Préparez du **café** très fort.
Battez de la **crème fraîche liquide** (« fleurette ») jusqu'à ce qu'elle mousse.
Faites tiédir du **whiskey irlandais**.
Dans un verre haut à whisky, versez :
2 **sucres**,
4 cl de whiskey tiédi,
1 tasse de café chaud
(versez-le très lentement),
quelques cuillerées de crème.
Servez avec une paille.

## LAIT DE POULE AU WHISKY

Séparez les jaunes des blancs de 3 **œufs**.
Montez les 3 blancs en neige bien ferme. Réservez.
Battez 25 cl de **crème fraîche fleurette** jusqu'à obtenir une chantilly ferme et mousseuse. Réservez.
Battez les 3 jaunes d'œuf avec 150 g de **sucre en poudre** jusqu'à ce que le mélange blanchisse et devienne mousseux.
Ajoutez 25 cl de **whisky** par petites quantités en battant à l'aide d'un fouet.
Incorporez délicatement les blancs en neige puis la crème fraîche.
Versez dans une coupe et servez bien frais.

**LAWRENCE BLOCK**
## Drôles de coups de canif
Traduit de l'américain par Rosine Fitzgerald
SN N° 2245

Plus tard elle alla dans la cuisine et revint avec une boîte de bière blonde. Elle perça le haut de la boîte et but longuement.

— Je me demande ce qui m'a pris d'acheter ce truc-là, dit-elle.

— Je vois au moins deux raisons.

— Ah bon?

— C'est délicieux et moins bourratif.

— Vous êtes marrant. Délicieux? Ça n'a aucun goût. J'ai toujours aimé les goûts forts; je n'ai jamais eu envie des trucs dits «légers». J'aime le **Teacher's** ou le **White Horse**, les whiskys foncés et «lourds». (...)

— Ça vous ennuie que je ne boive pas?

— Non. Ça vous ennuie que je boive?

— Je ne sais pas encore.

— Quand vous aurez trouvé et que vous serez sûr, dites-le-moi.

— D'accord.

Elle inclina la boîte et but un peu de bière. Elle me dit:

— Est-ce que je peux vous offrir quelque chose? Je peux faire du café, même s'il n'est pas terrible; vous en voulez?

— Non.

— Je n'ai pas de jus de fruits ou de boissons sans alcool mais si vous voulez que j'aille en acheter, j'en ai pour une minute. Qu'est-ce qui vous plairait?

Je pris la boîte de bière qu'elle avait à la main et la posai sur la table de nuit.

— Venez ici, dis-je en la renversant doucement sur le matelas. Je vais vous faire voir.

On distingue parmi les whiskys écossais ou **scotch whiskys** :
Les **single malt** : whiskys non coupés 100 % pur malt, stockés au moins 3 ans et provenant d'une seule distillerie. Ils sont, depuis fort longtemps, appréciés comme des digestifs.
Les **vatted malt** : pur malt, mélange de plusieurs single malts provenant de différentes distilleries.
Les **blended scotchs** : whiskys de malt coupés aux whiskys de grain. Un standard blend est composé de trente à quarante whiskys différents. Au-delà de 35 % de malt, on parle d'un « blend de luxe ». Les blended sont appréciés en apéritifs, éventuellement en cocktails.
Le Teacher's Highland et le White Horse sont des blended écossais.

## GÂTEAU AU WHISKY

Préchauffez le four à 175° C (th. 6).
Jetez 150 g de **raisins de Corinthe** dans 75 g d'eau. Faites chauffer et laissez frémir pendant 15 minutes. Égouttez et réservez 2 cuillerées à soupe de liquide.
Pressez 1 citron et passez le jus.
Hachez 100 g de **noix**.
Mélangez dans une terrine, dans l'ordre :
180 g de **beurre demi-sel** ramolli,
350 g de **sucre**,
3 gros **œufs**, un à un,
150 g de **farine tamisée**,
1 cuillère à café de **bicarbonate de soude**,
1 cuillère à café de **noix muscade râpée**,
le liquide de cuisson réservé,
les raisins,
1 cuillerée à soupe de **jus de citron**,
les noix hachées,
3 cl de **whisky écossais**.
Versez la préparation dans un moule à gâteau rond de 22 cm de diamètre.
Mettez au four et faites cuire de 30 à 40 minutes.

## SAUCE AU WHISKEY

Faites chauffer sans laisser bouillir 25 cl de **crème fraîche épaisse** et 1/2 **gousse de vanille** coupée en deux dans le sens de la longueur.
Battez 4 **jaunes d'œuf** avec 100 g de **sucre semoule**. Quand le mélange est mousseux, ajoutez 4 cuillerées à café de **scotch** et versez la crème vanillée chaude.
Remettez dans la casserole et faites chauffer doucement sans cesser de tourner. Servez tiède.

**JAMES CRUMLEY**
## La danse de l'ours
**Traduit de l'américain par François Lasquin**
**SN N° 2361**

«Comment t'as pu choisir un métier pareil, mon pauvre Milo?

— Je ne m'en souviens plus très bien, mon petit gars, vu qu'à l'époque je picolais un peu trop», avouai-je en cognant sur le zinc pour attirer l'attention du barman.

Un grand silence subit s'abattit sur le petit bistrot. Les quelques pochards qui étaient attablés dans un box au fond de la salle s'arrêtèrent soudain de rire et les verres des trois hommes qui étaient debout au bar à côté de Charlie Two-Moons restèrent suspendus dans l'air. Le barman nous décocha un regard assassin, puis il se décida tout de même à s'approcher de nous.

«Ces messieurs désirent? demanda-t-il avec une mauvaise grâce évidente.

— Mon cher monsieur, fis-je en feignant de ne pas avoir remarqué le silence, mon ami et moi boirons chacun un **Black Jack** dans un petit verre, avec une chopine de bière pour le faire descendre.» Je sortis un billet de cinquante de mon portefeuille, et j'ajoutai: «Et prenez-en un aussi, tenez — oh et puis merde, tiens! J'offre une tournée générale... Je viens de rafler un beau paquet au poker du Slumgullion — vous savez, à Meriwether —, alors, buvons tous à la chance!

— À la chance», fit le barman d'un ton qui laissait supposer que nous en aurions sacrément besoin sous peu.

Mais après que j'eus offert une deuxième tournée générale, l'atmosphère se détendit nettement. On poussa un grand soupir de soulagement, Simmons et moi, et on se mit à siroter lentement nos whiskeys.

Le **Jack Daniel's** est une des grandes marques de whiskey américain qui titre 40°. Le *Green Label* titre 43°. Les « **sours mash whiskees** », produits dans le Tennessee, se distinguent des bourbons par leur douceur due à un procédé particulier. Le whiskey, après son séjour en fût, est filtré à travers 4 mètres de charbon de bois.

## GLAÇAGE DE CHOCOLAT

Faites ramollir 125 g de **beurre doux**.
Ajoutez 1/2 tasse de **cacao très chocolaté**.
Faites chauffer 1 minute environ jusqu'à ce que le mélange frémisse.
Mettez dans un mixer :
le beurre chocolaté,
3 cuillerées à soupe de **whiskey**,
3 cuillerées à soupe de **crème fraîche épaisse**.
Utilisez cette pâte onctueuse pour napper ou fourrer vos gâteaux. Elle durcira en refroidissant.

## GELÉE DE CANNEBERGES

Les canneberges sont des fruits rouges et acidulés cultivés dans le Massachusetts.

Mettez dans un casserole :
350 g de **canneberges** fraîches,
1 tasse 1/2 de **whiskey**,
**1 clou de girofle**,
**1/2 bâton de cannelle**,
**1 tranche de gingembre**.
Couvrez, portez à ébullition et laissez mijoter 20 minutes.
Mettez la préparation dans une passoire pour retenir les peaux et les graines en pressant bien les fruits pour en extraire tout le jus.
Remettez le jus dans la casserole, versez 1 bol de **sucre** et faites chauffer en remuant jusqu'à complète dissolution du sucre.
Éliminez l'écume puis versez dans un moule (il faut que la préparation remplisse complètement le moule).
Laissez refroidir et mettez au réfrigérateur.
Pour servir, démoulez la gelée sur un plat de service.

**RAYMOND CHANDLER**
## Le grand sommeil
Traduit de l'américain par Boris Vian
SN N° 13

— Un verre vous fera du bien, dis-je.

Elle hocha le menton, tache pâle dans l'angle de la voiture. Je tournai diagonalement et me rangeai nez au trottoir.

— Un peu de café noir arrosé au whisky, ça ne serait pas mal, dis-je.

— Je voudrais me saouler comme un Polonais; je serais ravie.

Je lui tins la porte et elle sortit en me frôlant la joue de ses cheveux. Nous entrâmes dans le drugstore. J'achetai une bouteille de whisky au rayon des alcools et me transportai jusqu'aux tabourets du bar pour la poser sur le comptoir de marbre craquelé.

— Deux cafés, dis-je. Noirs, forts et de cette année.

— Vous n'avez pas le droit de boire de l'alcool ici, dit l'employé.

Il avait une blouse délavée, était un peu diminué au sommet question cheveux, vous regardait d'un œil honnête et jamais son menton ne rentrerait dans un mur sans qu'il s'en aperçoive. (...) Il soutira deux tasses de café d'un réceptacle en nickel terni et les posa devant nous. Il regarda la bouteille de **rye** en bougonnant vaguement et reprit d'un ton las:

— Bon... je vais surveiller la rue pendant que vous le versez.

Il alla se poster devant la vitrine, le dos tourné vers nous, l'oreille tendue:

— Je suis terrorisé à l'idée de faire ça, dis-je... et je dévissai la capsule de la bouteille de whisky pour en couper le café.

Le **rye whiskey** est une invention américaine. Il doit contenir au moins 51 % de seigle et vieillir 4 ans. On distingue :
le « straight », non coupé et vieilli au moins 2 ans,
le « blended straight », mélange de plusieurs « straights »,
le « blended american whiskey » coupé avec un spiritueux neutre.

## REINETTES AU RYE

Mettez dans une terrine :
3 cuillerées à soupe de **crème fraîche épaisse**,
2 cuillerées à soupe de **whiskey**,
4 cuillerées à soupe de **crème de cassis**.
Mélangez à la fourchette.
Épluchez et coupez en dés la chair de 2 grosses **reinettes grises du Canada**.
Si le dessert n'est pas assez sucré, vous pouvez rajouter du **sucre cassonade**.
Parsemez de **baies de cassis** fraîches ou surgelées.

## RYE HOT TODDY

Coupez un citron en deux et gardez une rondelle entière.
Pressez-le et filtrez le jus.
Chauffez :
2 mesures de **jus de citron**,
1 mesure de **sirop de sucre**,
4 mesures de **rye whiskey**.
Versez dans un verre résistant à la chaleur.
Allongez d'eau chaude.
Ajoutez une **rondelle de citron** piquée d'un **clou de girofle**.

## PUNCH AU RYE

Chauffez un verre résistant à la chaleur en le plongeant dans de l'eau bouillante.
Versez dans le verre chaud :
3 cuillerées à soupe de **rye**,
1 cuillerée à soupe de **sucre en poudre**,
**1 rondelle** de **citron** non traité.
Remplissez d'eau bouillante et mélangez.
Servez immédiatement.

**ED McBAIN**

## Ça fait une paye!

**Traduit de l'américain par Michel Deutsch. Traduction revue et augmentée par Anne-Judith Descombey**
**SN N° 2540**

Comme il avait fait une bonne journée, il avait décidé d'aller boire un coup. Il devait être quatre heures de l'après-midi. Une femme était installée à côté de lui au comptoir. Il humait une odeur composite de parfum et de whisky. Au fond de la salle le juke-box braillait.

— Qu'est-ce que ça sera, Jimmy? lui demanda le barman.

— Un **bourbon à l'eau**.

— C'est comme si ça y était.

— Mon père aussi buvait du bourbon à l'eau, dit la femme.

D'après sa voix c'était une Blanche. Une femme du Sud.

— Tiens donc?

— Oui. Du bourbon avec de l'eau de source. Comme boisson, on ne fait pas mieux, chez nous. Je suis du Tennessee.

— Ah bon.

— Voilà, Jimmy.

Cliquetis du verre sur le comptoir. Il avança la main, tâtonna et le trouva.

— Santé, fit-il en portant le godet à ses lèvres.

— Santé, répondit la femme. Je m'appelle Isabel Cartwright.

— Moi, c'est Jimmy Harris.

— Enchantée de faire votre connaissance.

— Vous êtes blanche?

— Vous ne le voyez pas?

— Je suis aveugle.

Elle rit doucement.

— Moi aussi.

Six mois plus tard, ils étaient mariés. Aveugles comme des taupes tous les deux.

Le **bourbon** est une eau-de-vie de grain américaine, portant le nom du comté du Kentucky, où furent fabriqués les premiers whiskys aux États-Unis. Le bourbon est distillé à partir du maïs (il doit en contenir au moins 51 %), auquel on ajoute du seigle et de l'orge maltée. Après distillation, le whiskey est ramené à 63° par adjonction d'eau puis il vieillit en fûts de chêne neufs, ce qui lui confère sa couleur dorée et son goût moelleux.

## PÊCHES AU BOURBON

Ébouillantez 2 kg de **pêches jaunes**, fermes mais mûres, et pelez-les.
Mettez dans une grande casserole :
1 litre d'eau,
2 kg de **sucre**,
2 **bâtons de cannelle**,
6 **clous de girofle**.
Portez à ébullition et remuez pour faire dissoudre le sucre.
Ajoutez les pêches par petites quantités et faites-les pocher pendant 5 minutes. Ne les laissez pas trop cuire pour qu'elles ne se défassent pas.
Égouttez les fruits sur un plat. Remettez l'excès de sirop dans la casserole et faites épaissir jusqu'à ce qu'il nappe légèrement la cuillère.
Incorporez 90 cl de **bourbon** au sirop.
Disposez les pêches dans des bocaux bien larges.
Recouvrez-les de sirop.
Fermez hermétiquement et laissez reposer à l'abri de la lumière.

## GROG DU KENTUCKY

Préchauffez le four à 170° C (th. 3).
Portez à ébullition 60 cl d'eau avec 250 g de **sucre**.
Faites bouillir quelques minutes et laissez refroidir.
Pelez et évidez 6 **pommes** entières.
Disposez les pommes dans un plat à gratin et nappez-les de sirop de sucre. Laissez-les cuire en les arrosant de temps en temps jusqu'à ce qu'elles soient tendres (environ 1 heure selon la qualité des pommes).
Écrasez les pommes et leur jus dans une coupe.
Ajoutez 50 cl d'eau bouillante, sucrez à votre goût, ajoutez 50 cl de **bourbon** et saupoudrez d'une pincée de **noix muscade râpée**. Servez dans des tasses et dégustez chaud.

**JON A. JACKSON**
## Au cochon aveugle
Traduit de l'américain par Richard Matas
SN N° 2306

— J'ai pensé à une chose, Mul. Faudrait que j'ouvre une salle à manger. Quelque chose d'intime. Juste huit couverts environ. Je ferais un ou deux services par soirée. Et le plus cher possible. Peut-être soixante-quinze, cent dollars par tête. J'engagerais Alois Belanger, le chef de l'*Old Plank House*, et je le paierais le prix qu'il vaut. Ou alors je prendrais différents chefs à tour de rôle sur une semaine. Je parie qu'au bout d'une semaine, j'aurais déjà une honnête réputation. J'ai déjà une très bonne cave à vin, mais il faut que je l'agrandisse. Ce sera un bon prétexte pour aller passer un mois en France.

— T'as déjà une cave à vin ici? fit Mulheisen levant les yeux de son **Wild Turkey** à l'eau.

Il avait commandé un Wild Turkey rincé.

— Ici, sûrement pas. Je prends aucun risque. Je n'ai encore jamais été victime d'aucune razzia, et je veux pas commencer en me faisant soulever mes bons vins. Je les entrepose pas loin de chez moi.

— Le restaurant, ça me paraît une bonne idée.

— La question est, fit Benny, de savoir pourquoi le faire ici en toute illégalité. Je veux dire: pourquoi ne pas l'ouvrir officiellement.

— Pourquoi pas, approuva Mulheisen.

— J'en sais rien, répondit Benny gravement. En quelque sorte, c'est tout simplement l'idée de travailler dans la légalité qui ne me plaît pas. Tu comprends?

Le **Wild Turkey** est l'une des plus grandes marques de bourbon.

## PUNCH DE L'AMIRAL GANNON

Pressez quelques citrons et filtrez le jus.
Mettez dans un récipient à punch :
90 cl de **Wild Turkey**,
60 cl de **rhum blanc**,
30 cl de **jus de citron**,
15 cl de **sirop d'érable**.
Mélangez tous ces ingrédients et laissez reposer pendant 3 heures.
Ajoutez quelques **glaçons** avant de servir dans des verres à cocktail.

## BOURBON AU CITRON

Pressez un citron et une orange.
Coupez une orange et un citron en quartiers.
Mettez dans un shaker avec de la glace pilée :
6 cl de **bourbon**,
2 cl de **jus de citron**,
2 cl de **jus d'orange**,
2 cuillerées à café de **sucre semoule**.
Remuez énergiquement et versez dans un grand verre.
Ajoutez :
les **quartiers d'orange**,
les **quartiers de citron**,
3 **cerises confites à l'eau-de-vie**.
Remplissez d'**eau gazeuse**.

## COCKTAIL DE BERLIN

Cocktail inventé par Jean Gaste, du « Tangage » à Paris, en l'honneur des quatre vainqueurs de la Seconde Guerre mondiale.

Mélangez :
3 mesures de **bourbon** (pour les États-Unis),
3 mesures de **gin** (pour le Royaume-Uni),
3 mesures de **cognac** (pour la France),
3 mesures de **vodka** (pour l'URSS).
Ajoutez une **olive verte** et dégustez.

**HARRY CREWS**

## Le roi du K.-O.

Traduit de l'américain par Nicolas Richard
SN N° 2536

Il était à une dizaine de kilomètres du Vieux Carré, et il s'arrêta dans une *Eckerd Pharmacy* pour s'acheter une bouteille de **vodka Absolut**. C'était ça, La Nouvelle-Orléans. Dans quelle autre ville américaine pouvait-on acheter du whisky vingt-quatre heures sur vingt-quatre, sept jours sur sept, dans un drugstore ou en l'occurrence une supérette ou une épicerie? Avant de remonter sur sa moto, il ouvrit la bouteille d'Absolut et s'envoya trois longues gorgées puis glissa la bouteille à l'intérieur de sa chemise. En lui descendant dans le ventre, la vodka provoqua une désagréable impression de chaleur qui lui rappela qu'il n'avait pas mangé de la journée.

Lars Olson Smith, redoutable commerçant mais aussi épris de qualité, trouve que les vodkas qu'il propose ne sont pas assez pures. Il adopte donc dans sa distillerie un nouveau procédé : la rectification.
Il utilise d'abord la pomme de terre comme matière première, et il dépose le nom d'***Absolut Rent Braännvin*** (vodka absolument pure) puis il remplace la pomme de terre par de la farine de blé. Il meurt ruiné en 1913.
Son fils reprend l'affaire, mais l'**Absolut** ne fait plus parler d'elle. Dans les années 1970, un nouveau manager entreprend de conquérir le marché américain. La bouteille, sur le modèle d'un flacon médicinal, est parfaitement transparente et ne porte pas d'étiquette, mais des mentions sérigraphiées directement sur le verre. Une campagne publicitaire remarquable est mise en place. Andy Warhol affirme même qu'il utilise cette vodka comme parfum : l'Absolut est devenue un must dans les milieux artistiques américains. Les créateurs de mode (le dernier en date étant Versace) créent des vêtements sur lesquels figure le nom de la vodka, les designers imaginent des meubles à l'effigie « Absolut ».
Première vodka importée aux États-Unis, elle a conquis le marché européen. Des versions aromatisées sont élaborées : au poivre, au citron ou au cassis.

## POIRES À LA VODKA

Pelez, coupez en quatre et évidez 1 kg de **poires** parfaitement mûres.
Pesez 450 g de **sucre cristallisé**.
Placez les poires dans des bocaux en alternant les couches de fruits et de sucre.
Versez lentement de la **vodka** jusqu'à 1 cm au-dessus des fruits.
Fermez et secouez énergiquement.
Laissez macérer au moins 3 mois en remuant de temps en temps jusqu'à complète dissolution du sucre.

## LIQUEUR AUX ZESTES D'AGRUMES

Prélevez très finement (à l'aide d'un couteau économe) les zestes d'**oranges**, de **citrons**, de **pamplemousses** non traités.
Mettez dans un bocal :
75 cl de **vodka**,
250 g de **zestes d'agrumes**,
50 cl de **sirop de sucre**.
Fermez hermétiquement et laissez macérer pendant 3 mois dans un endroit frais.
Passez ensuite dans un entonnoir garni de mousseline.
Mettez en bouteilles.
La liqueur est prête à être consommée.

**LOREN D. ESTLEMAN**
## Tous des tricheurs!
Traduit de l'américain par F. M. Watkins
SN N° 2148

Quand elle fut partie, en faisant claquer la porte d'entrée, nous passâmes dans le living-room. Mme Marianne marchait un peu devant moi. Elle avait la taille fine et les hanches minces, légèrement arrondies. En la suivant, je respirai le parfum d'une nuit de printemps.

Elle monta sur une plate-forme derrière le bar.

— Qu'est-ce que je vous donne?

— N'importe quoi sur de la glace.

Elle prit la glace dans un réfrigérateur pygmée, en remplit deux verres ballon, fit gicler du soda dans l'un et rajouta de la **Stolishnaya**. J'étais assis dans un fauteuil à bascule ivoire quand elle apporta les verres.

— Le canapé est plus confortable.

Il en avait l'air, près de deux mètres de cuir blanc avec des pieds jaunes griffus. Elle se blottit sur le coussin à côté du mien, ôta ses souliers et replia ses jambes sous elle. D'aussi près, je voyais les fines rides au coin de ses yeux et de sa bouche. C'était plus joli que toute la quantité de fond de teint qu'il aurait fallu pour les cacher complètement.

— Vous avez été dans la police, inspecteur?

— J'ai prêté serment.

— Et alors?

— Ils me l'ont rendu.

La vodka importée avait du mordant. Ce n'était absolument pas un breuvage poli du samedi après-midi.

La **Stolishnaya** est la vodka russe haut de gamme. Son nom signifie « capitale » (*stolitsa* en russe). À base de blé d'hiver, elle est distillée deux fois et filtrée trois fois sur charbon de bois de bouleau. Elle est rectifiée avec de l'eau très pure et légèrement sucrée à la fin pour lui donner plus de moelleux.
On trouve dans le commerce une dizaine de variétés de Stolishnaya aromatisées avec des arômes naturels : orange, zestes de citron, poivre et piments, herbes et épices, café, vanille, fraise, framboise, pêche et cannelle.

## FRUITS SECS À LA VODKA

Mettez de l'eau dans un saladier et ajoutez :
le **jus d'un citron**,
100 g de **raisins secs noirs**,
100 g de **raisins secs blancs**,
100 g de **pruneaux**,
100 g d'**abricots secs**.
Laissez tremper pendant 2 heures.
Sortez les fruits et séchez-les dans une essoreuse à salade, puis finissez le séchage en les étalant sur un torchon.
Mettez-les ensuite dans un bocal, ajoutez :
**1 bâton de cannelle**,
3 **clous de girofle**,
le **zeste d'un citron**, finement coupé avec un couteau économe.
Couvrez de **vodka** et laissez reposer quelques jours.
Ajoutez de la vodka jusqu'à ce que les fruits, gorgés d'alcool, n'en absorbent plus.
Fermez et laissez reposer 1 mois avant de consommer.

## VODKA AUX PRUNES

Remplissez un bocal de **prunes** parfaitement mûres.
Couvrez de **vodka**, fermez hermétiquement.
Laissez macérer 4 semaines dans un endroit frais.
Égouttez les fruits et réservez la vodka.
Remettez les prunes dans le bocal et saupoudrez avec 1 kg de **sucre en poudre**.
Laissez macérer 15 jours, égouttez et ajoutez ce sirop de prunes à la vodka, réservez.
Filtrez dans un entonnoir tapissé d'une double épaisseur de mousseline.
Mettez en bouteilles, fermez hermétiquement et laissez reposer 6 mois avant de déguster.

**JON A. JACKSON**
## Grootka
**Traduit de l'américain par Mona de Pracontal**
**SN N° 2408**

Jiggs rangea sa vieille auto cabossée devant un téléphone de police-secours.

— Vise-moi ça, dit-il à Grootka en sortant de voiture. Il marcha vers le poste en farfouillant parmi plusieurs clés, pendues au bout d'une chaîne à rembobinage automatique passée à sa ceinture.

Grootka regarda à travers le pare-brise sale en plissant des yeux. Visiblement, Jiggs faisait un numéro à son intention, mais cela ne l'amusait pas. «Pauv' connard», bougonna-t-il.

Jiggs ouvrit la borne et en extirpa une bouteille de **vodka Fleischmann** d'un demi-litre. Il balaya rapidement du regard le quartier miteux, claqua la porte de métal et retourna à la voiture.

— Mon stock perso, dit-il d'un ton triomphant, en tendant la bouteille à Grootka.

Il était à peine neuf heures passées, par un matin d'octobre gris. Grootka dévissa le capuchon et avala une grande goulée. Ensuite, il se racla la gorge et baissa la vitre pour cracher.

— Ton stock perso a un goût de «générique», grogna-t-il.

Jiggs rit et mit le contact.

— Il y en a des dizaines, de téléphones débranchés comme ça, en ville, dit-il. Il avait calé la bouteille entre ses grosses cuisses et prenait des lampées tout en conduisant. — Je les connais tous. Les jours de paie, je fais le tour et je réapprovisionne.

— Sans déc, commenta Grootka, ouvertement ironique.

Jiggs n'y fit pas attention. Il se dit que Grootka râlait toujours...

## VODKA ALEXANDER

Mettez dans un shaker avec des **glaçons** :
3 mesures de **crème fraîche**,
2 mesures de **crème de cacao brun**,
2 mesures de **vodka**.
Secouez énergiquement et servez dans des verres évasés.

## VODKA-FIZZ

Mettez dans un verre frappé :
1 cuillerée à soupe de **sucre**,
1 mesure de **vodka** sortant du congélateur,
1 mesure de **jus d'ananas** frais,
1 mesure d'**eau gazeuse** très fraîche.
Servez immédiatement.

## FLOCON DE NEIGE

Mettez dans un shaker avec des **glaçons** :
3 mesures de **vodka**,
1 mesure de **Galliano**,
1 mesure de **Southern Comfort**,
1 mesure d'**advocaat***,
4 mesures de **jus d'orange**.
Agitez vigoureusement.
Versez dans des grands verres à orangeade. Complétez avec du **soda**.
Ajoutez lentement de la **crème fraîche liquide** (fleurette) de façon qu'elle reste à la surface. Servez avec une paille.

## VODKA FRAÎCHE AUX PÊCHES

Portez à ébullition 60 cl d'**eau** additionnée de 250 g de **sucre**.
Faites bouillir quelques minutes jusqu'à complète dissolution du sucre et laissez refroidir.
Mettez dans un bocal :
75 cl de **vodka**,
6 **pêches** coupées en deux avec le noyau,
30 g d'**amandes**,
le sirop de sucre.
Fermez hermétiquement et laissez 3 mois dans un endroit frais. Retirez les pêches, filtrez à travers une mousseline puis dans un filtre en papier avant de mettre en bouteilles.

* Liqueur hollandaise onctueuse faite de jaunes d'œuf, de sucre, d'alcool et aromatisée au genièvre.

**NORBERT KLUGMANN**
## Feuer et Flamingo
**Traduit de l'allemand par Patrick Kermann**
**SN N° 2570**

— Une petite bière? cria Schuh qui revint avec un pack de bières et une bouteille d'**aquavit** glacée.

Il décapsula adroitement les bières avec le rebord de la table.

— Enfin tranquilles, soupira-t-il en tendant le verre de bière à Feuer.

*Cling*, entendit-on, et le chien se mit à hurler.

— Elle l'a dressé, marmonna Schuh en buvant une grande gorgée. Dès qu'il voit un ouvre-bouteille, il l'attrape et va l'enterrer dans le jardin.

— Mais il ne boit pas votre bière, dit Feuer.

Le chercheur se leva, prit l'os au chien qui se défendit, et le mit sous le nez de Feuer.

— Ça sent le schnaps, dit Feuer surpris.

— L'armagnac, dit Schuh satisfait.

Il jeta l'os par-dessus son épaule. Les suçotements reprirent aussitôt.

— Et comment nourrissez-vous vos enfants? demanda Feuer impressionné.

— C'est ma femme qui s'en occupe.

L'**aquavit** (du latin *aqua vitae*, « eau-de-vie ») est un alcool de grain additionné de substances aromatiques (anis, cari, cumin, fenouil), fabriqué et consommé dans le nord de l'Europe. Rien ne distingue vraiment cette eau-de-vie de la vodka bien que l'aromatisation joue un rôle important. Son créateur, Isidor Henius, élabore une formule d'eau-de-vie à base de pommes de terre et fortement aromatisée au cumin. Il est le premier au Danemark à pratiquer la rectification pour obtenir une plus grande pureté. Cet aquavit prend le nom de sa ville d'origine, Aalborg, qu'il a conservé jusqu'aujourd'hui. Très moelleux, avec beaucoup de gras, aromatisé aux plantes, où domine de cumin, il titre 45°.

La Norvège produit également un aquavit particulier qui résulte d'une découverte. En 1805, un bateau qui transportait de l'aquavit dans des tonneaux ayant contenu du xérès entreprit une longue traversée jusqu'aux Indes et en Australie. L'eau-de-vie n'ayant pas trouvé preneur, le navire retourna en Norvège avec ses tonneaux. À l'arrivée, l'eau-de-vie avait pris une belle couleur dorée. Lysholm exploita cette découverte familiale et baptisa cet aquavit « Linie » (passage de la ligne, c'est-à-dire l'équateur).

On trouve aussi quelques aquavits en Suède (comme la Skäne Akvavit) aromatisés au cumin et à l'anis, et vieillis en fûts de chêne ayant contenu auparavant du xérès.

## LIQUEUR D'AIRELLES À L'AQUAVIT

Mettez dans un bocal :
500 g d'**airelles**,
75 cl d'**aquavit**,
le **zeste d'un citron**.
Fermez et laissez macérer pendant 2 mois.
Ouvrez le bocal et filtrez à travers une mousseline.
Préparez un sirop au petit filet : faites cuire 400 g de **sucre cristallisé** avec 25 cl d'eau et laissez cuire jusqu'à ce que le sirop forme un filet lorsque vous levez la cuillère.
Laissez refroidir.
Mélangez l'alcool et le sirop de sucre.
Mettez en bouteilles et bouchez.

## AQUAVIT AUX FLEURS DE SAUGE

Mettez dans une bouteille :
50 cl d'**aquavit**,
60 **fleurs de sauge**,
200 g de **sucre** (ou plus selon votre goût).
Laissez macérer pendant 4 semaines.
Filtrez dans un entonnoir tapissé d'une double épaisseur de mousseline puis une seconde fois à travers un filtre en papier.

**CESARE BATTISTI**
## Les habits d'ombre
**Traduit de l'italien par Gérard Lecas**
**SN N° 2320**

Il consulta le plan du métro. Quatre stations seulement pour Châtelet. Il irait à pied chercher de la tequila. Sur le boulevard Sébastopol, il repéra immédiatement la boutique de liqueurs. Il passa en revue les rangées de bouteilles et s'arrêta sur une étagère où trônaient les flacons de vieil Herradura blanc. Une étiquette lui sembla vaguement familière, il s'approcha et s'exclama, quasiment à voix haute:

— Tapatio!

Il se souvenait parfaitement des paroles d'un vieux cocher mexicain.

— Hombre, une vraie tequila ne peut être qu'une **Tapatio**, c'est comme boire directement dans le cactus!

Il quitta la boutique satisfait, la bouteille sous le bras.

Il savait qu'il devait prendre un certain nombre de décisions mais se sentait trop perturbé pour juger objectivement la situation. Il voulut appeler Bob mais se souvint qu'il était absent à cette heure de la journée; il aurait volontiers bu quelques verres avec lui. À un arrêt d'autobus, il entreprit d'ouvrir la bouteille et sentit des regards hostiles braqués sur lui. Il la remit dans le sac en songeant qu'au Mexique, où la consommation d'alcool en pleine rue est prohibée, personne ne se serait offusqué devant son geste, tandis que dans la France démocratique, on s'indignait en société avant d'aller se défoncer au pastis.

La **tequila** est une eau-de-vie mexicaine obtenue par distillation après fermentation de la sève de l'agave bleu.
La première distillation donne le mezcal (20°).
La deuxième distillation donne la tequila (40°).
Selon la légende, la tequila fut découverte à l'époque pré-hispanique du Mexique. Un éclair frappa un agave et la chaleur lui brûla le cœur. Les indigènes remarquèrent une substance parfumée qui suintait de la plante et prirent ce nectar pour un don miraculeux des dieux. Ils nommèrent ce breuvage mystérieux vino Mezcal.

## TEQUILA À L'ORANGE ET AU CAFÉ

Faites trois incisions dans l'écorce de 3 **oranges** et insérez un **grain de café fraîchement torréfié** dans chaque incision.
Mettez dans un bocal :
les oranges,
40 g de grains de café,
50 cl de **sirop de sucre**,
75 cl de **tequila**.
Fermez hermétiquement et laissez macérer 3 mois au frais.
Filtrez la liqueur, mettez en bouteilles et conservez au réfrigérateur.
Servez dans des petits verres et buvez glacé.

## FRAISES À LA TEQUILA

Épépinez et hachez 1 piment serrano (à défaut un piment rouge fort).
Ôtez le pédoncule et coupez en quartiers une vingtaine de fraises mûres.
Ciselez quelques feuilles de menthe fraîche.
Pressez 1 citron vert.
Mettez dans un bol :
la moitié des **fraises**,
1/4 de cuillerée de **piment serrano**,
1 cuillerée à soupe de **feuilles de menthe**,
1 cuillerée à soupe de **tequila**,
1 cuillerée à soupe de **jus de citron vert**,
2 cuillerées à soupe de **sucre**.
Laissez macérer 1 heure au réfrigérateur.
Ajoutez les autres fraises laissées en attente.
Servez dans des coupes avec une boule de **sorbet au citron vert**.

**JAMES CRUMLEY**
## La danse de l'ours
Traduit le l'américain par François Lasquin
SN N° 2361

Je passai ma convalescence dans une chambre d'hôtel Mark Hopkins, où je restai des après-midi entiers à griller des cigarettes en scrutant les brumes de la baie comme si j'avais pu apercevoir derrière les grands rouleaux du Pacifique. Là-bas, quelque part, il y avait cette guerre où je ne voulais pas retourner. Et quelque part derrière moi, sur la côte est, la tombe de ma mère, sur laquelle je ne me rendis jamais. Après ma démobilisation, je partis au Mexique pour la première fois de ma vie, et je m'y noyai dans un véritable océan de **mescal**, au point de me sentir pareil à l'un des petits vers blancs qui baignent dans chaque bouteille de cet alcool violent et clair.

Et tandis que je me tenais sur la terrasse de Sarah, l'envie me prit de céder une bonne fois pour toutes au vertige de la bouteille, de plonger tout au fond des égouts de l'abjection. Quand le colonel Haliburton m'avait embauché, je lui avais donné ma parole que je n'essaierais plus de me tuer à l'aide d'une bouteille de whiskey. Je m'en tenais donc au peppermint, que j'exècre, et cela me valait de rester d'une sobriété relative.

Il existe deux types de vers vivant dans les agaves. Les vers rouges nichant dans les racines et les vers blancs dans les feuilles. Ces vers confèrent un goût particulier au mezcal. Celui qui finit la bouteille doit manger le ver.

## TEQUILA MARIA

Pressez un citron.
Mélangez directement dans un grand verre :
1 cl de **jus de citron**,
4 cl de **tequila**,
12 cl de **jus de tomate**,
1 trait de **Worcestershire Sauce**,
1 trait de **Tabasco**,
1 pincée de **poivre**,
1 pincée de **sel**.
Ajoutez des **glaçons**, remuez et décorez d'une **branche de céleri**. Si vous n'avez pas de céleri en branches, remplacez le sel par du sel de céleri.

## SOLEIL MEXICAIN

Coupez très finement en serpentin l'**écorce d'une orange** non traitée.
Mettez dans un shaker avec de la glace :
2 mesures de **mezcal**,
2 mesures d'**amaretto**.
Secouez énergiquement. Versez dans un verre à cocktail évasé.
Décorez avec l'écorce d'orange.

## TARTE AU CITRON VERT

Préchauffez le four à 160° (th. 6).
Préparez de la **pâte sablée** (*Le livre de cuisine de la Série Noire*, p. 295).
Étalez la pâte dans un moule à tarte d'environ 20 cm de diamètre.
Piquez la pâte avec une fourchette, et faites cuire pendant 25 minutes.
Fouettez : 5 gros **jaunes d'œuf**, 6 dl de **lait concentré sucré**, 1 tasse à café de **jus de citron vert**, 2 cuillerées à soupe de **mezcal**, 1 cuillerée à café de **zeste de citron vert** haché très finement.
Versez la préparation sur la pâte et enfournez pendant 10 minutes.
Quand la tarte est ferme, sortez-la du four et laissez refroidir avant de démouler.

## G. VAÏNER ET L. SLOVINE
# La face cachée de la lune
Traduit du russe par Pierre Léon
SN N° 2371

Les extras, en file ininterrompue, portaient chacun une bouteille de vin et une bouteille de vodka. La tête de la file se perdait dans l'annexe construite sous le balcon. À l'intérieur, régnait un homme aux joues roses, un teint que ne peut posséder qu'un abstinent véritable.

— Que voulez-vous boire? demanda-t-il poliment à Khalmatov.

Toura plaisanta:

— Ô magicien, ô grand-échanson! Maître de la joie et de l'allégresse! Par ta faute, mon **cognac** préféré a disparu des magasins. Tout a été raflé pour la noce.

— Quel genre de cognac? se renseigna sérieusement l'échanson et il jeta un coup d'œil quelque part derrière lui. «Dagestan», «la Cigogne blanche», «l'Arménien», trois, quatre étoiles*, «Divin»...

Pendant qu'ils parlaient, le mouvement des porteurs cessa; ils attendaient patiemment.

— «KV». Du géorgien, dit Toura.

— Je n'ai pas de «KV», dit l'échanson, désolé. Je stocke depuis l'automne dernier, mais je n'ai jamais vu de «KV».

— Monsieur.

Un des porteurs, un homme jeune, aussi sobre que l'échanson, toucha le bras de Khalmatov:

— Regardez sur les tables. Un des invités a offert une caisse de «KV». Mais je ne suis pas sûr que ce soit celui que vous cherchez.

— Une bouteille haute. Avec de grandes lettre: «KV».

* La qualité du cognac, géorgien ou arménien, était désignée, en ex-URSS, par un nombre d'étoiles allant de un à cinq.

Le **cognac** est une eau-de-vie produite en Charente autour de la ville de Cognac. Il résulte de la double distillation d'un vin de base issu du cépage ugni blanc, appelé localement saint-émilion. Le processus de vieillissement commence dans des fûts neufs de chêne, puis le cognac est transvasé dans des fûts plus anciens et versé ensuite dans des bonbonnes de verre (voir vieillissement p. 137).
Il se déguste dans des verres ballons et on le fait tiédir en le faisant tourner dans la paume de la main.
Pour réaliser les recettes suivantes, utilisez un bon cognac de 5 ans d'âge. Gardez les cognacs plus vieux pour les déguster en digestif.

## REINES-CLAUDES AU COGNAC

Lavez 500 g de prunes **reines-claudes** d'excellente qualité et parfaitement mûres.
Dans une casserole, mettez à fondre 300 g de **sucre cristallisé** dans 40 cl d'eau sur feu modéré avec 1 **bâton de cannelle**.
Quand le sucre est dissous, ajoutez les fruits et laissez pocher pendant quelques minutes.
Laissez refroidir.
Disposez délicatement les fruits dans un grand bocal.
Ajoutez du **cognac Rémy Martin** jusqu'à 1 cm au-dessus des fruits.
Fermez et laissez macérer au moins 6 semaines à l'abri de la lumière.

## COGNAC ÉPICÉ

Écrasez au pilon :
30 g d'**anis**,
15 g de **graines de fenouil**,
1 cuillerée à café de **graines de coriandre**,
6 **clous de girofle**,
3 pincées de **noix de muscade râpée**.
Versez dans une bonbonne 4 litres de **cognac**, ajoutez :
les épices pilées,
500 g de **raisins secs**,
250 g de **figues sèches**,
1 morceau de **bois de réglisse**.
Laissez infuser pendant 6 jours.
Ouvrez et ajoutez 15 g de **stigmates de safran**.
Laissez infuser encore 2 jours.
Filtrez deux fois, mettez dans des petites bouteilles et fermez hermétiquement.

## HENRY KANE
# Un fauteuil en enfer
Traduit de l'américain par Noël Chassériau et Minnie Danzas
SN N° 28

— Soif, dit-il tout à coup, très agité. Mille pardons. Mais oui. Vous avez soif, pas vrai?

— Oui, dis-je précipitamment, et je retourne à mon fauteuil. Tout à fait le détective privé nouveau style. Mais comment donc!

— Excellent, dit-il, avec effet de râtelier. Exquis. Vous me plaisez beaucoup.

Il ouvre la porte d'une troisième pièce et la referme derrière lui.

Je me lève, je me plante au milieu du tapis, les mains sur les hanches et j'examine la pièce, froidement et professionnellement, avec détachement, comme un véritable grand détective. Je ne vois qu'une grande pièce bien meublée, impersonnelle, et rien d'autre. L'idée me vient de farfouiller dans les casiers du bureau, mais je me dis que ce serait ridicule. Alors, je retourne à mon fauteuil, je jette mes jambes par-dessus l'accoudoir, et je ramène les pans de la robe de chambre sur mes cuisses.

Pierre Viseau réapparaît avec une bouteille de **Rémy Martin** et deux grands verres.

— Cognac, dit-il.

— Épatant, dis-je.

Je me lève, il verse un quart de verre pour chacun, nous trinquons et nous buvons. Il prend mon verre, le remplit à moitié, en verse une larme dans le sien et s'assoit. Je m'assois.

Je mets mon nez dans mon verre et j'en aspire le bouquet.

## COUPE À L'ORANGE

Pressez 4 **oranges** et 1 **citron** et filtrez le jus.
Détaillez quelques lanières fines de **zeste de bigarade** (orange amère).
Mettez dans une casserole 125 g de **sucre cristallisé** et 60 cl d'eau.
Faites bouillir 3 minutes.
Ajoutez le jus des agrumes.
Versez dans un broc supportant la chaleur.
Ajoutez 30 cl de **cognac Rémy Martin**.
Servez aussitôt.

## LIQUEUR D'ORANGE AU COGNAC

Prélevez finement le zeste de 3 **oranges** non traitées.
Disposez les zestes dans un bocal et ajoutez 1 bouteille de **cognac**.
Préparez un sirop avec 200 g de **sucre** et 30 cl d'eau. Le sirop est prêt lorsqu'il nappe bien la cuillère.
Laissez refroidir.
Versez le sirop dans la préparation alcoolisée et ajoutez :
2 **clous de girofle**,
2 cl d'**eau de fleur d'oranger**.
Laissez macérer pendant 2 jours.
Filtrez deux fois à travers une mousseline.
Mettez en bouteilles et bouchez.

## PÊCHES AU COGNAC

Ébouillantez 1 kg de **pêches jaunes** mûres.
Coupez-les en deux et dénoyautez-les.
Pesez-les pour calculer la quantité de **sucre** à utiliser, qui doit être égale à la moitié du poids des pêches.
Fendez dans la longueur une **gousse de vanille** et coupez-la en morceaux.
Déposez dans des bocaux une couche de pêches et ajoutez du sucre et de la vanille au fur et à mesure.
Remplissez de **cognac**.
Fermez hermétiquement et conservez à l'abri de la lumière.
Consommez au bout de 2 mois.

**NICK TOSCHES**
## La religion des ratés
Traduit de l'américain par Jean Esch
SN N° 2437

Louie souleva la valise et fit quelques pas pour la poser sur la petite table en formica qui se dressait dans l'obscurité, entre le juke-box et les W-C. Le vieil homme le suivit, traînant les pieds avec obstination sur le linoléum usé. Avec une grimace de douleur, il leva le bras gauche, moins atteint par l'arthrite que le droit, pour attraper la cordelette qui pendait au plafond, et une ampoule nue inonda les lieux d'une lumière crue. Au bar, deux silhouettes humaines s'agitèrent avant de replonger dans leur léthargie. L'une d'elles porta son verre à sa bouche.

Louie ouvrit la valise. Méthodiquement, Giacomo en sortit le contenu: quatre bouteilles de Dewar's, quatre de Johnnie Walker étiquette rouge, quatre de Smirnoff, une de **cognac**, une de Bacardi Dark, et une de Southern Comfort. Il levait chaque bouteille dans la lumière pour examiner le cachet légal. Il sortit la dernière bouteille de la valise: elle était opaque, de couleur beige, avec un long col fin. Il l'observa en plissant les yeux, et s'adressa à Louie avec un ricanement sinistre:

— Crème de Praline? Qu'est-ce que tu veux que je foute avec ça?

— Tu rigoles! Les gonzesses en raffolent. C'est comme l'Irish Cream et toutes ces merdes.

— Bon, cent cinquante sacs, dit Giacomo.

Louie acquiesça, et le vieux plongea la main dans sa poche de pantalon. Il en sortit une poignée de billets pliés qu'il approcha de son visage pour en extirper trois billets de cinquante. Il tendit l'argent à Louie, puis entreprit de ranger les bouteilles, deux par deux, sur les étagères dissimulées à l'abri des regards indiscrets, sous le bar. En rangeant la dernière bouteille, la crème de Praline, il secoua la tête, avec un raclement de gorge.

Le cognac n'est jamais commercialisé avant 2 ans de vieillissement. Le cognac de 2 ans d'âge est appelé « 3 étoiles ».
VO, **VSOP** (Very Superior Old Pale) et Réserve correspondent à 5 ans de vieillissement.
Napoléon, Extra et Vieille Réserve, à 6 ans et plus. Les vieux cognacs peuvent avoir 20, 30 ans et plus.

## SPERME DE FLAMANT ROSE

**RECETTE DE BORIS VIAN ET DU BARMAN LOUIS BARUCQ**
***MANUEL DE SAINT-GERMAIN-DES-PRÉS***

Un tiers de crème fraîche ou de **lait concentré sucré** « Nestlé »,
un tiers de **crème de fraise** « succès » l'Héritier-Guyot,
un tiers de **cognac Rémy Martin**.

## CLÉMENTINES CONFITES

Percez de quelques trous d'aiguille 1 kg de petites **clémentines** mûres, mais fermes.
Faites-les tremper dans de l'eau froide pendant 5 jours en changeant l'eau 2 fois par jour.
Trempez les fruits pendant 10 minutes dans de l'eau bouillante additionnée d'une cuillerée de **gros sel** par litre d'eau.
Plongez-les immédiatement dans de l'eau froide et faites-les sécher.
Choisissez un récipient large dans lequel les clémentines ne se chevauchent pas.
Faites fondre 1 kg de **sucre** dans 20 cl d'eau.
Plongez les fruits dans ce sirop bouillant et laissez cuire 10 minutes.
Laissez refroidir jusqu'au lendemain. Retirez les fruits.
Faites bouillir le sirop et remettez les clémentines à cuire pendant 10 minutes.
Laissez refroidir jusqu'au lendemain.
Renouvelez l'opération jusqu'à ce que les fruits aient absorbé tout le sucre.
Il faut surtout éviter que le sirop, devenu très épais, caramélise.
Faites sécher les fruits sur une grille pendant quelques jours.
Rangez les clémentines dans un bocal les contenant toutes.
Recouvrez-les de **cognac** (1 litre environ).
Laissez macérer 1 semaine en plein soleil puis 1 mois avant de consommer.

**JAMES McCLURE**

## Le chien qui chante

Traduit de l'anglais par Daniel Lemoine

SN N° 2337

Kramer la regarda s'éloigner dans le couloir. Elle semblait fatiguée, mais avait la démarche hésitante que l'on associe généralement aux gens tirés d'un profond sommeil, ce qui l'intrigua.

Puis il trouva, derrière la boîte de bougies d'anniversaire, une grande bouteille de **cognac**, dont la capsule était intacte. Autour du goulot, était suspendue une étiquette en forme de feuilles de houx sur laquelle on pouvait lire: À mon Pik bien aimé, Joyeux Noël!

Kramer s'en servit une bonne mesure dans un verre, s'assit à la table de la cuisine et posa les pieds dessus. Il se sentit coupable de boire l'alcool d'un mort. Il avait lu quelque part que tout le monde faisait la même chose avec la fine de Napoléon... et que les gens allaient même jusqu'à s'en vanter.

— Ah, vous avez trouvé la bouteille, remarqua la veuve Fourie quand elle regagna la cuisine avec un verre vide.

— Vous en voulez?

— Non, merci.

— Juste une goutte, insista-t-il. Une petite goutte! Ça vous aidera à vous rendormir tout de suite.

Et il la regarda dans les yeux.

— Comme vous voulez.

— Vous avez l'air contrarié, dit-elle tandis qu'elle rinçait le verre dans l'évier. Pourquoi?

— Je peux m'en servir un autre?

— Il est là pour être bu.

— Et moi pour boire, fit Kramer.

## COGNAC À LA CANNELLE

Mettez, dans une bouteille de **cognac Rémy Martin**, 100 g d'**écorce de cannelle**.
Rebouchez et laissez macérer pendant 3 semaines.

## GROG À LA CANNELLE

Excellent pour soigner ou prévenir les rhumes.

Faites chauffer du **lait**.
Ajoutez du **cognac à la cannelle**.
Vous pouvez rajouter du **sucre** selon votre goût. Buvez très chaud.

## COGNAC AUX MÛRES

Mettez dans une casserole :
3 kg de **mûres**,
10 cl d'eau.
Faites cuire jusqu'à l'éclatement des fruits pour qu'ils libèrent tout leur jus.
Passez dans une passoire tapissée d'une double épaisseur de mousseline.
Mettez dans la casserole :
2 litres de jus de mûres,
500 g de **sucre en poudre**,
1 pincée de **noix muscade râpée**,
1 pincée de **quatre-épices**,
1 pincée de **cannelle en poudre**.
Faites frémir pendant 30 minutes.
Laissez refroidir. Passez à travers une mousseline.
Ajoutez 50 cl de **cognac Rémy Martin**.

## BAVAROISE AU CAFÉ

Recette créée au XVIIIe siècle au café Procope, à Paris, pour les princes de Bavière séjournant à Paris.

Préparez 25 cl de **café** fort.
Fouettez 6 **jaunes d'œuf** avec 100 g de **sucre** jusqu'à ce que le mélange blanchisse et devienne crémeux.
Transvasez les œufs dans une casserole et ajoutez :
1 cuillerée à soupe de **miel**,
le café,
50 cl de **lait** bouillant.
Fouettez quelques minutes.
Versez 10 cl de **cognac** et servez chaud.

**TERI WHITE**
## La guerre n'est jamais finie
**Traduit de l'américain par Michel Deutsch**
**SN N° 2081**

Blue passa la soirée à écrire des cartes de vœux en compagnie d'une bouteille d'**armagnac** Marquis de Caussade hors d'âge. Derrière lui, la télévision muette donnait il ne savait quel ridicule programme de saison. Les seuls bruits étaient comme d'habitude les appels qui tombaient de son scanner.

Il était un peu plus de vingt-deux heures quand la sonnerie stridente du téléphone le fit sursauter. Il prit le temps de lécher soigneusement le rabat d'une dernière enveloppe et décrocha après l'avoir collé.

— Allô?

— Salut, Blue. C'est encore moi.

Le plus drôle, c'est que Blue n'éprouva pas la moindre surprise. À croire qu'il n'avait fait que tuer le temps avec ces fichues cartes et son Armagnac en attendant l'appel.

— Qui est à l'appareil?

Mais il avait posé la question d'une voix étrangement passive et dépourvue d'animation. Comme si c'était une question de pure forme qui n'appelait pas réellement de réponse.

Et, comme de juste, il n'en eut pas.

— J'étais seulement en train de penser au bon vieux temps. Est-ce que cela t'arrive aussi parfois, Lieut'?

Blue prit le verre ballon en cristal et sirota délicatement une gorgée d'Armagnac tiédi.

— Je ne sais absolument pas de quoi vous parlez.

— On appelle ça de l'amnésie sélective, petit pote. (...)

Suivit un silence interminable. Blue humait la faible odeur de bois, de terre et de truffes captive de son verre.

L'**armagnac** est une eau-de-vie d'une région précise de la Gascogne qui provient de vins blancs (picpoul, saint-émilion, jurançon...). En vieillissant, l'armagnac développe complexité, ampleur et finesse.
Trois étoiles ou couronnes, VS ou Monopole, correspondent à 1 an de vieillissement en fûts.
VO (Very Old), VSOP ou Réserve : au moins 4 ans de vieillissement en fûts.
Extra, Napoléon, XO, Hors d'Âge, Vieille Réserve : au moins 5 ans de vieillissement en fûts.
Millésimé : dont l'année de production a été exceptionnelle.
L'élevage optimal est de 20 à 30 années de fûts.
Ce qui compte, c'est le nombre d'années passées en fûts et donc la date de mise en bouteilles, car une fois embouteillé l'armagnac ne vieillit plus.

## PRUNEAUX À L'ARMAGNAC

Disposez dans un bocal 500 g de **pruneaux** d'excellente qualité.
Faites un sirop avec 250 g de **sucre** et 50 cl d'eau.
Quand le sucre est complètement dissous, versez le sirop sur les pruneaux pour les faire gonfler.
Ajoutez :
1 **gousse de vanille** fendue en deux dans le sens de la longueur,
75 cl d'**armagnac**,
25 cl de **malaga** (vin de dessert espagnol), mélangez, fermez le bocal et laissez macérer pendant 1 mois avant de déguster.

## PASTIS GASCON

Faites une pâte avec 1 kg de **farine**, 3 **œufs**, 250 ml d'eau froide et 1 pincée de **sel**. Laissez reposer 12 heures.
Pelez, évidez et coupez en lamelles 4 **pommes**.
Faites-les macérer quelques heures dans de l'**armagnac**.
Étalez la pâte sur un **linge fariné** en un rectangle de 2 m sur 75 cm.
Badigeonnez (au pinceau) de **beurre fondu** et saupoudrez de **sucre**.
Pliez la pâte en trois afin d'obtenir un rectangle de 2 m sur 25 cm.
Badigeonnez de beurre et saupoudrez de sucre. Pliez en deux pour obtenir un rectangle de 1 m sur 25 cm.
Coupez en quatre carrés réguliers.
Posez le premier carré dans un moule à tarte bien beurré.
Répartissez de fines lamelles de pommes.
Intercalez pommes et carrés de pâte en décalant les angles pour obtenir une étoile.
Faites cuire 25 mn à four très chaud.
Badigeonnez de beurre et flambez à l'armagnac.

**MARVIN ALBERT**

## Le paradis des poulettes

Traduit de l'américain par Simone Hilling
SN N° 2236

Le *Diable Bleu* n'était pas une boîte à touristes. Sis dans un ténébreux cul-de-sac de la vieille ville, non loin de la place Garibaldi, il n'était pas facile à trouver. C'était un bar d'habitués, adonnés aux conversations intimes et aux consommations lentes mais régulières. Quand un étranger s'y aventurait, les conversations mouraient. Généralement, ledit étranger prenait un verre en vitesse et s'en allait.

La petite salle faisait l'effet d'une boîte fraîchement repeinte aux couleurs nationales: bleu, blanc, rouge. Le bar s'étirait tout le long du mur du fond, et il y avait six petites tables entre lui et la devanture. Il y avait trois autres tables sur le trottoir. Je m'assis à l'une d'elles et Antonio entra. Il revint cinq minutes après.

— Ils ne sont pas encore là, me dit-il en s'asseyant. Personne ici n'a vu Brissac depuis des mois. J'ai dit à tous les gars de se renseigner et de m'appeler s'ils apprennent quelque chose. Je leur ai bien fait comprendre que c'était important.

Le garçon arriva avec nos consommations. Un petit **marc** du coin pour moi, une grande bière pour Antonio. On sirota en attendant. Une demi-heure après, nos hommes se pointèrent, enfilant nonchalamment le cul-de-sac en direction du bar. (...)

Eric et Klaus s'assirent et dirent qu'ils prendraient bien une bière. Chez les buveurs lents et réguliers du Midi, la bière semble lentement remplacer le pastis. Par la porte ouverte, Antonio gueula qu'on apporte trois grandes bières et un autre marc pour moi.

Le **marc** est une eau-de-vie provenant de la distillation du résidu des grappes de raisin, appelé lui-même le « marc ». Cet alcool très fort peut atteindre 70°.
Chaque région viticole produit un marc différent.

## ÉLIXIR À L'AIL

Cet élixir est excellent pour le foie et dilate les vaisseaux sanguins.

Pelez et hachez 250 g de **gousses d'ail**.
Mettez dans une bouteille de 1 litre.
Ajoutez 75 cl de **marc**.
Laissez macérer pendant 1 mois au soleil en tournant la bouteille tous les deux jours. Filtrez dans un entonnoir tapissé d'une double épaisseur de mousseline. Filtrez une deuxième fois à l'aide d'un filtre en papier.
Transvasez dans deux petites bouteilles et laissez reposer à l'abri de la lumière pendant une semaine.

## CERISES AU MARC

Lavez 1 kg de **grosses cerises noires** (bigarreaux).
Coupez la queue à 1 cm des fruits.
Mettez les cerises dans un bocal et ajoutez :
**1 bâton de cannelle**,
150 g de **sucre semoule**,
du **marc à 60°** de manière à recouvrir les fruits.
Fermez hermétiquement et retournez le bocal tous les jours jusqu'à complète dissolution du sucre. Laissez reposer deux mois avant de consommer.

## PRUNES AU MARC

Lavez 1 kg de prunes quetsches.
Portez à ébullition un demi-litre d'eau.
Retirez du feu et ajoutez 1 cuillerée à soupe de thé de Ceylan et 1 cuillerée à soupe de feuilles de menthe fraîche.
Laissez infuser 10 minutes.
Ajoutez les prunes et laissez macérer une journée.
Ôtez les fruits, piquez-les deux fois à l'aide d'une aiguille à tricoter stérilisée et mettez-les dans un grand bocal.
Ajoutez quelques morceaux de **zeste de citron**, 1 **bâton de vanille** et 150 g de **sucre semoule**.
Recouvrez de **marc**, fermez et retournez de temps en temps. Laissez macérer pendant 20 jours avant de consommer.

## CHANTAL PELLETIER
# Éros et Thalasso
SN N° 2511

Pendant que la pulpeuse Stéphanie découpait sa tarte normande, Momo s'enfila son verre de **calva** d'un coup. Il avait apporté la bouteille de sa réserve personnelle en provenance directe d'un bouilleur de Saint-Martin-des-Besaces, tout un verger de pommiers qui vous réchauffait des gencives à la panse, bourgeons de mars, fleurs d'avril, pommes vertes, acides, mouillées, onctueuses, confiturées, peaux plissées, pépins éclatés, tout cela explosant de sucre, trop fort, trop riche... Momo reposa son verre et fit claquer sa langue. Au fil du temps, le calva, le poiré l'avaient tourné Normand. Né d'un Montmartrois de souche travaillant chez Renault et d'une Mâconnaise placée chez un quincaillier de la rue Lepic, il avait vécu vingt-cinq ans dans le XVIII^e^ parisien des Abbesses, le quartier de Carco et de Mac Orlan, à l'angle de la rue Véron et de la rue Aristide-Bruant. En neuf ans de Granville, il s'était imbibé du terroir normand. Il songea: «On est d'une région, quand on la picole, qu'on soit drogué au jus du coin, l'estomac énamouré des nectars locaux, l'eau-de-vie maison définit bien plus fortement un gars que le lolo de sa maman...»

Cette pensée lui sembla beaucoup moins évidente le lendemain matin, aucune pensée d'ailleurs n'était évidente, tête en obus coincée sous une foutue casquette, Momo avait dépassé sa dose.

*El Salvador* était le nom d'une frégate espagnole qui fit naufrage sur la côte normande en 1588. Les Normands durent sérieusement fêter l'événement, car « El Salvador », l'alcool aidant, finit par devenir Calvados sur les langues rendues pâteuses.
Entre le *p'tit calva* qu'on boit vite fait sur le zinc et le *hors d'âge* qu'on déguste avec componction à l'heure de la digestion, il y a un monde. Le premier évoque les petits matins blêmes et les prolos se réchauffant avant le turbin, l'autre, dense et cuivré, tourne mollement dans le cristal des fins d'agapes bourgeoises.
Comme souvent avec les alcools, c'est le temps qui fait la différence : un an de fût pour le premier contre six et plus pour le hors d'âge. Mais, velours ou tord-boyaux, c'est sous le nom de « trou normand » que le **calvados** est devenu une véritable institution.

## SORBET AU CALVADOS

Se sert aussi en guise de trou normand au milieu d'un repas.

Battez en neige bien ferme 2 **blancs d'œuf**.
Portez à ébullition 1/2 litre d'eau avec une **gousse de vanille** coupée en deux dans le sens de la longueur.
Versez 200 g de **sucre en poudre** et laissez frémir pendant un quart d'heure.
Retirez la vanille, ajoutez :
le **jus d'un citron**,
1 pincée de **cannelle en poudre**,
2 petits verres de **calvados**.
Incorporez les blancs d'œuf délicatement.
Mettez à glacer dans une sorbetière.

## TARTE AUX POMMES FLAMBÉE

Préparez une **pâte brisée** (*Le livre de cuisine de la Série Noire*, p. 291) et étalez-la dans un moule à tarte.
Recouvrez de tranches de **pommes reinettes** épluchées et épépinées et mettez à cuire à four (th. 7) pendant 25 minutes.
Râpez le zeste d'une **orange** non traitée et pressez un **citron**.
Sortez la tarte du four, saupoudrez de **sucre**, répartissez le zeste de l'orange et le jus du citron.
Arrosez de **calvados** et faites flamber avant de remettre au four.
Laissez cuire de nouveau 25 minutes et servez tiède.

**JACK BARNAO**

## Adios pesetas!

**Traduit de l'américain par Paul Kinnet**
**SN N° 2194**

— Tu es le seul homme que je connaisse qui boit toujours du **calvados** de préférence au cognac. Pourquoi?

— Cela me rappelle la guerre, dit-il en prenant sa pipe.

— Les habitants sont-ils sortis quand vous avez atterri?

— Le jour J, nous ne les avons pas vus. Les Allemands avaient chassé tout le monde, mais lorsque nous avons traversé Bernières et sommes entrés en terrain découvert après nous être regroupés, nous sommes arrivés dans les vergers. Il y eut de durs combats, mais le soir, quand les hommes se sont terrés, le fermier s'est amené avec un pichet de Calvados. Son meilleur. (Il tira sur sa pipe.) Une barrique qu'il avait laissé vieillir avant la guerre. Il l'avait cachée sous le foin, dans sa grange, pour la durée de la guerre, la réservant pour la libération. Seigneur, c'était comme du velours. Je m'en souviens maintenant. Et le pichet! Une grosse cruche épaisse, avec des fleurs peintes sur les flancs. Nous avons bu à la victoire, puis à tous les amis que nous avions laissés sur Juno Beach. (...) As-tu jamais bu un verre dans ce genre de circonstances?

— Pas aussi mémorable, parce qu'il ne s'agissait pas d'alcool fait à la maison. Mais j'étais avec les Paras quand ils ont libéré Goose Green aux Falklands, et l'un des habitants avec une bouteille de Bushmills. Juste une bouteille à partager entre les survivants de toute la compagnie, de sorte qu'elle ne fit guère que mouiller les lèvres, mais depuis, je préfère le whiskey irlandais à tout autre.

Je n'avais jamais imaginé qu'il fût aussi sentimental, mais il se leva et nous nous sommes dirigés vers l'armoire aux alcools pour y prendre une bouteille de Bushmills et des verres propres. Il m'en versa un peu, puis remplit son calvados et me tendit mon verre.

— *Sláinte!* dit-il, ce qui est le mot gaélique pour «santé».

— *Sláinte va!*

## GROG CHAUD POUR NUIT FROIDE

Cette recette est attribuée à Gustave Flaubert.

Faites chauffer 8 cl de **calvados** et 5 cl d'**eau-de-vie d'abricot** à feu doux.
Versez lentement 5 cl de **crème fraîche épaisse**.
Mélangez et dégustez bien chaud.

## «SPÉCIAL ABEILLE»

Pressez 1/2 citron.
Mettez une cuillerée à café de **miel** dans un verre résistant à la chaleur.
Faites chauffer au bain-marie (mettez le verre dans une casserole d'eau bouillante).
Lorsque le miel est liquide, ajoutez le **jus de citron** et 4 cl de **calvados**.
Mélangez et buvez chaud.

## AUMÔNIÈRES DE POMMES AU CALVADOS

Préparez 12 **crêpes** de 15 cm de diamètre (voir *Le livre de cuisine de la Série Noire*, p. 279).
Arrosez-les de **calvados** et faites-les flamber.
Épluchez et coupez en dés 3 **pommes reinettes**. Faites-les revenir dans une poêle avec 1 cuillerée à soupe de **beurre salé** et 2 cuillerées à café de **sucre de canne**.
Laissez refroidir.
Préparez une **crème pâtissière** (*Le livre de cuisine de la Série Noire*, p. 303).
Préchauffez le four à 150° C.
Disposez au centre de chaque crêpe les pommes et une cuillerée à soupe de crème pâtissière. Faites des lanières en effilochant des feuilles vertes de **poireaux**.
Rassemblez les bords de chaque crêpe pour former des petits sacs.
Liez avec les bandes de poireaux. Saupoudrez de **sucre cristallisé**.
Enfournez et faites chauffer les aumônières pendant 10 minutes.
Servez immédiatement.
Vous pouvez accompagner ce dessert d'une boule de **sorbet au calvados**.

## ALBERT SIMONIN
## Le cave se rebiffe
SN N° 206

— Max! Qu'est-ce que tu fous là? Comment que t'es entré?

Stupéfait, il l'était, il n'y avait pas à s'y tromper, mais je ne trouvais pas sur son visage trace de crainte.

Il m'avait pourtant balluchonné, ce mec, je pouvais d'autant moins m'y tromper que la bouteille de **framboise** qu'il gardait à son chevet en guise de cordial, elle venait tout droit de noszigues, Pierrot et moi. Il se mouchait pas du coude, ce Tintin, c'était une rouille portée six sacs en inventaire! Il se soignait.

Je me suis penché vers lui pour éviter d'avoir à hurler.

— Je suis entré avec les clés d'Irène!

— Tu la connais, ma petite Irène?

Reprenant un peu ses esprits, il essayait de comprendre. Je l'ai vu saisir la bouteille, se verser une rasade de framboise d'au moins vingt louis, prix coûtant, puis je l'ai entendu me dire:

— Prends-toi un verre dans le buffet de la salle à manger... Celle-là, c'est de la couette, je te le garantis. (...) Je t'affirme que c'est de la fameuse! il a redit... Prends un godet dans le buffet... Puisque t'es de la maison maintenant, autant savoir tout de suite où se trouvent les choses.

Il me couvait d'un bon regard humide de poivrot, plein d'amitié, et même peut-être d'affection, qui m'a éclairé sur ma gourance. J'ai dû encore me pencher sur lui; je ne voyais pas d'intérêt à mettre le voisinage dans le coup!

— Tu n'y es pas, Tintin, j'ai rectifié... Il n'y a rien du tout entre Irène et moi, elle m'a seulement donné la clé pour que je vienne te prévenir... Depuis ce soir les condés sont à ta recherche dans tous les tapis de Clignancourt... C'est Arsène qui m'a affranchi.

Avec les fruits, on obtient des eaux-de-vie blanches : kirsch, mirabelle, poire williams, framboise, etc. On les déguste en digestif. Elles sont aussi utilisées en cuisine et en pâtisserie pour mariner, flamber ou aromatiser une préparation.

## FRAMBOISE MAISON

Coupez finement le **zeste d'un citron** non traité.
Pressez le citron et filtrez le jus.
Nettoyez 400 g de **framboises** mûres.
Disposez-les dans un bocal en verre et ajoutez :
le jus et le zeste du citron,
1/2 litre d'**alcool à 90°**,
1/2 **gousse de vanille** coupée dans le sens de la longueur,
1/2 **bâton de cannelle**.
Fermez hermétiquement et laissez macérer pendant 10 jours.
Diluez 500 g de **sucre semoule** dans 1/2 litre d'eau.
Faites bouillir quelques minutes et laissez refroidir.
Ajoutez le sirop de sucre à la macération en pressant les framboises pour en extraire tout le jus.
Filtrez dans un entonnoir tapissé d'une double épaisseur de mousseline.
Filtrez une deuxième fois à travers un filtre en papier.
Mettez en bouteilles, fermez hermétiquement et laissez reposer à l'abri de la lumière pendant 1 mois avant de consommer.

## LIQUEUR DE FRAMBOISE À LA PÉRIGORD

Mettez dans un bocal 5 grands bols de **framboises** mûres et très saines,
75 cl d'**eau-de-vie de marc**.
Fermez hermétiquement et laissez macérer pendant 2 mois.
Écrasez les framboises pour en extraire tout le jus. Portez à ébullition 400 g de **sucre** avec 25 cl d'eau.
Laissez bouillir quelques minutes et ajoutez la première préparation.
Filtrez une première fois dans un entonnoir tapissé d'une double épaisseur de mousseline. Filtrez une deuxième fois à travers un filtre en papier. Mettez en bouteilles et fermez hermétiquement.
Vous pouvez consommer cette liqueur immédiatement, mais elle sera meilleure si vous la laissez reposer 2 mois avant de la déguster.

## ABASSE NDIONE
# La vie en spirale
SN N° 2485

La pièce était vaste, meublée d'un grand lit, d'un canapé confort, de deux fauteuils de même modèle et d'une table d'apéritif. Au milieu, un encensoir en bronze, posé sur un trépied, exhalait une fumée odorante. On ne sentait pas la chaleur effroyable du dehors. Le ronronnement doux du climatiseur emplissait l'air.

— Mets-toi à l'aise, Lébu, invita Aja Baïré.

Je me laissai tomber sur le canapé. Elle tira le rideau qui occupait toute la largeur du mur. Au loin, l'île des Serpents se détachait, masse sombre sur les eaux ondoyantes d'un bleu azur.

— Qu'est-ce que tu prends? interrogea-t-elle.

— T'as de l'alcool? J'ai pas faim.

Elle marcha vers le bar au coin du studio, ramena une bouteille de **Cointreau**, un verre, une bouteille de Perrier et un seau de glace sur un plateau qu'elle déposa sur la table.

— Y a de l'herbe aussi, fit-elle en m'indiquant un petit coffret en bois sur la table. Maintenant, je te laisse seul. À tout à l'heure.

Elle sortit.

Le coffret contenait du mass-mass, un appareil Rizzla et du papier à cigarettes. Je fixai un pétard et l'allumai. Je remplis le verre, négligeai le Perrier et la glace.

Le **Cointreau** remporta une médaille d'or à Chicago dès 1893. C'est une liqueur d'orange amère appelée « triple-sec », obtenue par une distillation de huit heures et élaborée par les frères Cointreau. C'est la liqueur la plus utilisée pour l'élaboration des cocktails.

## MARRONS AU COINTREAU

Portez 1 dl d'eau à ébullition avec 250 g de **sucre semoule** et le jus et le zeste d'un demi-**citron**. Faites bouillir pendant 5 minutes. Laissez refroidir et filtrez.
Faites bouillir 1 kg de **marrons** avec leur peau pendant 1 heure.
Ôtez les marrons de l'eau par petite quantité pour qu'ils ne refroidissent pas, car il est plus facile de les éplucher quand ils sont chauds.
Si vous n'avez pas le courage de faire cette opération fort longue et minutieuse, prenez des marrons en bocaux sous vide et passez-les 5 minutes dans l'eau bouillante. Dans ce cas, il convient de les sécher soigneusement et de les laisser étalés à l'air libre sur un torchon pendant quelques heures pour parfaire le séchage.
Mettez les marrons dans un bocal à conserve.
Ajoutez 4 dl de **Cointreau**.
Puis versez le sirop de sucre citronné jusqu'à hauteur des marrons.
Fermez hermétiquement.
Laissez macérer à l'abri de la lumière pendant 2 mois avant de consommer.

## SIDE-CAR

Pressez un citron et filtrez le jus. Gardez une lanière de zeste.
Mettez dans un shaker avec des **glaçons** :
3 mesures de **Cointreau**,
1 mesure de **cognac**,
3 mesures de **jus de citron**.
Agitez énergiquement.
Humectez avec du Cointreau les bords d'un verre à cocktail et passez-le dans du sucre cristallisé.
Versez le mélange et ajoutez le zeste du citron.

**WILLIAM HJORTSBERG**
## Nevermore
Traduit de l'américain par Philippe Rouard
SN N° 2446

Elle tendit sa main fine à Houdini.

— Bienvenue, enfin. Voulez-vous boire quelque chose avec moi? Je prends de l'**absinthe**.

Elle eut un geste vers la bouteille verte et le pichet d'eau en cristal de Bohême sur un plateau à côté d'elle.

— Je sais que vous ne buvez pas, ajouta-t-elle, mais Martha peut vous apporter tout ce que vous voudrez: jus de pomme, café, thé, lait...?

— Du thé, ce sera parfait, dit Houdini en prenant un siège en face d'elle. Deux sucres. Et dans un verre, s'il vous plaît.

— Martha. Du thé pour M. Houdini, servi dans un verre.

La vieille intendante s'en fut sans un mot, telle l'ombre d'un corbeau quand le soleil disparaît derrière un nuage. Le magicien ne s'aperçut même pas de son départ, tant son attention était toute à la délicate jeune femme préparant adroitement sa boisson sur la table qui les séparait. Elle versa quelques doigts de la liqueur vert pâle dans un grand verre, sur lequel elle posa ensuite la cuiller à absinthe chargée d'un morceau de sucre. Enfin, elle fit couler lentement un filet d'eau sur le sucre qui fondit et s'écroula dans le verre à travers les perforations stylisées de la cuiller, tandis que l'eau transformait la verte opacité de l'absinthe en une opalescence laiteuse.

— La fée verdoyante déploie ses ailes de brume, dit Isis comme pour elle-même.

Parmi les émigrants fuyant la Révolution française, un vieux savant, le docteur Ordinaire, s'installa en Suisse, dans le Valais, et, pour soigner le déclin de ses facultés mentales, entreprit de créer une boisson originale en se servant uniquement des ingrédients de sa terre d'exil. Il la baptisa Absinthe, du nom d'un des ingrédients majeurs : une variété d'armoise amère et aromatique : l'*Artemisia absinthium.*
La boisson eut un succès fou à Paris. Rimbaud, Verlaine, Toulouse-Lautrec, entre autres, en furent des buveurs exaltés.
Les hommes la transportaient dans une fiole logée avec un petit verre dans leurs cannes. On entassait de la glace pilée sur une cuillère percée de petits trous et l'on versait sur l'ensemble du sirop de sucre et une petite dose d'absinthe qui s'écoulait goutte à goutte dans un grand verre sur pied.
Nul ne sait ce qu'il advint des facultés mentales du docteur Ordinaire, mais on constata que celles des consommateurs d'Absinthe se dégradaient si vite qu'on finit par interdire le génie vert en 1915.

Pour retrouver le parfum exceptionnel de cette boisson, on ne peut qu'enfreindre la loi en achetant de l'absinthe distillée par des paysans suisses ou espagnols. Mais, de nombreux accidents s'étant produits, nous le déconseillons formellement.
Nous pouvons approcher la saveur inoubliable de l'absinthe en préparant le mélange suivant :

## ASSOMMOIR

Mettez dans une petite passoire à thé de la **glace pilée**.
Prenez un grand verre à Absinthe (on en trouve encore dans les brocantes).
Versez sur la glace :
1 dose d'**anisette blanche** (Ouzo),
1 dose de **génépi**.
Le génépi est une liqueur de montagne confectionnée avec du génépi, plante de la famille de l'absinthe.
Vous pouvez compléter, si vous le désirez, avec de l'eau très fraîche.

51
PIC
CUVÉE

LETTES

**KONOP**
## Poulet casher
SN N° 2462

Je me risque à réclamer une **anisette blanche** plutôt qu'un Ricard. Gambotti fait une grimace, mais puisque c'est un vestige de l'Afrique du Nord française, il ne peut pas refuser. L'anis des Frères Gras! Sa bouteille de verre blanc, son étiquette immuable et puis cette blancheur, sous les rayons du soleil. La ville blanche. Pépé le Moko. Le sirocco. Le fanion de la Légion! Je sens que mon côté pied-noir lui plaît. Il a certainement servi outre-mer, dans le temps. Je devrais fumer de petites Bastos bleues, mais depuis que les toilettes du lycée d'Alger ne sont plus mon fumoir préféré, j'ai opté pour les américaines.

Mon anis Gras arrive avec la seconde tomate de Jean-Toussaint et une cargaison d'olives. C'est pas si mal, le grand sud! Je veux dire quelque chose mais le patron affirme immédiatement sa préséance.

— Du moment que tu ne bois pas du visqui comme le Chinetoque... Allez! À ta mission et à notre grande maison, la Police nationale...

## APÉRITIF À L'ANIS

Mettez dans un bocal :
1 litre d'**alcool pour fruits à 40°**,
2 cuillerées à café d'**anis vert**,
10 g de **coriandre**,
2 **clous de girofle**,
1 **bâton de cannelle**.
Fermez hermétiquement et laissez macérer pendant 1 mois.
Ajoutez ensuite :
20 cl de **vin blanc sec**,
250 g de **sucre en morceaux** imbibé d'eau.
Fermez hermétiquement et laissez macérer encore 1 mois.
Filtrez dans un entonnoir tapissé de 2 épaisseurs de mousseline.
Filtrez à nouveau à travers un filtre en papier. Mettez en bouteilles.

## ANISETTE

Mettez dans un bocal :
50 g d'**anis vert** concassé à l'aide d'un pilon,
1 litre d'**alcool pour fruits à 40°**,
1 segment de **bâton de cannelle**,
1 **gousse de vanille** fendue dans le sens de la longueur,
1/2 **citron** non traité, coupé en morceaux avec la peau.
Fermez hermétiquement et laissez macérer pendant 1 mois.
Filtrez à travers une double épaisseur de mousseline.
Préparez un sirop avec 500 g de **sucre** et 1 verre d'eau.
Laissez-le refroidir et ajoutez-le à la macération et filtrez de nouveau à travers un filtre en papier. Mettez en bouteilles.
Laissez reposer 1 mois avant de consommer.

## LIQUEUR D'ANIS

Mettez dans une grande bouteille de 2 litres :
30 g de **graines d'anis vert** broyées à l'aide d'un pilon,
1/2 litre d'**alcool à 90°**.
Fermez hermétiquement et laissez macérer pendant 8 jours.
Faites fondre 500 g de **sucre** dans 320 g d'eau.
Battez 2 **blancs d'œuf** en neige. Mélangez les 3 préparations.
Filtrez une première fois à travers une double épaisseur de mousseline puis à travers un filtre en papier.
Mettez en bouteilles et laissez reposer pendant 2 mois.

**TITO TOPIN**

# Honey money

**SN N° 1952**

Le vent affolait le figuier dans la cour carrelée. Il s'était levé entre Zinder et Agadès, avait traversé le Hoggar, soulevé les sables du Tenezrouf et de l'Erg Chèche, dessiné des mirages au bout des horizons, s'était enfiévré dans les oasis brûlantes, avait franchi l'Atlas, réchauffé la Méditerranée et maintenant, il étincelait de rage devant le Ventoux, mugissait dans les orgues de Montmirail et déposait des poignées de sable d'or dérobé au désert sur les feuilles du figuier, tendues comme des mains ouvertes à l'offrande de ses ancêtres africains.

— C'est un des plus beaux figuiers que j'ai jamais eu l'occasion de voir, dit Gonzalès à Nicole. Et pourtant je suis de *là-bas*...

Les premières gouttes de pluie, soucoupes sur la terre cuite, soulevaient des odeurs chaudes.

— Avec un alambic, tu pourrais faire de la *mahia*, ajouta-t-il.

— De la marria?

— Les Tunisiens appellent ça autrement, mais faut les excuser, ils parlent pas bien français. Ils appellent ça la *bouha*.

— **Bourra**.

— De l'eau-de-vie de figue. Les dieux en buvaient, paraît-il, à l'époque où les hommes avaient assez de sagesse pour confier la direction de leurs âmes à des dieux qui se pintaient la gueule du matin au soir...

— C'est un commissaire qui me conseille d'installer une distillerie clandestine, si je comprends bien? C'est du propre, Émile.

— Les commissaires ont le droit de boire autant que les anciens dieux. C'est un privilège qui leur vient de ce que les hommes ont inventé la police en même temps que la religion... Naturellement, tu seras obligée de me corrompre en me filant un certain nombre de bouteilles, sinon...

La **boukha** ou **boukhra** est une eau-de-vie de figue titrant 36°, fabriquée en Tunisie et consommée en digestif en Afrique du Nord.

## VIN DE FIGUE

à la saison des figues fraîches, en septembre.

Écrasez au pilon dans une terrine :
250 g de **figues fraîches** bien mûres,
250 g de **figues séchées**,
250 g de **dattes séchées**.
Versez 50 cl d'**eau-de-vie** et 350 g de **sucre**.
Mélangez pour faire dissoudre le sucre.
Laissez macérer pendant 2 jours.
Transvasez la préparation dans une marmite et ajoutez 4 litres de **vin blanc**.
Chauffer jusqu'à ébullition, baissez le feu et laissez cuire 10 minutes sans cesser de mélanger.
Laissez refroidir.
Filtrez deux fois à travers une mousseline.
Ajoutez 25 cl de **boukha** et mettez en bouteilles.

## LIQUEUR DE FIGUE

Écrasez au pilon :
200 g de **figues fraîches**,
10 g de **baies de genièvre**.
Mettez dans un bocal et ajoutez :
300 g de **figues sèches** coupées en petits cubes,
10 cl de **miel d'acacia**,
25 cl d'**alcool à 90°**.
Mélangez, fermez hermétiquement et laissez macérer pendant 1 semaine.
Faites bouillir 300 g de **sucre cristallisé** et 30 cl d'eau. Laissez bouillir quelques minutes et laissez refroidir le sirop.
Versez-le dans la macération et ajoutez 50 cl d'**eau-de-vie à 40°**. Fermez et laissez reposer 10 jours.
Filtrez à travers un entonnoir tapissé d'une double épaisseur de mousseline. Filtrez une deuxième fois à travers un filtre en papier.
Mettez en bouteilles et bouchez.

## BERNHARD SCHLINK & WALTER POPP
# Brouillard sur Mannheim

**Traduit de l'allemand par Martin Ziegler et revu par Olivier Mannoni**
**SN N° 2479**

Les écoles étaient encore en vacances. Les magasins et les rues étaient déserts, mon regard de conducteur découvrait des places vides à des endroits invraisemblables et une paix estivale qui régnait en ville. J'avais ramené de vacances cette légèreté qui, les premiers jours, permet de percevoir autrement son environnement familier. Tout cela me donnait l'impression de flotter et je voulais en profiter encore un peu. J'ai décidé de n'aller au bureau que dans l'après-midi. Le cœur battant, je me suis rendu au «Kleiner Rosengarden»: serait-il fermé pour congés annuels? Mais de loin déjà, j'ai vu Giovanni dans l'entrée du jardin, la serviette sur le bras.

«Tou de retourr des Grecs? Grecs pas bien. Viens, io te farra gorgonzolaspaghetti!»

«Si, Ritals extra.» Nous jouions, comme toujours, à l'Allemand-qui-parle-au-travailleur-immigré.

Giovanni m'a apporté une bouteille de **frascati** et m'a parlé d'un nouveau film. «C'était un rôle pour toi, un tueur qui aurait également pu être un privé.»

Après les spaghetti au gorgonzola, le café, le **sambuca***, une petite heure avec le *Süddeutsche* dans le parc du château d'eau, une glace et un deuxième café chez *Gmeiner*, je me suis rendu à mon bureau.

* Le sambuca est une liqueur qui ressemble à l'anisette, typique du Lazio.

Le **frascati** est un vin blanc italien renommé et connu depuis l'Antiquité, produit dans le Latium, aux portes de Rome. Les frascati sont secs, moelleux ou mousseux. Les meilleurs peuvent prétendre à la mention « superiore ».

## MELONS AU FRASCATI

Ouvrez des **melons mûrs** à point en deux.
Enlevez les graines.
Retirez les chairs à l'aide d'un instrument permettant de faire de petites boules.
Mettez les écorces de melon au congélateur.
Saupoudrez les boules de melon avec du **sucre semoule** et arrosez de **frascati moelleux**.
Faites rafraîchir au réfrigérateur pendant 1 heure.
Emplissez les écorces glacées de boules de melon baignant dans le vin.

## VIN D'ORANGE À L'ITALIENNE

Prélevez le zeste de 5 **oranges** non traitées.
Coupez les chairs en rondelles.
Mettez-les dans un grand bocal et ajoutez :
2 litres de **frascati**,
300 g de **sucre en morceaux**,
20 cl de **triple-sec**.
Laissez macérer 15 jours au frais.
Filtrez dans un entonnoir tapissé d'une double épaisseur de mousseline.
Filtrez une deuxième fois à travers un filtre en papier.
Mettez en bouteilles, bouchez hermétiquement. Vous pouvez consommer immédiatement ou laisser reposer quelques semaines à l'abri de la lumière.

## SAMBUCA À LA ROMAINE

Les Romains boivent la sambuca *con la mosca*, c'est-à-dire « avec la mouche » : avec un nombre impair de grains de café nageant à la surface.

Faites flamber la **sambuca**.
Laissez-la refroidir et versez-la dans les verres.
Ajoutez 3 ou 6 **grains de café** dans chaque verre.
La sambuca se déguste en croquant les grains de café.

## JEAN-BERNARD POUY

# Le cinéma de papa

SN N° 2199

J'ai salué, faiblement, les quelques regards que j'ai croisés, dont celui du barman, et je me suis assis à une table où étaient éparpillés les journaux du jour.

J'ai pris un *Nice-Matin*, section Ajaccio.

Dehors, encore au-dessus de la mer, le soleil, aux contours nets d'une grosse orange, comme un lampadaire.

J'ai fait semblant de lire jusqu'au moment où le barman s'est décidé à venir prendre ma commande. Un jeune homme en chemise blanche malgré les portes grandes ouvertes et le froid du soir qui tombait.

— Un **Fernet-Branca**, j'ai demandé.

C'est comme si je lui avais demandé du sang de rhinocéros frais… Il m'a regardé, j'étais le malade mental le plus atteint qu'il ait jamais rencontré. Il a peut-être pensé faire un article pour le *Reader's Digest*.

— Là, je vous demande un petit moment, il a dit. Va falloir déplacer toutes les bouteilles de devant…

— Je suis en vacances… Vous pouvez déménager la cave, s'il le faut…

— Mais vous allez boire ÇA?

— Avec un peu de glace, s'il vous plaît…

Il est reparti. A dû raconter la nouvelle aux attachés du comptoir. Je les ai sentis me soupeser. J'en ai entendu rire. J'étais le fada du Fernet, qu'ils avaient vu, un samedi soir, au bar…

Le serveur m'a amené mon verre de Fernet. Il est resté près de la table pour assister carrément au spectacle. J'en ai bu une gorgée sans aucune grimace. Il a fait mine d'apprécier.

— Vous êtes un dur, vous, il a dit en rigolant.

Le **Fernet-Branca** est une liqueur italienne amère titrant 42°. On le consomme pur ou sur de la glace. Autrefois considérés comme des panacées, les amari ou bitters sont souvent d'excellents digestifs.

## FERNET

Coupez en bâtonnets le **zeste d'une orange amère**.
Mettez dans un mortier :
7 g de **chêneau** (herbe),
5 g de **marrube blanc** (herbe utilisée en médecine),
5 g d'**aloès**,
5 g de **rue**,
5 g d'**agaric**,
5 g d'**absinthe**,
5 g de **thé noir**,
5 g de **gentiane**,
le zeste de l'orange.
Broyez à l'aide d'un pilon.
Mettez le tout dans un bocal en verre et ajoutez :
4 dl d'**alcool à 90°**,
1 dl d'eau.
Fermez hermétiquement et laissez macérer pendant 10 jours.
Passez l'infusion dans un entonnoir tapissé d'une double épaisseur de mousseline.
Mélangez ensuite :
400 g d'eau,
1 cuillerée à café de **sucre caramélisé**,
1 pincée de **safran en poudre**.
Mélangez les deux préparations.
Filtrez une deuxième fois à travers un filtre en papier.
Mettez en bouteilles, bouchez hermétiquement.
Laissez reposer à l'abri de la lumière pendant 8 mois avant de consommer. Cet élixir se conserve 4 ans.

## INTERNATIONAL BAR FLY

Mettez 1 **glaçon** dans une flûte à champagne.
Ajoutez :
1 trait de **Fernet-Branca**,
2 traits de **triple-sec**,
3 cl de **cognac**.
Allongez de **champagne**.

**PIERRE LÉON**

## Comme de la peste

SN N° 2302

[Le protagoniste transporte le cadavre de sa tante dans un fauteuil roulant.]

Je me livrai à quelques expériences. Pour commencer, j'entrai dans une boulangerie et, passant devant tout le monde, demandai un quart de baguette. La queue demeura muette, la boulangère n'eut même pas un hoquet de réprobation. Saleté de queue. Après avoir mangé le pain, assis sur un banc de la République, tante Vitamine prenant paisiblement l'air à côté de moi, je me dirigeai vers le canal Saint-Martin et entrai dans un café rue Dieu.

— Allez, mamie, on va s'en jeter un derrière la cravate!

Que je dis. Je poussais un peu, bon, mais j'avais besoin de me donner du courage. Une femme s'élança pour m'ouvrir la porte et, digne, je propulsai Greta Garbo dans la chaleur mouillée et enfumée du bistrot.

— Un **Fernet-Branca**.

— Et pour la petite dame?

Je me ramassai sur moi-même, prêt à bondir, puis je roulai tante Vitamine jusqu'à une table et revins près du bar, les dents serrées.

— Oh, elle ne boit plus, vous savez. Dans la famille, nous en avons conçu une immense douleur.

Ma tirade fit son effet. Le patron, hochant ostensiblement la tête, me servit le Fernet-Branca et soupira très fort.

— C'est triste de vieillir.

## CORPSE REVIVER N° 3

Mélangez dans un verre à mélange avec quelques **glaçons** :
2 mesures de **cognac**,
2 mesures de **Fernet-Branca**,
2 cl de crème de **menthe blanche**.
Servez dans un verre à cocktail givré accompagné d'un verre d'eau glacée.

## STORMY WEATHER

Mettez dans un verre :
2 mesures de **Fernet-Branca**,
2 mesures de **vermouth dry**,
1 mesure de **crème de menthe blanche**.
Mélangez avec de la **glace**.

## APOTHEKE

Mettez dans un verre à mélange avec de la **glace** :
2 mesures de **Punt e Mes** (Carpano),
2 mesures de **Fernet-Branca**,
1 mesure de **crème de menthe verte**.
Mélangez et servez dans un verre à cocktail givré.

## QUIMPERLÉ

Il s'agit d'un cocktail spécial pour reprendre pied dans l'existence certains matins difficiles.

Mettez dans un shaker avec des **glaçons** :
1 mesure de **Fernet-Branca**,
1 mesure de **liqueur de fraise**,
**1 blanc d'œuf**.
Agitez vigoureusement pensant 30 secondes.
Versez alors le **cidre**, et servez immédiatement.

**CARLO LUCARELLI**
**Carte blanche** suivi de **L'été trouble**
Traduit de l'italien par Arlette Lauterbach
SN N° 2549

«Comment allez-vous aujourd'hui, ingénieur? dit-il. Vous m'avez l'air encore un peu pâle. Venez, je vous offre un verre de vin... ah non, j'ai vu que ça vous faisait mal. Alors allons chez le barbier, il fait une **liqueur de café** qui vous réveillerait un mort... c'est là en face, à la bonne franquette...»

De Luca se laissa docilement prendre sous le bras. L'évocation de la liqueur de café, qui fit gargouiller son estomac vide, l'attirait presque violemment et il dut se retenir pour ne pas pousser Bedeschi. (...)

Marino entra dans le magasin par l'arrière, passant à travers un rideau de roseaux jaunis qui sonnèrent creux en battant les uns contre les autres. Il avait trois verres à la main et, sous le bras, une bouteille noire fermée par un bouchon de liège. De Luca se passa la langue sur les lèvres.

## LIQUEUR DE CAFÉ
(RECETTE 1)

Écrasez au pilon 200 g de **café** fraîchement torréfié.
Faites bouillir 20 cl d'eau et versez-la sur les grains de café concassés.
Ajoutez 1 litre d'**eau-de-vie à 40°**.
Laissez macérer une semaine dans un endroit frais.
Préparez un sirop de sucre au petit filet (c'est-à-dire que vous laissez cuire jusqu'à ce que le sirop forme un filet lorsque vous levez la cuillère) avec 400 g de **sucre cristallisé** et 60 cl d'eau. Laissez refroidir.
Filtrez la préparation au café deux fois à travers une mousseline et ajoutez-y le sirop de sucre.
Mettez en bouteilles et attendez 1 mois avant de déguster.

## LIQUEUR DE CAFÉ
(RECETTE 2)

Dans un mortier, pilez 3 **amandes amères** à l'aide d'un pilon.
Mettez dans un bocal :
les amandes,
230 g de **café moulu**,
4 dl d'**alcool à 90°**.
Fermez hermétiquement et laissez macérer pendant 8 jours.
Dans une casserole, faites fondre 500 g de **sucre semoule** dans 2 dl d'eau.
Faites bouillir pendant quelques minutes et laissez refroidir.
Ajoutez le sirop de sucre dans l'infusion.
Mélangez et filtrez dans un entonnoir tapissé d'une double épaisseur de mousseline.
Filtrez une deuxième fois à travers un filtre en papier.
Mettez en bouteilles et laissez reposer à l'abri de la lumière pendant 2 mois. Cette liqueur se conserve 2 ans.

## SAUCE À LA LIQUEUR DE CAFÉ

Préparez 75 cl de **café fort**.
Mélangez le café chaud avec 300 g de **sucre en poudre**.
Ajoutez 2 cuillerées à soupe de **Maïzena** préalablement délayée dans 4 cuillerées à soupe de **crème fraîche**.
Laissez frémir en fouettant jusqu'à ce que la sauce épaississe.
Ajoutez 4 cuillerées à soupe de **liqueur de café**.
Nappez gâteaux, mousses au moka ou à la vanille avec la sauce froide ou des boules de glace au moka avec la sauce tiède.

## LAWRENCE BLOCK
# Le blues des alcoolos
Traduit de l'américain par Daniel Lemoine
SN N° 2106

Il fumait la pipe et buvait de la bière. Pour elle, une boisson rouge dans un verre à pied démesuré.

Probablement du tequila sunrise. C'était l'année du tequila sunrise.

Je me tournai vers le bar et y trouvai Carolyn. Les tables étaient toutes occupées, mais le bar était à moitié vide, peu fréquenté, compte tenu de l'heure, un vendredi soir. À sa droite, près de la porte, deux buveurs de bière parlaient base-ball. À sa gauche, il y avait deux tabourets vides.

Je pris celui du milieu et commandai un bourbon, double, avec de l'eau. Billie me servit, dit quelque chose à propos du temps. Je bus une gorgée et adressai un bref regard à Carolyn. (...) Elle buvait de l'**Amaretto**, liqueur sucrée, au parfum d'amande, qu'elle prenait avec des glaçons. Ça a un goût de dessert mais c'est presque aussi fort que le whisky.

Nous tombâmes d'accord pour dire qu'elle buvait un peu trop rapidement. Les boissons sucrées étaient souvent sournoises, nous en fîmes la remarque. C'était cette saloperie de merde d'Amaretto, selon elle, la dernière mode de New York. Ce n'était pas comme le bourbon de son enfance. Avec le bourbon, on savait où on en était.

L'**amaretto** est une liqueur italienne d'amandes amères (*amaro* en italien signifie « amer »), fabriquée à partir d'amandes, d'abricots et d'extraits aromatiques. Elle se boit nature, sert à aromatiser les gâteaux et entre dans la composition de quelques cocktails.

## AMARETTO À LA CRÈME

Versez directement sur des **glaçons** :
3 mesures d'**amaretto**,
4 mesures de **crème fraîche**.
Mélangez et dégustez.

## AMARETTO SOUR

Mettez dans un shaker avec des **glaçons** :
2 mesures de **jus de citron** sans la pulpe,
2 mesures de **jus d'orange** sans la pulpe,
2 mesures d'**amaretto**.
Secouez énergiquement.
Servez avec une **cerise confite au marasquin**.

## FERRARI

Mélangez directement dans un verre sur des **glaçons** :
5 cl de **vermouth dry**,
1 trait d'**amaretto**.

## GOD'S CHILD

Mettez dans un shaker avec des **glaçons** :
4 mesures de **crème fraîche**,
1 cuillerée à café de **sucre en poudre**,
1 mesure d'**amaretto**,
3 mesures de **vodka**.
Agitez et servez dans des verres à cocktail.

## GOD FATHER

Mélangez directement dans un verre sur des **glaçons** :
4 mesures de **bourbon**,
2 mesures d'**amaretto**.

## GOD MOTHER

Mélangez directement dans un verre sur des **glaçons** :
4 mesures de **vodka**,
2 mesures d'**amaretto**.

**RICHARD STEVENSON**

## Tous les damnés ont froid

Traduit de l'américain par Noël Chassériau
SN N° 2065

Nous restâmes au motel, à agrafer des billets pour la tombola d'une kermesse d'anciens combattants de Pomona, dont les heureux gagnants se partageraient un magnétoscope, deux caisses de Johnnie Walker et dix-huit dindes surgelées. Je mis Timmy au courant des événements de la journée, et il me décrivit sa visite au Palais de Justice du canton, où il avait vérifié la légitimité du testament d'Al Piatek. Kyle Toot nous en apprit un peu plus long sur les derniers jours de Piatek. Il nous raconta notamment qu'il avait tapé dans les millions de Lenihan (avec l'autorisation de celui-ci) pour donner une soirée d'adieux, à laquelle il avait convié vingt-trois de ses amis musiciens. Il en était venu cinq, qui avaient englouti un kilo de caviar Beluga, tartiné sur des biscuits salés, et six bouteilles de **Clos Vougeot** 64. À deux heures du matin, Piatek avait perdu connaissance dans son fauteuil, à côté du magnétophone sur lequel il passait les cassettes qu'il souhaitait entendre. Il n'avait plus repris conscience et était mort trois jours plus tard sur un lit d'hôpital. Les derniers mots qu'on se souvenait l'avoir entendu prononcer avaient été: «J'ai froid aux pieds.»

Le **clos-vougeot** est un des plus grands crus de Bourgogne. Ses 50 hectares de vignes, groupées autour du château de Vougeot et elles-mêmes entourées d'un mur de pierre, appartiennent à environ 80 propriétaires-récoltants qui vendent leurs vins sous leur propre étiquette, avec toutes les différences de style et de personnalité qui en découlent. Les vignobles situés hors des murs produisent trois premiers crus dont le clos-blanc de Vougeot, un blanc très fin à base de chardonnay.
À noter que c'est sur ce terroir que se tient la réunion annuelle de la très célèbre confrérie des Chevaliers du Tastevin.

## CRÈME DE CASSIS

Le cassis est produit essentiellement en Bourgogne.

Mettez dans un pot 1 kg de **baies de cassis** (le « Noir de Bourgogne » à petits grains très foncés et brillants est exceptionnellement parfumé et savoureux) et écrasez-les. Ajoutez :
quelques **feuilles de cassis**,
1 litre de **vin de Bourgogne rouge**.
Laissez macérer pendant une semaine au frais en remuant régulièrement.
Passez la préparation dans une passoire en pressant bien les fruits pour en exprimer tout le jus.
Recommencez la même opération à travers une étamine.
Versez dans une grande casserole, ajoutez 500 g de **sucre** et portez à ébullition.
Retirez du feu lorsque le mélange est bien homogène.
Écumez, filtrez de nouveau et laissez refroidir.
Ajoutez 25 cl de **marc de Bourgogne**.
Mettez en bouteille et bouchez.

## SORBET AU BOURGOGNE ET AU CASSIS

Mettez dans une casserole :
75 cl de **vin de Bourgogne rouge**,
150 g de **sucre**,
le zeste d'une **orange** et d'un **citron** non traités,
320 g de **baies de cassis**.
Portez à ébullition et laissez bouillir pendant 5 minutes.
Passez la préparation dans une passoire à grille très fine et pressez pour extraire tout le jus des fruits.
Ajoutez le jus du citron et de l'orange.
Mettez dans une sorbetière et faites prendre au congélateur.
Servez arrosé de **liqueur de cassis** selon votre goût.

## IAN KENNEDY MARTIN
# Le jongleur
Traduit de l'anglais par Denise May
SN N° 2090

Les menus arrivèrent.

— Allons-y, John? Je vais prendre un steak. Et des huîtres pour commencer. Choisissez le vin.

— Vraiment?

— Commandez ce qui vous fait plaisir, fit-il d'un ton qui laissait entendre que ça n'était pas lui qui payait.

Dolan examina la carte des vins, sachant pertinemment que Stone scrutait son visage tout en se demandant comment expliquer cette invitation à déjeuner.

— Vous avez étudié le vin à l'université?

— À l'université Davis.

— Où il y a une chaire consacrée à l'étude du vin, c'est ça?

— Oui.

— Et vous collaborez au *Village West*?

— Actuellement.

Un serveur un peu maussade qui rôdaillait dans le coin faisait un brin de cinéma pour montrer qu'il n'ignorait pas leur présence, tout en s'affairant à épousseter les miettes d'une table voisine.

— Alors quel est le vin qui vous plaît?

— Le **Romanée Conti** de Marey Monge 69, à deux cent dix dollars.

Stone haussa les épaules avec un demi-sourire. (...)

Ils passèrent la commande.

Le vin arriva avec un sommelier qui avait fait son apprentissage à la Scala de Milan. Ils eurent droit à l'acte III où le nectar des dieux est servi à la soprano agonisante. Mais le sommelier ne décanta pas le vin dans une carafe en Baccarat.

Attention, fauchés s'abstenir. Le vignoble de Vosne-Romanée produit des vins considérés comme le sommet des bourgognes et, certainement pour le romanée-conti, l'un des plus grands au monde. Les origines de ce vignoble remontent vers l'an 900, date à laquelle le sire de Vergy fonda le prieuré de Saint-Viviant. La présence d'un cépage unique, le pinot noir, alliée à une réalité géologique non moins unique, leur permit de produire ce fleuron de la production vinicole. Le tracé du vignoble ainsi que la délimitation de la Romanée-Conti sont restés tels que les moines les avaient fixés. Les vins sont élaborés de manière classique, tant dans la culture que dans la vinification.
On s'attache prioritairement à trois points essentiels : surveillance des sols pour en préserver l'intégrité, traitement biologique des vignes, sélection des greffons pour les plantations et le repiquage. En outre, un tri très sévère des raisins est effectué avant leur mise en cuve.
Comme les climats sont minuscules, ce cru est aussi rare que cher. Ceux qui l'ont goûté parlent d'équilibre parfait, de caractère de souplesse, de velouté, de vigueur, de finesse, de senteurs et de saveurs.
Les autres feront comme nous, ils se reporteront à la *Cote des vins 2001* qui donne une échelle de prix : 4 295,25 euro (28 175 F) la bouteille pour un 85 et 469,54 euro (3 080 F) pour un petit 80. Pour ceux qui ont vraiment les moyens, on signalera un mathusalem* de 90 à 49 088,58 euro (322 000 F).
Ceci expliquant cela, la recette des poires au vin de Bourgogne qui suit se contentera d'un cru plus modeste.

## POIRES AU VIN DE BOURGOGNE

Pelez 6 **poires Williams** en laissant la queue.
Mettez dans une casserole pouvant contenir les poires bien serrées et la queue en l'air :
1 bouteille de **bourgogne rouge**,
1/2 **bâton de cannelle**,
1 **orange** non traitée coupée en quartiers avec la peau,
1 **citron** non traité coupé en quatre avec la peau,
400 g de **sucre**.
Portez à ébullition.
Disposez les poires et ajoutez de l'eau de manière à les recouvrir. Laissez cuire jusqu'à ce que les fruits soient tendres.
Placez les poires sur un compotier.
Passez le liquide de cuisson et faites-le réduire à feu moyen.
Nappez chaque poire d'une cuillerée de sauce au vin.
Servez accompagné de tranches de pain d'épice artisanal.

* Mathusalem : 6 litres ou 8 bouteilles.

**RON GOULART**
## La chasse à la B.D.
Traduit de l'américain par Noël Chassériau
SN N° 2252

— Cet individu a l'audace de prétendre que je ne suis pas *gracieuse*. Il a le culot de me comparer à un hippopotame.

— Madame, dit le faux Macri, je vous serais reconnaissant d'aller régler ce différend en dehors de mon bureau, d'accord?

— Regardez-moi, ordonna-t-elle en écartant largement les bras, il n'y a pas plus gracieuse que moi... comme n'importe quel imbécile peut s'en rendre compte.

Se penchant sur son fauteuil à pivot, l'homme chauve examina l'objet du litige en fronçant les sourcils.

— Personnellement, dit-il, je préfère les femmes un peu plus enveloppées. Mais je ne produis pas des films publicitaires pour la télévision.

— Non, vous produisez cet excellent vin. (Elle prit une bouteille de **chablis**, la regarda par transparence et déchiffra soigneusement l'étiquette.) Vous vous y connaissez en vin, Giovanni, et moi je m'y connais en grâce. Ce ne serait pas très malin de me laisser tomber maintenant. Ça m'obligerait à me plaindre à mon impresario, au syndicat des acteurs, et...

— Plaignez-vous à qui vous voudrez, madame, mais retirez vos fesses de mon bureau.

Sally décocha à l'imposteur un sourire angélique et sa main glissa jusqu'au goulot de la bouteille, qu'elle étreignit.

— J'ai l'impression que, pour l'instant, une petite sieste vous ferait le plus grand bien.

Et, toujours souriante, elle lui asséna un bon coup de bouteille sur le crâne.

Situé dans le nord de la Bourgogne, le terroir de **Chablis** est souvent soumis à des hivers très rigoureux. Autant dire que l'importance des millésimes est primordiale. En effet, quand l'été n'a pas été ensoleillé, le vin est maigre et pointu. Dans de bonnes conditions climatiques, le cépage chardonnay donne un vin blanc métallique, vigoureux, corsé et élégant de la plus haute distinction.
On trouve quatre appellations de chablis.
En tête de liste, les **chablis grands crus** vendus sous étiquette portant le nom du vignoble.
Au deuxième rang, les **chablis premiers crus** souvent vendus sous cette seule appellation.
Viennent ensuite les **chablis** et les **petits chablis**.
L'appellation « petit chablis » est suffisamment explicite : ce sont de petits vins qui se servent surtout au verre dans les petits cafés.

## ÉLIXIR DE CASSIS

Mettez dans une bonbonne :
50 g de **feuilles de cassis**,
150 g de **sucre**,
15 cl de **marc de Bourgogne**,
1 litre de **chablis**.
Laissez macérer pendant 1 mois en remuant régulièrement.
Filtrez à travers une étamine.
Mettez en bouteilles et fermez hermétiquement.
Conservez dans un endroit frais à l'abri de la lumière.

## BOISSON FRAÎCHE AU CHABLIS

Dans une petite casserole, faites fondre à feu doux 125 g de **sucre en poudre** dans 30 cl d'eau et le **zeste d'un citron** finement pelé.
Filtrez dans un pichet et laissez refroidir.
Pressez 2 citrons.
Ajoutez dans le pichet :
75 cl de **chablis**,
le **jus de citron**,
1 brin de **citronnelle**.
Mettez au réfrigérateur.
Filtrez cette préparation, transvasez-la dans un pichet de service et ajoutez de l'**eau gazeuse** (1/2 litre à 1 litre selon votre goût).

**ELMORE LEONARD**

# Homme inconnu n° 89

Traduit de l'américain par Henri Collard

SN N° 2508

C'est la femme, la femme à Bobby, que Virgil voulait cuisiner.

Le lendemain matin, il la vit sortir de sa maison, descendre la rue, traverser Rochester Road, puis la vaste esplanade-parking et pénétrer dans la grande surface A & P. Elle n'en ressortit pas.

Elle ne réapparut qu'à quatre heures de l'après-midi. Mais Virgil l'avait aperçue à l'intérieur, travaillant à une des caisses.

Le jour suivant, il entra à l'A & P à quatre heures vingt. Il examina les présentoirs des vins pendant quelques minutes et finit par choisir deux bouteilles de **Chablis blanc** Gallo. Il se rendit alors à la caisse et posa les bouteilles sur le guichet.

Denise prit une des bouteilles, la poussa sur le tapis mobile et tapa le prix de sa main libre. C'est alors que Virgil parla: «Votre préféré, n'est-ce pas?»

Elle leva les yeux sur lui: «Pardon?»

Virgil dit: «Comment ça va, Lee?» Peut-être l'avait-elle reconnu. Son regard fixé sur Virgil ne révélait rien. Qu'importe! Il reprit: «Si on se retrouvait ce soir pour bavarder un peu autour d'un verre de vin?»

## LIQUEUR DE CASSIS

Dans un grand saladier, écrasez légèrement 500 g de **baies de cassis**.
Ajoutez 60 cl de **chablis** et laissez macérer pendant 20 jours.
Passez le mélange dans un presse-légumes.
Tamisez une première fois dans une passoire et une deuxième fois dans un entonnoir à travers une double épaisseur de mousseline.
Passez le jus.
Versez-le dans une casserole et ajoutez 225 g de **sucre** pour 30 cl de jus.
Chauffez à feu doux et remuez constamment jusqu'à complète dissolution du sucre.
Laissez frémir sans bouillir pendant 45 minutes en remuant de temps en temps.
Laissez refroidir.
Ajoutez 1 part de **marc de Bourgogne** pour 3 parts de sirop.
Mettez en bouteilles, bouchez hermétiquement et laissez reposer dans un endroit frais à l'abri de la lumière.

## VIN DE CASSIS

Mettez dans une terrine 1 kg de **baies de cassis** et écrasez-les au pilon.
Ajoutez :
500 g de **sucre**,
25 cl d'**eau-de-vie**,
20 **feuilles de cassis**,
2 litres de **chablis**.
Mélangez, fermez et laissez macérer pendant 20 jours.
Passez la préparation à travers une passoire en pressant bien les fruits pour en extraire tout le jus.
Filtrez une seconde fois dans un entonnoir à travers une double épaisseur de mousseline.
Mettez en bouteilles et fermez hermétiquement.
Conservez à l'abri de la lumière.

## ROBERT B. PARKER
# Un peu de discrétion
Traduit de l'américain par R. Fitzgerald
SN N° 1947

Alexander fronça les sourcils.

— Trop de cynisme? Je vous aurais pris pour un cynique monsieur Spenser.

Je haussai les épaules.

— Vous n'en êtes pas un?

— Pas tout à fait, répondis-je.

Le serveur apporta le bourbon de Ronni et ma bière.

Alexander dit à Ronni:

— Pourquoi ne prendrais-tu pas la pintade au poivre vert?

Ronni avala une gorgée de bourbon, puis elle acquiesça d'un signe de tête.

Alexander s'adressa au serveur:

— Madame prendra la pintade au poivre vert.

— Très bien, monsieur. Voulez-vous commander du vin?

— Non, je ne pense pas...

— Oh, allons, Meade, dit Ronni. Un dîner sans vin est comme un baiser sans étreinte.

Alexander inclina la tête en direction du serveur. Celui-ci tendit la carte des vins à Alexander, qui l'étudia et commanda un bon **Pinot Noir** de Californie. Le serveur partit le chercher.

Ronni se mit à chantonner pour accompagner la harpiste.

Alexander me regarda, finit son Martini, posa le verre et me demanda:

— Quelles sont les choses à propos desquelles vous n'êtes pas cynique? En quoi croyez-vous?

— L'amour, répondis-je. Je crois à l'amour... toujours, tambour.

Alexander me regarda d'un air grave. (...)

— J'y crois aussi, dit-il.

La Californie est le centre de production des vins fins américains. Des vignerons passionnés, un climat et un sol propices produisent des vins de grande qualité, commercialisés sous le nom d'un seul cépage, comme le pinot noir, cépage noble de la Côte-d'Or.

## PINOT NOIR AUX FRAMBOISES

Dans un pichet écrasez 750 g de **framboises**.
Versez le contenu d'une bouteille de **pinot noir**.
Couvrez et laissez macérer au frais pendant 2 jours.
Passez à travers une mousseline puis tamisez pour obtenir un liquide bien transparent.
Mettez dans une casserole, ajoutez 600 g de **sucre** et portez doucement à ébullition sans cesser de remuer jusqu'à ce que le sucre soit complètement fondu.
Ajoutez 15 cl d'**alcool de fruit à 40°**.
Laissez refroidir.
Mettez dans deux petites bouteilles et bouchez hermétiquement.
Laissez au moins 3 mois au frais et à l'abri de la lumière avant de déguster.

## SIROP DE FRAMBOISE

Mettez dans une terrine 1 kg de **framboises** et écrasez-les.
Ajoutez 75 cl de **pinot noir** et 10 cl de **vinaigre de vin vieux**.
Couvrez et laissez macérer pendant une semaine au réfrigérateur.
Passez la préparation à travers une mousseline puis filtrez une deuxième fois.
Mettez dans une casserole, ajoutez 2 kg de **sucre** et cuisez sans cesser de mélanger.
Arrêtez la cuisson quand le mélange est homogène et avant ébullition.
Filtrez une troisième fois, laissez refroidir.
Mettez en bouteilles et bouchez.

**BERNHARD SCHLINK & WALTER POPP**
## Brouillard sur Mannheim
**Traduit de l'allemand par Martin Ziegler et revu par Olivier Mannoni**
**SN N° 2479**

J'ai fermé la porte de l'appartement. J'ai pris le bocal d'olives dans le réfrigérateur et je me suis mis sur le balcon. Le soleil brillait. Turbo, qui avait traîné sur les toits, est venu s'enrouler sur mes genoux en ronronnant. C'était juste pour les olives, je lui en ai donné quelques-unes. J'ai entendu Judith démarrer le moteur de son Alfa. Le moteur a hurlé puis il s'est arrêté. Allait-elle revenir? Au bout de quelques secondes, elle a redémarré et elle est partie.

Je ne parvenais pas à réfléchir pour savoir si mon comportement avait été juste et j'ai savouré chaque olive. C'étaient des grecques, les noires, qui ont le goût du musc, de la fumée et de la terre lourde.

Après être resté une heure sur le balcon, je suis allé dans la cuisine préparer le beurre persillé pour les escargots prévus après le concert. Il était cinq heures, j'ai appelé Brigitte en laissant sonner dix fois. En repassant ma chemise, j'ai écouté la *Wally*, me réjouissant d'avance d'entendre Wilhelmenia Fernandez. Dans la cave, j'ai pris quelques bouteilles de **riesling d'Alsace** que j'ai mises au réfrigérateur.

Le riesling est un cépage de la vallée du Rhin d'où sont issus les meilleurs vins d'Alsace. On le retrouve en Allemagne, en Autriche, au Chili et en Californie. Le **riesling d'Alsace** n'a plus grand-chose de commun avec les divers vins obtenus à travers le monde à partir du même cépage. Considéré par les Alsaciens comme leur plus grand vin, le riesling est à la fois ferme et délicat, extrêmement sec et fruité. Il accompagne bien les huîtres, les poissons et les fruits de mer.

## CHAUDEAU

Selon les auteurs (F. M. Stoll et W. H. de Groot), on sert ce chaudeau aux visiteurs des femmes qui viennent d'accoucher.

Mettez dans une casserole :
10 cl d'eau,
5 **clous de girofle**,
1 tronçon de **bâton de cannelle**,
le zeste d'un demi-**citron** très finement coupé.
Faites infuser pendant 30 minutes sans laisser bouillir puis passez.
Mettez dans la casserole :
200 g de **sucre en poudre**,
12 **jaunes d'œuf**,
75 cl de **riesling**,
l'infusion épicée.
Faites chauffer sur une plaque électrique à température douce et remuez au fouet jusqu'à ce que le mélange soit crémeux.
Servez chaud dans des verres résistant à la chaleur.

## CRÈME AU RIESLING

Faites bouillir pendant 10 minutes 60 cl de **riesling** avec 1 **bâton de cannelle** (coupé dans le sens de la longueur afin de libérer les graines) et 250 g de **sucre en poudre**.
Laissez tiédir et incorporez progressivement 7 **œufs** en fouettant rapidement.
Remettez sur feu doux sans laisser bouillir et sans cesser de fouetter.
Quand la crème est épaisse et sans grumeaux, ajoutez le jus d'un **citron** et 4 cuillerées à soupe de **fleur d'oranger**.
Versez dans une grande coupe et laissez refroidir.
Servez avec des biscuits.

**JÜRGEN ALBERTS**
## L'anarchiste de Chicago
Traduit de l'allemand par Patrick Kermann
SN N° 2478

Un steward apporta ses bagages et une carte qui faisait office de passeport sur le navire.

— Bienvenu sur le pont supérieur, M. Weissenbach. Vous souhaitez quelque chose?

Le steward s'inclina.

— J'aimerais du vin. J'en ai besoin pour le mariage.

— Je vais prévenir le sommelier. Un **vin de Moselle** vous conviendrait?

Franz Weissenbach hocha la tête.

Lorsqu'il fut seul, il feuilleta le livre de chants. Lesquels proposez-vous? Le sénateur avait prononcé cette phrase sur un ton!

Franz Weissenbach fut stupéfait de découvrir les armoires incorporées que l'on distinguait à peine de la tapisserie. Sa garde-robe ne remplissait même pas la moitié d'une armoire.

Le vin de Moselle était sucré, comme Weissenbach aimait à le boire. Il voulait tout d'abord célébrer la communion entre les mariées et les parents. Il avait vu souvent Franz le faire. Cet aspect de la cérémonie ne poserait pas de problème. Pour le mariage, il lui faudrait une idée. Le vin l'aida à penser.

La Moselle est une grande région viticole d'Allemagne. C'est sur les méandres de la Moselle et de ses affluents que se trouve le plus grand vignoble de riesling. Les **vins de Moselle**, vendus dans des bouteilles vertes et élancées, ont une robe pâle et un bouquet fleuri et délicat. Leur réputation repose sur les vignobles du Bernkastel qui produisent un vin corsé, moelleux et élégant. Les vins de la Ruwer sont extrêmement légers et les vignes de la Sarre ne donnent de bons vins que trois ans sur dix environ mais ils sont alors exceptionnels. Les vins de Moselle demi-secs vieillissent pendant trois à quatre ans.

## COCKTAIL AU VIN DE MOSELLE

Faites bouillir 3 cuillerées à soupe d'eau avec 50 g de **sucre**.
Laissez refroidir ce sirop.
Prélevez en une seule lanière le **zeste d'un citron jaune**.
Mettez dans un grand pichet 1 litre et demi de **vin de Moselle**. Ajoutez le sirop et le zeste de citron.
Au bout d'une demi-heure, enlevez le zeste et ajoutez 75 cl de **vin blanc mousseux** bien frappé.
Servez aussitôt.

## PUNCH DU MECKLEMBOURG

Faites infuser 5 cuillerées à café de **thé de Ceylan broken** dans 80 cl d'eau pendant 3 minutes et passez-le.
Râpez le zeste de 2 citrons.
Mettez dans une casserole :
1 litre et demi de **vin de Moselle**,
35 cl de **cognac**,
75 cl de thé,
250 g de **sucre en poudre**,
35 cl de **madère**,
les **zestes de citron**.
Faites chauffer sans laisser bouillir.
Passez et servez dans des verres résistant à la chaleur.

**JERRY KENNEALY**

## Polo et ses poulains

Traduit de l'américain par M. Charvet

SN N° 2202

Ma mère avait un dicton. La traduction le rend mal, mais l'idée fondamentale était que lorsqu'on a des emmerdes, elles ne résistent pas à une bonne nuit de sommeil et un bon repas. Dans sa grande sagesse, mon père y ajoutait une bouteille de vin et une jolie femme.

Le repas ne posa pas de problème. Je sortis du congélateur un carton de raviolis de Mme Damonte et un peu de sauce tomate. Le vin était un beaulieu gamay **beaujolais**, et la jolie femme Jane Tobin. La nuit de sommeil viendrait plus tard.

Je préparai une salade à la César et sortis mes raviolis du réchaud.

Jane huma l'arôme des pâtes et poussa un soupir:

— Oh ça sent bon!

Elle renifla la salade:

— Trop d'ail.

— Il n'y a jamais trop d'ail.

Elle goûta un ravioli:

— Mmm. Bien meilleurs que ceux que j'achète.

Mon estomac se souleva à la pensée des raviolis en conserve. Les seules boîtes que je supporte sont les boîtes de bière.

La zone viticole du **Beaujolais** s'étend entre Lyon et Mâcon. Le beaujolais possède des crus délicats, comme le chirouble ou le saint-amour, des crus bien charpentés comme le moulin-à-vent et aussi des « villages » particulièrement puissants. Le charme du beaujolais tient à ses arômes intenses de fleurs (violette, rose...) et de fruits (cerise, fraise, framboise...). Le morgon et le moulin-à-vent se rapprochent, au fil des ans, du bourgogne.

## GRANITÉ AU BEAUJOLAIS

Mettez dans une casserole 20 cl d'eau et 200 g de **sucre semoule**.
Faites bouillir puis laissez refroidir.
Pressez 1 **orange** et 1 **citron**.
Quand le sirop est froid, ajoutez 75 cl de **beaujolais-villages** et le jus des agrumes.
Mélangez à l'aide d'un fouet, transvasez dans un plat (la préparation doit être bien étalée pour prendre plus facilement) et mettez au congélateur.
À l'aide d'une fourchette, remuez, ratissez et remélangez régulièrement au cours de la journée, jusqu'à complète cristallisation en paillettes légères.
Servez dans des verres sur pied et piquez d'une feuille de menthe.

## GELÉE ROUGE DE POIRES

Pelez et équeutez 3 kilos de **poires**.
Coupez-les en quartiers et ôtez les cœurs.
Mettez-les dans une casserole et ajoutez 2 litres de **morgon**.
Couvrez, portez à ébullition puis laissez cuire à feu doux jusqu'à ce que les quartiers de poire deviennent bien mous.
Passez la préparation à travers la grille fine d'un moulin à légumes puis tamisez plus finement dans un chinois (passoire fine de forme conique).
Pesez le sirop obtenu et ajoutez le même poids de **confisucre** (sucre spécial pour les confitures).
Mettez sur feu moyen, tournez constamment à l'aide d'une cuillère en bois jusqu'à ébullition. Écumez et laissez bouillir 7 minutes, pas plus.
Transvasez chaud dans les pots à confiture et fermez immédiatement les couvercles.

## JEAN-BERNARD POUY

# Les roubignoles du destin

*Le beaujolais nouveau est mal barré*

**SN N° 2616**

Sur le coup de quatre heures du mat, ils étaient tellement, comment dire, torchés, ouais, ce sont les phénomènes adéquats, et ce n'était pas nouveau, l'année dernière c'était pareil, le petit matin irisé après l'arrivée officielle du Rouge qui tache, les témoins de Cévéor, les caniveaux au moins aussi violacés qu'une après-Féria, tous ces neurones lyophilisés par le bachique, les trognes des buveurs rendus hiératiques par une violette et violente céphalée, que leur déambulation ressemblait à une sorte de kabuki urbain, un Nô sans Histoire, avec le plinque-plonque du Koto résonnant à chaque pas qu'ils faisaient sur le macadam.

Et ils étaient énervés, furieux d'avoir, une fois de plus, sacrifié à ce qui tentait péniblement de devenir un mythe, alors que ça virait nettement vers l'archétype, celui de la bibine mal supportée, du foie qui gratte pour sortir, avec toutes ces singeries obligatoires, les motifs profonds de la mythologie, est-ce qu'il sent la banane, ou la framboise? Ah non, cette année, un profond relent de cassis, pour du nouveau, c'est de l'inédit, ça frise carrément le primeur... Pour tout dire, dans l'état où ils campaient, l'arrière-goût était plutôt celui de l'innommable, et va décrire l'innommable, tiens, bonne bourre.

Le **beaujolais primeur** inonde le marché, chaque année, au début du mois de novembre. Ce vin jeune, léger et fruité était servi à l'origine dans les bouchons lyonnais quelques semaines après les vendanges. « Le beaujolais nouveau est arrivé ! » pouvait-on lire devant les bistrots. La tradition a désormais gagné les capitales européennes et le monde entier. La loi impose que la vente du beaujolais nouveau commence partout le troisième jeudi de novembre. Le beaujolais jeune se boit frais, jusqu'à 13°.

## VIN DE FRAISE

On cultive dans la vallée du Rhône les variétés valeta et elsanta de forme conique. Choisissez des fruits très rouges et n'ayant pas été conservés au froid pour profiter de toute leur saveur.

Écrasez 1 kg de **fraises** au pilon.
Pressez un **citron**.
Mettez les fraises et le jus de citron dans un pot et ajoutez 50 cl **d'eau-de-vie à 40°**.
Laissez macérer 48 heures au frais. Passez la macération dans un tamis en pressant bien les fruits pour en extraire tout le jus.
Versez dans une bassine à confiture et ajoutez :
2 litres de **beaujolais nouveau**,
500 g de **sucre**.
Portez à ébullition et remuez à l'aide d'une cuillère en bois.
Laissez refroidir et mettez en bouteilles.
Conservez à l'abri de la lumière.

## GUIGNOLET

Lavez et équeutez 1 kg de **cerises aigres** sans les dénoyauter.
Écrasez-les grossièrement à l'aide d'un pilon.
Mettez-les dans un bocal, ajoutez 50 g d'**alcool pour fruits à 40°**, fermez hermétiquement et laissez macérer pendant un mois.
Tamisez la préparation puis filtrez une deuxième fois à travers une double épaisseur de mousseline.
Ajoutez :
1 litre de **vin rouge**,
300 g de **sucre**,
1 verre à liqueur de **kirsch**.
Mélangez jusqu'à complète dissolution du sucre.
Mettez en bouteilles, bouchez et conservez à l'abri de la lumière.

## ALBERT SIMONIN
## Grisbi or not grisbi
SN N° 260

Comme les gonzesses aiment souvent le faire pour humilier les autres gonzesses, Marinette s'était surpassée question de tortore, nous honorant de son brochet beurre blanc de concours, puis, à peine étions-nous remis de notre émoi, nous cloquant sous les narines le bœuf mode à l'ancienne dont on distinguait bien les composants traditionnels, pied de veau et couennes, mais qu'ennoblissaient les aromates dont elle n'avait jamais confié le secret à personne.

— Quand je serai cannée, avait-elle coutume de dire au Gros dans ses jours de gaieté, tu retrouveras peut-être des gonzesses pour te faire encore reluire... mais pour le bœuf mode, cochon, tu pourras porter un vrai deuil!

Mon plaisir de cette incomparable fripe se doublait de celui que prenait aussi visiblement Florence. Connaisseuse en tout, c'était le jugement à formuler à son propos après cette épreuve, où les picrates de la cave de Pierrot, un **Pouilly** séco et un **Cabernet** rouge, chaud et léger, rigoureusement introuvable dans le commerce, mettaient un tantinet d'animation.

En demi-gamberge, j'avais un peu perdu le fil de la conversation.

— Dis Max, on te cause... Reviens avec nous, m'a fait Pierrot.

Tout le monde se marrait de ma distraction. J'ai demandé:

— Qu'est-ce qu'il y a?

— Robert te demande si t'es d'avis qu'il téléphone à sa femme pour la rassurer.

Là, on revenait dans la pleine, la brûlante actualité.

Le **pouilly fumé** est un vin blanc de la vallée de la Loire. Ce vin blanc à la robe pâle, exclusivement produit à base de sauvignon, est très sec et fruité. Le vin de Pouilly-sur-Loire se fait avec du chasselas blanc.

## VIN DE GENIÈVRE

Lavez et séchez la valeur d'un verre à vin de **baies de genièvre**.
Concassez-les grossièrement au pilon.
Mettez dans un bocal :
les baies de genièvre concassées,
75 cl de **pouilly fumé**,
10 **morceaux de sucre**,
2 **rondelles de citron** non traité.
Fermez et laissez reposer à l'abri de la lumière pendant 15 jours.
Filtrez à travers une passoire puis filtrez une seconde fois dans un entonnoir tapissé d'une double épaisseur de mousseline.
Mettez en bouteilles.

Le **cabernet**, cépage d'origine bordelaise, entre dans la majorité des AOC rouges du Bordelais. Vinifié seul en Val-de-Loire, il donne des vins aux arômes de framboise, de violette.

## POIRES BELLE ANGEVINE

**RECETTE DU RESTAURANT *MADAME PRUNIER* À PARIS, DANS *MES REPAS LES PLUS ÉTONNANTS* DE ROBERT COURTINE.**

Lavez 4 **poires** (de race belle angevine de préférence).
Épluchez-les, coupez-les en deux et évidez-les.
Mettez dans une casserole :
les poires,
du **vin rouge** jusqu'à hauteur des poires,
50 g de **sucre**,
un tronçon de **cannelle**.
Laissez cuire doucement jusqu'à ce que les poires soient fondantes.
Disposez les poires dans un compotier et mettez à rafraîchir.
Faites réduire la sauce jusqu'à obtenir un sirop léger.
Ôtez la cannelle.
Ajoutez 3 cuillerées à soupe d'**eau-de-vie de poire** et laissez refroidir.
Versez sur les fruits et servez très frais.

## MOULOUD AKKOUCHE

# Les ardoises de la mémoire

SN N° 2525

Didier resta un instant sur le palier à tendre l'oreille. Plus un bruit. Excepté le grincement du frigo mal calé. Ses parents dormaient.

Sans allumer la lumière, il descendit l'escalier. Au rez-de-chaussée, il ouvrit une porte à gauche d'un portemanteau très chargé. Il appuya sur l'interrupteur et descendit une quinzaine de marches.

La cave très spacieuse était cloisonnée en plusieurs espaces. Il traversa la première partie occupée par une machine à laver, des rallonges de table, des chaises, puis il poussa une autre porte. La seconde partie contenait des centaines de bouteilles alignées avec des ardoises d'écolier sur lesquelles étaient inscrits à la craie blanche: **Chinon 91 «Saint-Nicolas-de-Bourgueil»**... Un étrange hérisson géant, composé de bouteilles vides à l'envers, semblait monter la garde sur le trésor de son père. Celui-ci n'avait jamais réussi à lui inoculer le virus du vin. Lui, préférait l'herbe et les canettes d'Amsterdam.

*Chinon, selon Pantagruel, est la «première ville au monde». Elle domine un vaste pays aux parfums de framboise, de mûre et de violette, sur lequel le cabernet franc jette son manteau grenat.*

*Une dizaine de communes produisent le vin que Louis XI décréta* «optimum vinum» *et qui resta longtemps le vin favori des rois de France.*

*De plus ou moins longue garde suivant qu'il provient de coteaux ou de terrasses, le chinon est un vin subtil, à la fois charmant et profond. Par sa fraîcheur et sa douceur incomparables, il est l'expression même de l'esprit ligérien — tout comme son frère de Bourgueil, produit juste de l'autre côté de la Loire, sur la rive Nord, avec le même cépage. Et que je n'entende personne me dire, ou je me fâche, que chinon et bourgueil sont de petits vins à boire dans l'année et de préférence sortant du réfrigérateur — comme c'est le cas neuf fois sur dix dans les restaurants parisiens! J'ai connu des flacons de chinon quasi centenaires qui pouvaient en remontrer à des freluquets de Pauillac!*

*Jean-Marie Laclavetine*

## POIRES TAPÉES DE RIVARENNES

On tape aussi les pommes.

Il s'agit de fruits que l'on fait sécher en plusieurs fois au four, en les tapant et en les pressant au fur et à mesure qu'ils se déshydratent, de façon à pouvoir les conserver et à les rendre moins encombrants (ils étaient destinés aux bateliers de Loire et aux marins; une grande partie de la production allait en Angleterre).

Les **poires** sont préalablement pelées et pochées, puis enfournées; les pommes sont séchées directement.

On les réhydrate ensuite dans du **chinon** chaud ou froid selon la saison, agrémenté de **sucre** et d'épices (**clous de girofle**, **vanille**, **cannelle**, **poivre**).

On peut aussi les faire macérer dans de l'**eau-de-vie**, comme des cerises ou des prunes.

J.M.L.

## JOSEPH D. McNAMARA

# Prends-en pour ton grade!

Traduit de l'américain par Paul Kinnet

SN N° 2166

J'avais préparé pour le dîner de succulents blancs de poulet. Ils avaient mariné dans une sauce à l'ail et puis je les avais secoués dans un sac de papier plein d'herbes et de farine blanche. Janice avait touillé une délicieuse salade César pendant que je préparais le poulet. Je versai les deux derniers verres d'un Château Saint-Jean-**Chenin Blanc** pour aller avec la salade que nous avons mangée pendant que le poulet cuisait lentement sur le grill extérieur. Pour le poulet, je sortis une bouteille de Mirassou **Chardonnay** du congélateur. Il était juste à point. Je l'avais acheté non rafraîchi dans le supermarché où j'avais pris la salade romaine et le poulet. Janice me soutira tout ce qu'elle put, pendant le dîner, sur les nouveaux développements de l'affaire.

— Tu ne crois pas que nous devrions ouvrir un restaurant tous les deux? dis-je.

— De temps en temps, j'ai un aperçu du monde dans lequel tu travailles. Mensonges, violence, manipulations, terreur et trahison. C'est un environnement épouvantable. Et puis tu rentres à la maison et tu prépares des repas délicieux encore que primitifs, et tu parles d'art et de littérature.

— J'en connais un bout aussi sur le base-ball et sur le football. Et ne confonds pas, en cuisine, la simplicité et la qualité. Vous, les féministes snobinardes, vous ne voyez pas plus loin que la quiche.

Le **chenin blanc**, cépage originaire d'Anjou, donne des vins blancs secs dans les coteaux de la Loire et des bases de vins pétillants en Touraine.

## GELÉE AU CHENIN BLANC

Faites ramollir 50 g de feuilles de gélatine dans quelques cuillerées à soupe d'eau.
Pressez 6 citrons et filtrez le jus.
Égrappez, épluchez et épépinez 250 g **de raisin**.
Gardez une petite grappe intacte.
Mettez dans une casserole : 75 cl d'eau, 275 g de **sucre**, la **gélatine** ramollie.
Mélangez sur le feu jusqu'à complète dissolution, sans laisser bouillir, puis retirez du feu et ajoutez :
le **jus de citron**,
40 cl de **chenin blanc**.
Laissez macérer une demi-heure puis filtrez à travers une serviette.
Ajoutez 1 verre à liqueur de **porto**.
Mettez une coupe en verre dans un saladier rempli de **glace pilée**.
Versez le tiers de la gelée et laissez prendre.
Disposez ensuite les grains de raisin tout autour et la grappe entière au milieu.
Versez le deuxième tiers jusqu'à 1 cm au-dessus des fruits pour les maintenir en place et laissez prendre.
Versez enfin le reste de la gelée et faites prendre au réfrigérateur.

## POIRES AU FOUR

Préchauffez le four à 180° C (th. 4).
Coupez 4 **poires** en deux dans le sens de la longueur sans les peler.
Évidez-les largement, mettez-les dans un plat allant au four, côté peau vers le bas et remplissez de **vin blanc sec** (chenin blanc par exemple) la partie évidée de chaque poire.
Nappez-les de **sirop d'érable**.
Saupoudrez de sucre **cristallisé** et mettez au four pendant 20 minutes jusqu'à ce que les poires soient tendres.

## JEAN-CLAUDE IZZO
# Solea
SN N° 2500

Je me souvenais avoir ri en lisant un jour, dans la sérieuse revue *Marseillaise*, que l'histoire de la ville, «à travers ses échanges avec le monde extérieur, va puiser dans ses racines sociales et économiques le projet d'un centre-ville généreux».

— Tiens, lis ça, j'avais dit à Fonfon.

— T'achètes ces conneries, il avait demandé, en me tendant la revue.

— C'est à cause du dossier sur le Panier. C'est toute notre histoire.

— D'histoire, mon beau, on n'en a plus. Et ce qui nous en reste, de l'histoire, vé, y vont nous la mettre dans le cul. Et je suis poli.

— Goûte ça.

J'avais rempli son verre d'un **Tempier blanc**. Il était huit heures. Nous étions sur la terrasse de son bar. Avec quatre douzaines d'oursins devant nous.

— Sas! il avait dit, en faisant claquer sa langue. D'où tu sors ça?

— J'en ai deux cartons. Six de rouge 91. Six de rouge 92. Et six de rosé et six de blanc 95.

Je m'étais fait copain avec Lulu, la propriétaire du domaine, au Plan du Castellet. En goûtant les vins, nous avions parlé de littérature. De poésie. Elle connaissait des vers de Louis Brauquier par cœur. Ceux du *Bar d'escale*. De *Liberté des mers*.

*Je suis encore loin et je me permets d'être brave,*
*Mais viendra le jour où nous serons sous ton vent...*

## VIN D'ORANGE DE THÉRÈSE

Faites caraméliser 5 **oranges douces**, 5 **oranges amères** et 2 **citrons** dans le four.

Mettez dans une bonbonne à large goulot 5 litres de **vin de Provence rosé**, un demi-litre d'**armagnac**, 5 g de **quinquina**, un **bâton de vanille** coupé en deux dans le sens de la longueur et 1 kg de **sucre**. Introduisez les agrumes coupés en quartiers. Fermez et laissez vieillir à l'abri de la lumière.

Au bout de 3 mois, ôtez les agrumes, filtrez deux fois à travers des carrés de gaze, mettez en bouteilles, cachetez soigneusement et laissez vieillir encore 3 mois dans un endroit frais et obscur.

Servez le vin sur des **glaçons**.

## VIN D'ORANGE DE PAULET

Coupez en quartiers 12 **oranges amères** et un **citron**.

Introduisez dans une bonbonne 10 litres de **vin blanc de Provence**, 2 litres d'**alcool de fruits**, 2 kg de **sucre** et les quartiers d'**agrumes**. Laissez infuser 30 jours.

Filtrez une première fois sur du coton et une seconde fois sur du papier filtre.

Mettez en bouteilles, cachetez soigneusement et laissez vieillir quelques mois dans un endroit sombre. Servez frais.

## VIN D'ORANGE DE MARIE-PAULE

Épluchez 4 **oranges**, coupez-les en petits dés.

Introduisez, dans un bocal de 2 litres, 1 litre de **vin rouge de Provence** et la chair des oranges. Fermez hermétiquement et laissez infuser 10 jours en remuant le bocal tous les jours.

Râpez le zeste d'une orange non traitée.

Ouvrez le bocal et ajoutez le **zeste d'orange**, 1 verre de **marc de pays** et 25 morceaux de **sucre**. Refermez et laissez macérer encore 5 jours.

Filtrez le mélange, versez dans des bouteilles d'un demi-litre, bouchez hermétiquement et laissez reposer une quinzaine de jours avant de servir.

**JEAN-CLAUDE IZZO**
## Solea
SN N° 2500

Je posai deux litres de vin rouge, du domaine de Villeneuve Flayosc, à Roquefort-la-Bédoule. Un vin que Michel, un ami breton nous avait fait découvrir, l'hiver dernier. **Château-les-mûres**. Un sacré chef-d'œuvre de goût.

— Vé, il allait mourir de soif, dit Honorine.

Juste pour me faire remarquer que j'en avais mis, du temps.

— Tu t'es perdu dans la cave? renchérit Fonfon.

Je remplis leurs verres, puis le mien.

— Je devais téléphoner.

Et avant qu'ils ne fassent un commentaire, j'ajoutai:

— Je suis sur écoutes, chez moi. Les flics. Et il fallait que je rappelle Babette. (...)

Comment se sortir de tout ça? Nous. Fonfon, Honorine, Babette et moi?

— Vous reprenez pas du fromage? Il est pas bon le *provolone*?

— Si, Honorine, il est délicieux. Mais...

— Allez, dit Fonfon d'une voix faussement enjouée, un petit bout, juste pour boire encore un coup.

*C'est Bruno Quegnioux, le «petit prince» des dégustateurs, la star incontestée des dénicheurs de vins rares qui me l'avait fait découvrir.*

*Un choc. Des arômes puissants et subtils à la fois, une ampleur, une longueur en bouche exceptionnelle — et cette sensation, tout à coup, d'avoir toute la garrigue en bouche, d'en distinguer tous les arômes. Foin de termes techniques : c'était, tout simplement, un vin superbe. Et parce que le vin est fait pour être bu ensemble, qu'il est ce qui dit le mieux l'amitié, je m'étais empressé de le faire découvrir, à mon tour, à Jean-Claude. Il m'avait offert ses meilleurs Cassis, ses Bandols, à moi de l'étonner.*

*Et pour l'étonner... Des rougets grillés, d'abord, avec un sublime Condrieu... Et puis, bien plus tard, après le repas, tandis que nous bavardions d'Étonnants Voyageurs, de Gulliver, de nos projets — et de l'OM, bien sûr — sans plus de plat, rien que pour le bonheur de la dégustation, ce «Château-les-mûres»...*

*Il m'envoyait de loin en loin des signes d'amitié, dans ses livres. Le Lagavullin de Fabio Montale, était un clin d'œil à mon «single malt» préféré, que je lui avais offert la première année du festival. Et ces quelques lignes sur ce vin dégusté en commun avaient été sa manière de dire un moment d'amitié. Depuis, je n'en bois plus sans penser à lui. Qui me manque.*

*Michel Le Bris*

## FIGUES AU THYM

Mettez dans une casserole :
500 g de **figues séchées**,
du **vin rouge de Provence** (le vin doit recouvrir les fruits),
3 ou 4 **brindilles de thym frais**,
3 cuillerées à soupe de **miel de lavande**.
Couvrez et laissez cuire à feu doux pendant 1 heure en retournant les figues de temps en temps.
Dressez les figues dans un compotier.
Filtrez le sirop de cuisson et faites-le réduire d'un bon tiers à feu moyen jusqu'à obtention d'un léger sirop.
Versez sur les figues.
Servez tiède ou très frais avec des biscuits secs.

## JEAN-CLAUDE IZZO
## Chourmo
SN N° 2422

Rien n'est plus agréable, quand on n'a rien à faire, que de casser la croûte, le matin, face à la mer.

En fait de casse-croûte, Fonfon avait préparé une anchoïade qu'il sortait juste du four. Je revenais de la pêche, heureux. J'avais ramené un beau loup, quatre daurades et une dizaine de mulets. L'anchoïade ajouta à mon bonheur. J'ai toujours eu le bonheur simple.

J'ouvris une bouteille de **rosé de Saint-Canat**. La qualité des rosés de Provence m'émerveillait chaque année davantage. On trinqua pour se faire la bouche. Ce vin-là, de la Commanderie de la Bargemone, était un délice. On sentait sous la langue le merveilleux ensoleillement des petits coteaux de la Trévarèse. Fonfon m'adressa un clin d'œil, puis on se mit à tremper nos tranches de pain dans la purée d'anchois, relevée de poivre et d'ail haché. Mon estomac se réveilla à la première bouchée.

— Couquin! Ça fait du bien, sas!

— Tu l'as dit.

## ROSÉ DE PROVENCE AUX FEUILLES DE PÊCHER

Les feuilles de pêcher se ramassent entre « les deux bonnes Dames », c'est-à-dire entre le 15 août, jour de l'Assomption, et le 8 septembre, fête de la nativité de la Vierge.

Lavez une centaine de **feuilles de pêcher**, séchez-les d'abord dans un torchon puis une journée étalées sur un linge.
Mettez dans un flacon :
1 bouteille de **rosé de Provence**,
25 **morceaux de sucre**.
Remuez jusqu'à complète dissolution du sucre.
Ajoutez les feuilles de pêcher, fermez et laissez macérer pendant 5 jours.
Filtrez à travers une mousseline.
Ajoutez 1 verre à liqueur de **kirsch**.
Transvasez dans des bouteilles, bouchez et laissez reposer une semaine avant de consommer.

## VIN DE FRAISE

Équeutez et coupez en rondelles 225 g de **fraises**.
Mettez dans un bocal :
75 cl de **rosé de Provence**,
les fraises,
1 brin de **romarin frais**,
1 brin d'**hysope* fraîche**,
3 brins de **citronnelle fraîche**.
Fermez le bocal et secouez énergiquement.
Laissez infuser pendant 2 jours dans un endroit frais, pour que les arômes se développent.
Passez la préparation dans une passoire puis dans un entonnoir garni de mousseline.
Mettez en bouteilles et bouchez hermétiquement.
Cette boisson estivale très rafraîchissante peut aussi se consommer additionnée d'**eau gazeuse**.

* L'hysope est une plante aromatique originaire du bassin méditerranéen, à saveur amère et à odeur forte, elle entre dans la fabrication des liqueurs.

**RENÉ MERLE**

## Treize reste raide

SN N° 2471

Laugier reprend le texte. Il ajoute:

«Le poison est désormais en nous, qui fait que même en défendant la cause d'une intégration dans et par la France républicaine, un autre nous-même pense en nous et nous dit: Ils sont de trop.

C'est pourquoi nous nous tromperions en pensant que le Front est une cause alors qu'il n'est, en premier lieu qu'un effet.»

Il refaxe le texte.

Il se verse un verre de rosé. Bravo pour les résolutions minceur. Du **bandol** écologique, poussé sans désherbants, traité sans acide, sans additifs, qu'il va prendre chez le producteur. Ce n'est pas l'heure ni la saison, mais ça vaut tous les bourbons. Pas de tachycardie le matin, d'étau frontal et de flottements subséquents. Tu bois trop quand même Laurent. Cette petite douleur au flanc, et merde, on verra.

Le **bandol** est reconnu en AOC depuis 1941. Ce vignoble de l'arrière-pays de Bandol produit un rosé pâle et élégant, et un rouge fruité qui évolue en prenant un bouquet d'une grande finesse. Le fruité est dû au mourvèdre, cépage qui entre pour moitié dans la vinification des rouges. Le vin blanc représente seulement le dixième de la production de la région.

## BLANC À L'ORANGE

Lavez 8 **oranges** et 1 **citron** non traités, prélevez finement les zestes à l'aide d'un couteau économe.
Mettez dans un bocal de 3 litres :
50 cl d'**alcool pour fruits à 40°**,
les zestes d'agrumes.
Bouchez et laissez macérer pendant une semaine.
Ajoutez une bouteille de **bandol blanc**.
Laissez macérer une semaine.
Ajoutez :
une deuxième bouteille de bandol blanc,
500 g de **sucre**.
Remuez jusqu'à dissolution complète du sucre.
Laissez reposer un mois puis mettez en bouteilles.
Servez bien frais, en apéritif, sur la terrasse.

## APÉRITIF AU QUINQUINA

En Provence, on prélève en un seul morceau des zestes d'oranges non traitées qu'on fait sécher en les suspendant dans les cuisines. Ces zestes donnent un goût incomparable à la daube provençale et servent à confectionner bien d'autres préparations comme cet apéritif au quinquina très fortifiant.

Mettez dans un bocal :
30 g de racines de **quinquina**,
le **zeste séché d'une orange** non traitée,
1 pincée de **cannelle**,
1 pincée de **safran**,
150 g de **sucre roux**,
1 bouteille de vieux **bandol rouge**.
Fermez hermétiquement, remuez de temps en temps et laissez macérer pendant 15 jours.
Filtrez à travers une double épaisseur de mousseline et mettez en bouteilles.

## JEAN-BERNARD POUY
## RN 86
SN N° 2377

Le soir, Léonard s'est enfin décidé à dîner au restaurant de l'hôtel.

La jeune serveuse en était apparemment toute contente. Elle s'appelait Clara, elle était plus italienne qu'espagnole, Léonard s'était gouré.

Et il s'était vaguement souvenu avoir lu que les Italiens, au début du siècle, en avaient bavé, dans la région, il y avait même eu de nombreux morts, des espèces de pogroms du côté de Carpentras, ou de Cavaillon, il ne savait plus. La salle était pleine, il reconnut les inévitables VRP de passage mais l'essentiel du public était des touristes, blonds et rougis par le soleil, de vrais homards, des gens du Nord finissant leurs derniers jours de vacances. Ils en profitaient pour écluser leurs dernières bouteilles de **côtes-du-rhône** et, du coup, parlaient fort et démonstratif.

Léonard mangeait du bout des doigts, la faim n'était pas encore là, et lisait des passages du livre de Kierkegaard. Sans vraiment être à sa lecture. C'était trop irréel, mais le pessimisme était au menu, quoi qu'il fît.

*«Le vin est la défense de la vérité, comme la vérité celle du vin»*... rigolait le philosophe.

On trouve tout dans cette appellation, probablement l'une des plus anciennes de France. Les plus grands se trouvent au nord : côte-rôtie, hermitage, cornas, saint-joseph… Le principal cépage est la syrah, qui donne des vins corsés, robustes, dotés d'une bonne longévité et d'un bouquet intense.
Au sud, le cépage principal est le grenache. Il est utilisé pour des vins portant les appellations générales de côtes-du-rhône et châteauneuf-du-pape.
Quand on décrit un côtes-du-rhône, les termes de vigoureux et de forte personnalité reviennent souvent. Issus de sols pierreux, granitiques et traversant des étés chauds et secs, ce sont des vins qui déçoivent rarement.

## PINEAU MAISON

Versez la moitié d'une bouteille de **côtes-du-rhône** dans un bocal de 1 litre.
Ajoutez 30 **morceaux de sucre** et 1 sachet de **sucre vanillé**, et faites-les dissoudre en remuant.
Versez 25 cl d'**eau-de-vie** d'excellente qualité et le reste du vin.
Laissez reposer au moins 1 mois à l'abri de la lumière.

## SOUPE DE POMMES AU VIN ROUGE

Pelez, évidez et coupez en tranches 1 kg de **pommes reinettes**.
Râpez le zeste et pressez le jus d'un citron.
Dans une casserole faites fondre les pommes dans 60 g de **beurre** pendant 5 minutes.
Mouillez avec 1 dl d'eau et laissez frémir 10 minutes environ jusqu'à ce que les tranches de pommes soient tendres.
Ajoutez :
1 pincée de **noix muscade râpée**,
le **zeste de citron**,
1 cuillerée à soupe de **jus de citron**.
Passez dans un moulin à légumes grille fine, puis passez une deuxième fois dans un tamis.
Laissez refroidir, incorporez 75 cl de **côtes-du-rhône rouge**, 2 ou 3 cuillerées à soupe de jus de citron et 10 cl de **crème fraîche**.

Si vous voulez consommer cette soupe chaude, faites-la réchauffer et ajoutez de la crème fraîche juste avant de servir.

**PHILIPPE ISARD**

# Le chenil des flics perdus

SN N° 2476

C'était un jour de permanence à la PJ où je rongeais mon frein à jouer au tarot avec des potes de la voie publique de la Brigade de répression du banditisme. On nageait dans le bonheur et l'insouciance en misant vingt centimes du point. Cinq heures que l'on tapait le carton dans un petit bureau sans fenêtre, coincé sous un escalier, au 36, quai des Orfèvres. À cette époque, le **côtes-du-rhône** travaillé par les Pieds-Noirs était bon et changeait de la piquette à cinq étoiles sponsorisée par les grossistes en vins de Bercy avant que l'endroit soit maquereauté par la cathédrale de l'égalité fiscale. Enfin, revenons au 36. Tranquilles, pépères, on écrasait nos mégots à même le sol et on tétait sec. Victorieux, j'étalais mon jeu quand le téléphone se mit à sonner. Mauvais présage, l'état-major de la PJ nous demandait de nous rendre à la 23e Chambre correctionnelle du TGI de Paris afin d'interpeller un voyou qui allait se faire arrêter à la barre du tribunal.

Avec mon pote Duchateau on s'enquilla vite fait bien fait une autre bouteille de pinard avant de nous rendre, complètement déchiquetés, à la 23e.

*Je me souviens encore avec émotion d'un petit restaurant de La Colle-sur-Loup où le patron me conseilla, un soir torride d'été, d'accompagner une excellente viande rouge d'un côtes-du-rhône blanc.*

*— Vous croyez ? lui dis-je du ton sceptique d'un type encore plein de certitudes sur le rôle du blanc et du rouge dans un repas.*

*C'était un saint-joseph de chez Chapoutier (on ne dira jamais assez l'importance de certains négociants dans le choix d'un vin et Chapoutier est une garantie d'excellence) et je fus proprement épaté par la robustesse et le bouquet de ce vin que je plaçai aussitôt dans la liste de mes favoris.*

*Depuis, je ne manque jamais de boire des côtes-du-rhône blancs chaque fois que j'ai envie des vertus conjuguées de la vigueur, du bouquet et de la fraîcheur.*

*Le cépage viognet donne l'admirable condrieu et l'exceptionnel (quoiqu'un peu cher) château-grillet.*

*Le marsanne et le roussane ajoutent leur robustesse aux hermitages, crozes-hermitage et saint-joseph.*

*Enfin, n'oublions pas le muscat de Beaumes-de-Venise qui produit un vin de dessert moelleux, doté d'un remarquable bouquet et d'une saveur bien fruitée.*

*P.R.*

## VIN D'ABRICOT

Coupez 2 kg d'**abricots** en deux et ôtez les noyaux.
Faites-les blanchir 10 minutes dans de l'eau bouillante puis laissez-les refroidir dans l'eau.
Au bout d'une heure, écrasez les abricots dans un chinois (passoire de forme conique) pour bien récupérer le jus et la pulpe.
Mettez dans un grand bocal, ajoutez :
2 litres de **côtes-du-rhône blanc**,
25 cl d'**eau-de-vie**,
400 g de **sucre cristallisé**.
Remuez jusqu'à complète dissolution du sucre.
Laissez macérer pendant 8 jours.
Filtrez dans un entonnoir garni d'une double épaisseur de mousseline.
Mettez en bouteille et bouchez.

## JOSEPH BIALOT

# Le Royal-bougnat

SN N° 2239

Le Royal-bougnat. Le dernier vrai bistrot de la capitale.

Je sais, des troquets vieillots il en reste encore quelques-uns à Paris, mais seulement en façade. À l'intérieur, c'est staff, lumière froide et tables de plastique imitation plastique. Même l'Auvergnat est faux, il vient de la Bastoche.

Ici, rien de tel. Un des rares endroits dans la ville où on éprouve le sentiment de ne pas vieillir. Le temps s'est arrêté là, séduit par les tables en noyer ciré, montées sur des pieds de fonte noire, le grand zinc à demi-courbe où on peut s'accouder, les images publicitaires sous verre, la réclame comme on disait alors, vantant des boissons devenues mythiques: Clacquesin, Kina, et le Byrrh, de Thuir dans les Pyrénées orientales. Rien n'a changé sous l'énorme lustre de fer forgé où brillent des ampoules chaudes et non des tubes glacés de lumière spectacle. Non, rien ne bouge au Royal-bougnat, meubles, menus, serveuses. La seule indication du temps qui passe se manifeste, par intermittence, par les prix qui grimpent.

Au comptoir, Fernand et Cécile, les patrons. Le grand-père de Cécile, fondateur de la dynastie, tenait un bistrot flanqué d'un hangar bourré de bûches, de ligots et de charbon. Un bougnat, un vrai, natif de Saint-Flour, comme il se doit. «Vins et Charbons», c'est encore inscrit à gauche de la vitrine. Sur le bandeau droit, on lit: «Plats du jour, Aligot, Fourme d'Ambert». Curieusement, l'enseigne s'étale en caractères majuscules: LE ROYAL-BOUGNAT.

Fernand me tend un verre de **Cornas**, mon vin préféré, pur Syrah, inconnu des snobs. Ophélie et Neurone dégustent un **Bonnezeaux**, blanc d'Anjou, tendre comme une jeune fille.

**Cornas** est un mot celte qui signifie « terre brûlée ». Le cornas est un côtes-du-rhône très foncé, presque noir et dur quand il est jeune ; pour s'assouplir il mérite de vieillir longtemps.

## VIN DE NOIX

### PREMIÈRE RECETTE

Préparez ce vin quand les noix sont formées mais encore vertes, après la Saint-Jean, au mois de juillet.
Coupez **24 noix vertes** en morceaux (en prenant soin de mettre des gants, car le liquide tiré du brou de noix est très difficile à enlever).
Mettez les noix dans un bocal, versez 1 litre d'**alcool de fruits à 40°**, fermez hermétiquement et laissez macérer pendant 2 mois à l'abri de la lumière.
Transvasez et faites chauffer sans laisser bouillir avec 5 litres de **côtes-du-rhône rouge** et 800 g de **sucre**.
Filtrez, versez dans des bouteilles, bouchez et laissez reposer encore 3 mois.

## VIN DE NOIX

### DEUXIÈME RECETTE

Coupez 50 **noix vertes** et mettez-les dans une bonbonne en verre.
Ajoutez :
5 litres de **côtes-du-rhône rouge**,
1 litre d'**eau-de-vie à 40°**,
2,5 kg de **sucre**,
le **zeste** finement prélevé de 4 **oranges** non traitées.
Remuez bien jusqu'à complète dissolution du sucre.
Fermez hermétiquement et laissez macérer 3 mois à l'abri de la lumière en remuant de temps en temps.
Passez dans une passoire, filtrez dans un tamis puis filtrez une deuxième fois dans un entonnoir garni d'une double épaisseur de mousseline.
Mettez en bouteilles et bouchez hermétiquement.
Laissez reposer 2 mois avant de consommer.
Joliment étiquetées, vos amis apprécieront ces bouteilles au moment de Noël.

**PATRICK KIDNEY**

## La troisième ligne

Traduit de l'américain par Jean-Luc Matas

SN N° 1991

Pas besoin d'aller très loin. Le restaurant était en face du Lion's Head, juste à l'angle de Sheridan Square et de Waverly Place. Ça s'appelait *Les douceurs de Paris* et ça faisait tout son possible pour ressembler à n'importe quelle gargote française de Manhattan: trois ou quatre tables posées sur le trottoir défoncé, des nappes blanches garnies de fleurs, un couvert dressé «à la française», le tout coiffé par un store rouge impuissant à juguler les coups de massue du soleil.

— Putain de chaleur, fit le type en veste blanche qui montait la garde sur le seuil.

— On peut manger?

— Manger, boire, tout ce que vous voudrez du moment que vous n'exigez pas un coin de fraîcheur. (...)

J'attaquais ma troisième lecture in extenso du menu quand le chef s'est enfin décidé à sortir de son trou. Il venait visiblement de s'essuyer, mais sa toque ne parvenait manifestement pas à retenir les torrents de sueur qui coulaient de son front pour venir orner les poils de sa barbe avant de tomber en cascade sur sa bedaine.

— Drôle d'idée de manger au restaurant par un temps pareil, grommela-t-il.

Son accent français était encore pire que celui de Pierre. Je me suis dit que ce devait être Alain.

— On peut déjà boire un coup, non? Tom prétend que vous avez toujours un petit vin en rapport avec la situation.

— Ah, vous connaissez Tom... Voyons... Ne tombons pas dans l'erreur du Rosé, ni dans la facilité du Blanc. Ce qu'il nous faut c'est un rouge à la fois charpenté et fruité... Un rouge de pays chaud. Vous connaissez le **Pécharmant**?

Il a fait demi-tour vers sa cuisine. En l'attendant, je me suis demandé s'il ne se payait pas ma tête. Que pouvait être un vin dont l'exacte traduction anglaise était *charming fart*?

*Saintex et Contrex*

*Avant-guerre, sur la rive de la Seine qui faisait face au chais alcoolisé de Bercy, près de l'usine d'air comprimé, se dressait un bâtiment surmonté d'une publicité en trois éléments : une capsule dentelée encadrée par deux mots : Vichy, État.*

*Laval et Pétain se sont arrangés pour que leur signification profonde n'échappe plus à personne. En représailles, dans la famille, on ne buvait plus que de la Contrex. Le dimanche, le grand-père sortait une bouteille de la cave, et on le regardait tous qui mimait de terribles efforts pour expulser le bouchon de liège. Je me souviens du nom sur l'étiquette, Pécharmant, qui me faisait penser au personnage d'un conte, le «prince charmant». Il levait son verre, à la santé d'un mystérieux «Saintex» qui, dans mon esprit, était l'ennemi farouche de «Contrex».*

*Ce n'est que bien plus tard, sur la route de Bergerac, que je suis tombé sur le château de Tiregand où des descendants de Saint-Exupéry élèvent un Pécharmant.*

*Didier Daeninckx*

## PÊCHES ET AMANDES AU PÉCHARMANT

Pelez 1 kg de **pêches blanches** mûres. Coupez-les en huit tranches en partant de l'extérieur vers le noyau.
Réduisez en purée 200 g de **framboises** et passez le jus à travers un tamis.
Faites dissoudre 150 g de **sucre semoule** dans 25 cl de **pécharmant**.
Mettez dans un saladier : les tranches de pêches, la purée de framboises, le vin sucré.
Laissez macérer pendant 1 heure au réfrigérateur.
Décortiquez 25 **amandes fraîches**, mondez-les (plongez-les dans de l'eau bouillante puis détachez la peau à l'aide d'un couteau) et concassez-les grossièrement.
Répartissez les pêches dans de grands verres à pied très frais.
Parsemez les amandes fraîches sur le dessus et consommez immédiatement.

## FRANCK PAVLOFF
# Le vent des fous
SN N° 2334

Je lui décochai un grand sourire, celui qui laissait voir toutes mes dents. Celles qui incisent et celles qui broyent. Il réagit très bien. D'un grand coup de rein en dépit de sa bedaine il se leva tout d'un bloc, proposant un toast en l'honneur de la vénérable assemblée, et à l'avenir de l'Association humanitaire.

Comme une seule pieuvre aux soixante-cinq bras prolongés de 65 coupes de **clairette de Die**, l'assemblée répondit à son salut. Rien de tel que du pompeux et des bulles pour ressouder un groupe qui se désagrège.

Le doyen des toubibs prit la relève. Puis la présidente de «Sauveterre-Solidaire» par ailleurs épouse du concessionnaire chez qui l'Association se fournissait en 4 × 4. Puis le président des Clubs sportifs de Sauveterre qui se dit prêt à reverser la recette finale de hand à l'Association.

C'était parti. Adieu discorde, bonjour la démagogie.

La **clairette de Die** est un vin blanc mousseux qui provient d'une parcelle isolée de vignobles sur la Drôme.

## COCKTAIL CLAIRETTE

Mettez dans un verre à mélange avec des **glaçons** :
15 cl de **jus de citron** filtré,
35 cl de **Grand Marnier**.
Versez dans un grand verre sur pied.
Allongez avec de la **clairette de Die** bien frappée.
Décorez d'une **cerise à l'eau-de-vie**.

## PUNCH À LA CLAIRETTE

Coupez 3 mandarines en rondelles.
Mettez dans un grand pichet :
1 verre de **sirop de fraise**,
1/2 verre de **Grand Marnier**,
le jus de 2 **citrons**,
les tranches de **mandarines**.
Mélangez et laissez macérer au réfrigérateur.
Au moment de servir, allongez de **clairette de Die** bien frappée et versez dans de grandes flûtes.

## SOUPE DE FRUITS À LA CLAIRETTE

Mettez dans une casserole :
150 g de **groseilles**,
200 g de **framboises**,
2 cuillerées à soupe de **sucre cristallisé**.
Portez à ébullition à feu doux en écrasant les fruits puis passez-les à travers un tamis pour en extraire le jus.
Remettez dans une casserole et ajoutez :
le **zeste râpé** et le **jus d'un citron**,
75 cl de **clairette de Die**,
3 **jaunes d'œuf** fermement battus,
1 pincée de **sel**.
Faites chauffer sans laisser bouillir et servez chaud saupoudré de **noix muscade râpée**, ou froid additionné de **crème fraîche**.

**MARVIN ALBERT**

## Quel sac d'embrouilles!

**Traduit de l'américain par Paul Kinnet**
**SN N° 2097**

Jacques Chalier était le chef caviste de Sevran et il avait la responsabilité de tous les hommes qui travaillaient dans les celliers. Dans cette section, le **champagne** était presque au bout de son processus de vieillissement. Ici, les casiers étaient légèrement penchés vers l'avant. C'étaient ceux qu'on appelle des pupitres et qui maintiennent les bouteilles avec le goulot incliné vers le bas. Le remuage consiste à tourner chaque bouteille d'un petit coup sec pour aider les sédiments à s'accumuler contre le bouchon provisoire. Au bout de six semaines, on gèle le goulot et on fait sortir les sédiments gelés avec le bouchon. Vient alors une autre décision délicate à prendre: quels vins faut-il ajouter et dans quelles proportions, pour remplacer le sédiment expulsé avant de boucher définitivement la bouteille, de cercler le bouchon et de coller l'étiquette? (...)

Jacques Chalier nous pria de nous asseoir. Tandis qu'il ouvrait la bouteille et servait, je regardai l'étiquette. C'était un brut très vieux, d'un excellent millésime. Chalier me tendit la première coupe. Puis Sevran et lui m'observèrent en attendant ma réaction, non sans un brin d'appréhension.

Je pris tout mon temps pour observer les rites. J'examinai les fines bulles qui montaient dans la coupe, j'en respirai le bouquet, puis je bus une petite gorgée. Je me renversai dans mon fauteuil en la savourant et en y réfléchissant. Après un bout de temps convenable, j'exprimai ce qu'ils attendaient.

— Je ne suis toujours pas expert, mais je n'ai jamais goûté rien de meilleur.

Leurs sourires de satisfaction me récompensèrent. Ils levèrent silencieusement leurs coupes en l'honneur de mon jugement, et nous bûmes ensemble.

*Invention géniale (encore une !) des moines bénédictins, le* **champagne** *peut-être, disons-le tout net, la boisson la plus remarquable du monde. Frais, pétillant, fruité, il propose sous sa vivification spécifique toutes les qualités du vin. Le seul ennui, c'est que, victime d'un succès qui lui est monté à la tête plus vite que ses bulles, il n'a rien fait pour maintenir la qualité qui fit sa gloire. Véritable tarte à la crème de toutes les sauteries, réceptions, fêtes officielles et célébrations familiales, il est devenu l'allié objectif du Phosphalugel, Maalox et autres pompiers pour brûlures d'estomac. Synonyme de fête réussie, il pétille bien trop universellement pour rester honnête. Souvent trop vert, il troque son bouquet contre une acidité insupportable et devient à peu près aussi consommable qu'un cachet d'aspirine effervescent plongé dans un mauvais vin blanc.*

*Sauf dans le cas particulier d'un certain nombre de vins produits par des indépendants et donc difficiles à trouver dans le commerce, le champagne est un produit cher. C'est dommage, mais c'est comme ça. Pourquoi ne pas cesser d'en boire à tout bout de champ pour nous offrir de temps en temps un de ces nectars incomparables que le monde entier nous envie et qu'il cherche à copier sans parvenir à produire autre chose que le pire des nôtres ?*

*P.R.*

## SORBET AU CHAMPAGNE

Mettez à rafraîchir une bouteille de **champagne**.
Dans une casserole faites fondre 250 g de **sucre en poudre** dans 15 cl d'eau en remuant de temps en temps. Portez à ébullition à feu plus vif et laissez cuire quelques secondes. Laissez refroidir.
Pressez 6 **citrons** non traités et filtrez le jus dans une terrine.
Frottez 6 **morceaux de sucre** contre la peau des citrons et faites-les fondre dans le jus.
Ajoutez le champagne et le sirop de sucre refroidi.
Versez la préparation dans des bacs peu profonds et laissez prendre au congélateur.
Au bout de 30 minutes, remuez le sorbet à la fourchette en ramenant la préparation vers le centre des récipients. Répétez l'opération toutes les heures pendant 4 heures.
Transvasez la préparation dans un saladier et fouettez légèrement pour obtenir une consistance mousseuse bien qu'un peu liquide.
Servez aussitôt dans des coupes individuelles rafraîchies, avec des tuiles aux amandes.

**ROBERT B. PARKER**

## La chair et le pognon

Traduit de l'américain par M. Charvet
SN N° 2092

Un Noir encore plus grand que celui d'en bas apparut derrière les plantes vertes avec un plateau d'argent sur lequel était posé un seau à champagne en argent contenant une bouteille de **champagne** ouverte. Il y avait une grande flûte à champagne sur le plateau.

Le Noir posa le plateau sur une petite table en verre à côté du bureau et recula.

Il portait un uniforme avec des boutons dorés, des épaulettes dorées comme le type d'en bas. Seulement cette tunique était blanche. Il n'avait rien sur la tête, à part ses cheveux coupés très ras. Il me regarda d'un air inexpressif.

Lehman dit:

— Ça ira, Brutus. Si j'ai besoin de toi je t'appellerai.

Le Noir hocha la tête et sortit. Lehman prit le champagne dans le seau à glace, en versa dans son verre avec précaution, peu à la fois pour empêcher les bulles d'éclater. Le champagne était un Taittinger. Quand il eut rempli son verre il en but une gorgée, ferma les yeux, renversa la tête en arrière et laissa le vin lui couler dans le gosier. Quand il l'eut avalé, il leva les yeux, me regarda et dit:

— Ah, le nectar des dieux!

— Une tautologie, dis-je.

— Hein.

— Le nectar est le breuvage des dieux. Inutile de dire «nectar des dieux». C'est comme si vous disiez l'ambroisie des dieux. Mieux vaut dire tout simplement: «Ah, quel nectar!»

## SABAYON AU CHAMPAGNE

Mettez dans une terrine :
6 **jaunes d'œuf**,
100 g de **sucre semoule**.
Battez fermement jusqu'à ce que le mélange blanchisse et mousse.
Versez doucement 30 cl de **champagne** sans cesser de fouetter.
Transvasez dans une grande casserole et faites chauffer au bain-marie en fouettant jusqu'à ce que la préparation épaississe et triple de volume.
Transvasez dans des coupes individuelles et dégustez tiède.

## GRANITÉ DE MELON AU CHAMPAGNE

Achetez 6 petits **melons** bien mûrs et parfumés. Si les melons sont insipides, le granité n'aura aucun goût.
Coupez-les en deux, évidez-les. Passez la pulpe dans un moulin à légumes grille moyenne.
Mettez les écorces au congélateur.
Pressez le **jus d'un citron**.
Faites bouillir pendant quelques minutes 10 cl d'eau avec 60 g de **sucre**.
Laissez refroidir complètement.
Mettez dans une terrine :
la purée de melon,
le sirop de sucre,
2 cuillerées à soupe de jus de citron,
25 cl de **champagne** bien frappé.
Transvasez dans des bacs peu profonds et mettez au congélateur.
Remuez de temps en temps à la fourchette en raclant le fond.
Avant de servir, transvasez le granité dans un saladier et travaillez-le à la fourchette s'il est trop ferme.
Rincez les écorces de melon avec un peu de **cognac**.
Garnissez-les de granité et servez aussitôt.

## SORBET DE MELON AU CHAMPAGNE

Même préparation que le granité, mais placez la préparation dans une sorbetière.
Le sorbet est lisse alors que le granité doit être légèrement grenu.

**JIMMY SANGSTER**
## Un cercueil en flammes
**Traduit de l'américain par Jean-Bernard Piat**
SN N° 2146

Cette fois Gloria était en retard. James arriva au restaurant à neuf heures vingt-cinq. L'établissement était complet, comme d'habitude, et il y avait du bruit. On aurait pu croire que les clients étaient décidés, vu les prix qu'ils déboursaient, à faire le plus de bruit possible pour se prouver qu'ils s'amusaient énormément.

James demanda si une réservation avait été faite au nom de Reed.

— Très certainement, Milord, répondit le maître d'hôtel. Par ici, je vous prie.

Il conduisit James à ce qui était sans conteste la meilleure table du restaurant.

— Dois-je déboucher le champagne immédiatement? s'enquit-il, tandis que James prenait place. C'était du **Dom Pérignon**. Étant donné que la bouteille coûte 50 dollars dans le commerce, il se dit qu'elle devait valoir ici dans les 175.

— C'est moi qui ai commandé cela?

— Votre secrétaire a commandé le champagne quand elle a fait la réservation.

— À quel nom a-t-elle fait la réservation?

— À votre nom. Lord Reed.

— Merci, dit James.

James décréta que le champagne était bon et le maître d'hôtel s'éloigna avec un moulinet du bras, sans doute pour informer tous les autres clients qu'ils avaient la chance ce soir de dîner en présence d'un authentique membre de l'aristocratie anglaise.

Gloria arriva quinze minutes plus tard. «La table de Lord Reed», lança-t-elle d'une voix si forte que toutes les têtes dans la salle se tournèrent vers elle. Le maître d'hôtel s'inclina, l'escorta avec force courbettes jusqu'à la table de James et lui servit une coupe de champagne.

## MARQUISE À L'ANANAS

Mettez une bouteille de **champagne brut** dans le bas du réfrigérateur pendant au moins 4 heures.
Lavez et coupez en rondelles puis en morceaux :
2 **oranges** non traitées,
2 **citrons** non traités.
Ouvrez une boîte de 500 g d'**ananas au sirop**, égouttez, coupez les fruits et réservez le sirop.
Mettez dans une coupe :
les agrumes,
les morceaux d'ananas,
20 cl de **cognac**,
la moitié du sirop d'ananas.
Laissez macérer une heure au réfrigérateur.
Avant de servir, mélangez et ajoutez le champagne bien frappé.
Remuez et servez dans des coupes individuelles.

## COBLER AU CHAMPAGNE

Pour 8 personnes

Coupez en petits morceaux 1 kg de **fruits** de saison.
Coupez en deux de fines tranches d'**oranges** et de **citrons**.
Mettez dans un grand broc :
1 tasse de **glace pilée**,
1 verre à liqueur de **curaçao bleu**,
le **jus d'un demi-citron**,
2 verres à liqueur de **sirop de sucre ambré**,
une demi-bouteille de **champagne** bien frappé (au moins 4 heures dans le bas du réfrigérateur).
Mélangez à la cuillère.
Humectez le bord de 8 grands verres et trempez dans du sucre cristallisé.
Versez le cocktail sur les fruits et décorez avec les rondelles d'agrumes.

## HERVÉ LE CORRE
# Les effarés
SN N° 2439

Il éteint dans le couloir, et il se dirige en aveugle dans la salle de séjour. Direction le frigo. Il en salive d'avance. Il tire sur la poignée chromée, prêt à l'arracher si elle résiste. C'est soudain éclairé comme une vitrine. Il hésite. Mousse? Vin blanc? Il prend la bouteille de **monbazillac**, celle qu'il a entamée dimanche sur le gâteau. Le verre est frais. Il trace sur la buée un petit zigzag du bout du doigt. Le bouchon force un peu. Goulot à sa bouche. Il ferme les yeux, et ça coule. Un, deux gorgeons. Il garde un peu de vin, le fait aller et venir contre ses joues. Il goûte le sucre, l'alcool. Il existe sûrement d'autres parfums, mais il s'en fout. Il avale. Derrière lui, une chaise semble s'être approchée. Comme elle a raison. Il pose son cul dessus, la bouteille entre les cuisses, froide, dure, sûre. Il se détend. Tout se décoince. Il n'a plus chaud, il n'a plus mal, il bouge même tranquillement ses orteils dans ses sandales humides. Il s'y remet. Dans sa bouche, c'est le plein emploi. Sa langue dirige le flux, se baigne dans la fraîcheur sucrée comme une femme à poil dans une de ces rivières à la télé, heureuse, sans souci. Ses dents mâcheraient presque l'épaisseur du goût. Ses joues se gonflent, sa gorge s'ouvre, et s'emplit, et bouge lentement. On croirait un trompettiste muet.

**Monbazillac** est une AOC datant de 1936. Aujourd'hui, le vignoble couvre 2 500 hectares de vignes répartis sur 5 communes au sud de Bergerac : Monbazillac, Colombier, Pomport, Rouffignac-de-Sigoulès et Saint-Laurent-des-Vignes.
Issue de l'assemblage de trois cépages, sémillon, sauvignon et muscatelle, l'AOC Monbazillac est récoltée par vendanges manuelles et triées successives pour ne choisir que les raisins atteints par cette fameuse et miraculeuse *Botrytis cinerea* (pourriture noble). La pellicule du grain devient alors perméable aux échanges avec le milieu extérieur, ce qui facilite l'évaporation de l'eau, donc la concentration des sucres.
D'une fabuleuse couleur or qui fonce avec le temps, le monbazillac est dominé par des arômes de miel, d'acacia et de pêche, agrémentés par des nuances d'agrumes et de mirabelle confits. Il faut le servir à une température de 11 à 12°.

## PÊCHES AU VIN DOUX

Choisissez des **pêches jaunes** d'excellente qualité, comptez une pêche par personne.
Plongez-les dans de l'eau bouillante, sortez-les aussitôt et plongez-les de nouveau dans de l'eau froide pour arrêter la cuisson.
Pelez les fruits et détaillez-les en quartiers.
Saupoudrez de **sucre**, arrosez de vin doux, ici du **monbazillac**.
Laissez macérer 2 heures avant de servir.

## CRÈME AU MONBAZILLAC

Battez fermement 4 **jaunes d'œuf**.
Dans une casserole, faites chauffer à feu doux 20 cl de **monbazillac**.
Incorporez peu à peu les jaunes d'œuf et mélangez légèrement à l'aide d'une cuillère en bois jusqu'à ce que le mélange nappe la cuillère. Ne laissez surtout pas bouillir pour ne pas décomposer les œufs en grumeaux.
Hors du feu, incorporez 5 cl de **crème fraîche épaisse**.
Vous pouvez utiliser cette crème pour napper des fruits cuits ou la servir seule, dans les coupes individuelles, avec des biscuits à la cuillère.

**JEAN-BERNARD POUY**
## RN 86
SN N° 2377

— Venez avec moi. Qu'est-ce que vous voulez boire? Si vous voulez rester manger avec nous pas de problème, je vous préviens, on est végétariens, que du vert, à part le pinard, bien sûr, faut pas déconner, c'est un produit naturel merde, et puis bouffer du fromage de chèvre avec du jus de carotte, c'est un truc de dégénéré.

Le tout sans respirer.

Moi, j'ai repris mon souffle. Mais il m'avait déjà servi un grand verre de muscat.

— **Frontignan**! il hurla en même temps.

Avant que je puisse réaliser que c'était du vin cuit qu'il parlait, il m'a entraîné à l'intérieur de la maison où le foutoir se perpétuait avec une légère tendance à la brocante sauvage. (...) Il s'est envoyé une grande gorgée de muscat, il buvait ça comme de la Volvic, a soupiré bruyamment d'aise, a froncé sa broussaille de sourcils et s'est remis à parler, comme s'il entamait une longue conférence, moulinets de bras, hochements de tête, grimaces.

Les régions vinicoles du Languedoc et du Roussillon sont les plus productives de France. Concernant les vins de cépage muscat, on trouve trois appellations : le muscat de Lunel, le muscat de Mireval et le muscat de Frontignan.

## POIRES CONFITES AU MUSCAT DE FRONTIGNAN

Pelez 1 kg de **petites poires** très fermes, laissez-les entières avec leur queue.
Dans une casserole, versez 1 litre de **muscat de Frontignan**, 220 g de **miel** et 1 **bâton de cannelle** fendu dans le sens de la longueur.
Portez à ébullition, plongez-y les poires et baissez le feu.
Laissez confire, sans couvrir, très doucement, pendant 1 h 30.
Sortez les fruits, laissez-les refroidir dans un compotier.
Si le liquide restant n'est pas assez sirupeux, le faire réduire jusqu'à ce qu'il nappe la cuillère.
Versez sur les poires, et servez avec de la **glace à la cannelle**.

## CRÈME AU MUSCAT DE FRONTIGNAN

Pelez et évidez 1 **pomme reinette** par personne.
Placez-les dans un plat à gratin et faites-les cuire au four sans ajouter de sucre.
Battez 4 **jaunes d'œuf** avec 4 cuillerées à soupe de **sucre** jusqu'à ce que le mélange devienne mousseux.
Dans une casserole, versez 18 cl de **muscat** et faites chauffer à feu très doux.
Incorporez peu à peu les jaunes d'œuf et remuez à l'aide d'un fouet jusqu'à épaississement de la préparation. Ne faites surtout pas bouillir afin d'éviter la décomposition en grumeaux.
Hors du feu incorporez 5 cl de **crème fraîche épaisse** puis 2 cuillerées à soupe de **kirsch** sans cesser de remuer.
Disposez les pommes cuites dans chaque assiette et nappez de crème.

**SAMUEL W. TAYLOR**
## Comme un frère
**Traduit de l'américain par Jean Sendy et Marcel Duhamel**
**SN N° 38**

— Oui, mais ce que je voudrais savoir, c'est...

— Assez, vous deux! a coupé Mary; je sais ce qui ne va pas, nous avons tous faim. Walt, il nous reste de ce vin que nous avons reçu pour Noël. Donnes-en un verre à Chick pendant que je prépare le dîner.

Ils sont passés dans la cuisine. J'ai déboutonné mon pardessus, sans avoir la force, sur le moment, de me lever pour l'enlever. J'étais pompé en arrivant, et maintenant, j'étais complètement lessivé. Le supplice de tout raconter, puis d'essayer de convaincre Walt, m'avait achevé.

C'était si bon de pouvoir se détendre, de ne plus errer dans la rue.

Walt a apporté du vin de la cuisine, deux doigts dans un verre à eau. C'était du **porto**, doux et généreux, et il me semblait qu'il coulait dans mes jointures endolories. De la cuisine venaient un bruit de vaisselle et l'odeur affolante de nourriture. Walt m'examinait sans rien dire. Notre bonne vieille amitié sans façon n'existait plus. Pourquoi se serait-il pris d'affection pour moi?

— Chick.

— Oui?

— Je vois dans les journaux de ce soir qu'on a ajouté cinq mille dollars à la prime. Ça fait quinze mille.

Il a posé doucement son verre par terre.

— Ça fait beaucoup d'argent pour un coup de téléphone.

J'ai considéré la chose.

— Je ne peux certes pas te retenir.

— Et n'essaie pas d'être drôle, nom de Dieu! Tu sais très bien que je ne le ferais pas. C'est pour ça que tu es ici. Tu sais que tu peux compter sur nous.

Le **porto** est un vin muté à l'eau-de-vie produit au Portugal dans la vallée du Haut-Douro et expédié de Porto.

## PORTO FLIP

Mettez de la **glace pilée** dans un shaker.
Ajoutez :
1 cuillerée à café de **sucre en poudre**,
2 cl de **crème fraîche**,
4 cl de **porto rouge**,
1 cl de **cognac**,
**1 jaune d'œuf**.
Agitez vigoureusement.
Servez dans des verres sur pied évasés et saupoudrez d'un soupçon de **noix muscade râpée**.

## BICHOF D'OXFORD

Plantez 6 **clous de girofle** dans une **bigarade** et mettez-la sous le gril du four pendant 10 minutes jusqu'à ce qu'elle ramollisse.
Mettez dans une casserole :
30 cl d'eau,
2 clous de girofle,
1/2 **bâton de cannelle**,
1 petit morceau de **noix muscade**,
6 **baies de poivre de la Jamaïque**,
1 cm de **gingembre** frais.
Faites bouillir jusqu'à ce que le liquide ait réduit de moitié.
Faites chauffer dans une casserole 75 cl de **porto rouge**.
Faites flamber quelques secondes puis ajoutez l'eau épicée et la bigarade grillée.
Remuez et laissez macérer dans la casserole chaude pendant 10 minutes.
Frottez 4 **morceaux de sucre** contre le **zeste d'un citron** et mettez-les dans un broc avec le jus de la moitié du citron.
Versez la préparation dessus, ajoutez une petite pincée de **noix muscade râpée**.
Ajoutez du sucre si vous le désirez et servez.

**ROBERT B. PARKER**
## De quoi il se mêle?
**Traduit de l'américain par S. Hilling**
**SN N° 2114**

Je commandai une tourte au poulet et une autre bière. La serveuse regarda ma canette encore pleine.

— Je sais, dis-je. Mais quand vous reviendrez, elle sera vide.

— Vous prendrez du vin avec le dîner? demanda la serveuse.

— Non, merci, dis-je.

Par précaution, j'en avais lu la liste au dos du menu.

Susan dit:

— Un jour, j'ai mangé dans un restaurant près de Sterling, l'homme qui m'accompagnait a commandé du vin et on lui a servi un verre de Porto.

— J'ai pensé préférable de ne pas mettre la carte à l'épreuve, dis-je.

Susan sirota son Martini. Il y avait dedans quatre olives farcies de poivron rouge.

— On ne voit pas ça souvent, dit Susan.

— Je connais un établissement où on décore ton verre de bière d'une tranche de saucisson.

Elle sourit et posa sa main sur la table. Je la couvris de la mienne.

— Parle-moi du repas gastronomique que nous aurions dû faire, dit-elle.

— Sandwich à la dinde, dis-je, et sandwich à tous les légumes sauf l'oignon.

— Oh!

— Et une bouteille de **chianti**.

— Verres en carton? s'enquit Susan.

— J'avais prévu de te donner le verre à dents et de boire à la bouteille.

— Naturellement, dit Susan.

Le **chianti** est un vin italien produit en Toscane. Jeune et de qualité très inégale il se présente en fiasques gainées de paille. Les meilleurs crus sont commercialisés en bouteilles bordelaises. C'est le chianti classico, provenant d'une région située entre Sienne et Florence, reconnaissable à son sceau représentant un coq noir : *gallo nero*. Le titre de *Riserva* indique qu'il a vieilli en fût deux ou trois ans.

## VINAIGRE* MAISON

Il vous faut, dans un premier temps, acheter un **vinaigrier**. Il s'agit d'un grand récipient en grès, en terre ou en bois, d'une contenance de 5 litres en général, équipé d'un robinet (de préférence en verre) enfoncé dans un bouchon en plastique alimentaire parfaitement étanche, permettant de soutirer le vinaigre, et fermé par un bouchon de liège qui doit permettre à l'air de passer.
Mettez dans le vinaigrier :
2 litres de bon **vin rouge** (du chianti par exemple),
1/2 litre de **vinaigre** de qualité.
Laissez la préparation à l'air libre pour favoriser l'apparition des bactéries acétiques qui vont former à la surface du liquide un voile fin. C'est la vraie « mère de vinaigre » — à ne pas confondre avec cette masse spongieuse et gluante que certains croient indispensable et qui résulte seulement d'une mauvaise conduite dans la production du vinaigre.
Au bout de 4 à 5 semaines, le vinaigre est prêt.
À l'aide du robinet, remplissez 2 petites bouteilles d'un demi-litre, en verre fumé de préférence.
Goûtez votre vinaigre. Si vous le jugez trop acide et piquant légèrement la langue, vous pouvez le diluer en rajoutant un peu d'eau dans chaque bouteille. Bouchez et laissez reposer une quinzaine de jours.
Une fois le soutirage effectué, vous pouvez réintroduire du vin dans le vinaigrier. C'est là que, pour ne rien laisser perdre, interviennent les fonds de bouteilles de vos grands crus. Cette opération demande beaucoup de délicatesse. Afin que la « mère » ne sombre pas au fond du pot, il est conseillé de faire couler lentement le liquide le long des parois.

## VINAIGRES AROMATISÉS

Pour aromatiser vos vinaigres, introduisez la plante (estragon, thym, ail, etc.) dans la bouteille. Bouchez et laissez macérer 2 à 4 semaines.

* « Le vinaigre est un liquide condimentaire qui résulte de l'oxydation du vin ou d'une solution alcoolique ; par la fermentation, l'alcool se transforme en acide acétique sous l'action de l'oxydation », nous dit le *Larousse gastronomique*.

**TONINO BENACQUISTA**

## La commedia des ratés

SN N° 2263

Porteglia, de mauvaise grâce, a scruté la couleur du liquide, puis l'a senti en le faisant tournoyer dans le verre. En le portant à la bouche, ses yeux ont croisé les miens.

Une gorgée qu'il a mâchée quelques secondes. Puis une autre. J'ai descendu le mien d'un trait.

— Alors? Vous en pensez quoi? j'ai demandé.

Porteglia ne quitte pas son verre des yeux. Son silence s'étire.

— Pas facile. Tout dépend de la manière dont il a été conservé.

— Allez... Un petit effort. Un jeu d'enfant pour un spécialiste comme vous.

— Un vin du Nord, c'est sûr...

— Mais encore, monsieur Porteglia. Précisez.

Le voir renifler son verre en gagnant du temps m'a amusé.

— Je dirais... Heu... Il n'est pas très éloquent... Il est plutôt austère, assez fruité. Il se prête bien au vieillissement. (...) Celui-là s'en tire bien, mais je ne pense pas qu'il faille le conserver plus de dix ans.

Après une autre gorgée il a dit:

— Il me semble qu'il est piémontais.

— Arrêtez de finasser, monsieur l'œnologue. Dites quelque chose.

— Je dirais un **Barolo**. D'une année moyenne, mais qui a largement dépassé les dix ans.

J'ai arrêté net de boire.

— Allez... 74?

Bianca a émis un petit sifflement perçant.

Le **barolo** est un vin rouge italien produit dans le Piémont. Provenant du cépage nébiolo, puissant et de couleur sombre, il rappelle certains côtes-du-rhône.

## CERISES AU BAROLO

Lavez et dénoyautez 500 g de **cerises**.
Coupez en julienne (très fines lanières) le **zeste d'une orange** non traitée.
Mettez les cerises dans une casserole et ajoutez :
10 cl de **gelée de cassis**,
le zeste d'orange,
1/2 **bâton de cannelle**,
200 g de **sucre en poudre**,
50 cl de **barolo**.
Portez à ébullition puis baissez le feu et laissez frémir pendant 30 minutes.
Ôtez la cannelle et laissez refroidir.
Versez dans des coupes, et mettez au réfrigérateur une heure avant de servir.
Garnissez chaque coupe de quelques cuillerées de **crème chantilly** (voir recette dans *Le livre de cuisine de la Série Noire*, p. 307)

## JEAN-MARIE VILLEMOT
## L'œil mort
SN N° 2546

Ils allèrent boire du **fino**, le délicieux vin jaune espagnol, à la *Casa Bigote*. Dans la lumière tamisée du bistrot, Jésus regardait Sophie. Elle se passait la main dans les cheveux, et le satin vert bouteille de son chemisier se tendait, dessinant le bout pointu de ses seins. Puis, alors qu'ils dégustaient le vin d'or clair, elle croisa les jambes et sa jupe remonta.

## JOSEPH BIALOT
## Vous prendrez bien une bière?
SN N° 2443

Notre taxi réservé nous emmène dans la rue des Caïdos où se trouve l'antre à tapas.

Sean et papa s'éjectent et entrent dans le bistrot désert à cette heure.

C'est l'Irlandais qui ouvre la marche et Jef qui assure la couverture. Personne ne m'a vu sortir de l'Espace et me faufiler derrière une tabla de flamenco.

Marano se pointe et fait la grimace en reconnaissant le terroriste.

— Deux **finos**! demande Sean. Mets-nous aussi quelques tapas, mais des vrais, pas tes saletés surgelées d'il y a deux ans. Je sais combien de touristes tu as tués avec tes calamars en plastique. C'est un coup à faire virer ton pays de la Communauté européenne.

Le **xérès** est le vin espagnol par excellence.
Les xérès de type **fino** sont légers, délicats, très pâles avec une senteur fraîche. Le fino doit son goût bien distinct à la couche blanche de levures ou « fleur » *(flor)* qui se développe en surface dans certaines conditions, le préservant de l'oxydation. De couleur paille, vin blanc sec idéal, il exhale un bouquet frais et se sert en apéritif avec les tapas. Certains finos se transforment en s'affinant. C'est la **Manzanilla** au goût de noix et légèrement salé, peut-être dû à la petite zone maritime de Salùcar de Barrameda qui le produit ; excellent en apéritif mais aussi avec des coquillages et des poissons. Et l'**Amontillado**, fino ayant subi un vieillissement prolongé, acquiert avec l'âge une couleur ambrée et un goût de noix sec ; il accompagne avec bonheur les fromages tel le comté.

## FINO ENRAGÉ

Mettez 6 **piments rouges forts** (séchés ou frais) dans une bouteille stérilisée. Ajoutez 60 cl de **fino**. Bouchez et secouez.
Laissez macérer au frais pendant 2 semaines.
Retirez les piments et remettez en bouteille.
Utilisez ce breuvage pour rehausser la saveur des sauces et des ragoûts.

## PRUNEAUX ET POMMES AU FINO

Mettez 250 g de **pruneaux** à tremper pendant quelques heures dans une eau légèrement sucrée.
Préchauffez le four à 200° C (th. 6).
Fendez les pruneaux, ôtez le noyau et remplacez-le par une **amande mondée** avant de refermer les fruits.
Pelez et évidez 4 **reinettes**.
Disposez les pommes entières dans un plat à gratin.
Intercalez les pruneaux bien serrés entre les pommes.
Introduisez une noisette de **beurre** dans chaque pomme.
Versez du **fino** jusqu'à ce que les pruneaux soient complètement immergés.
Mettez au four et laissez cuire jusqu'à ce que les pommes soient fondantes.

**JACK RITCHIE**

## Il y a des jours comme ça

**Traduit de l'américain par François Truchaud**

**SN N° 2331**

Lorsque nous arrivâmes chez Clarence, j'ôtai mon pardessus et pris place dans l'un des fauteuils trop rembourrés.

Ma sœur Madge apparut à l'entrée de la cuisine.

— Vous avez passé une bonne journée?

Je soupirai.

— Madge, est-ce qu'il y a du **sherry** dans cette maison?

— J'ai bien peur que non, Henry. Que dirais-tu d'une bière?

Clarence me regarda.

— Du sherry?

Madge hocha la tête.

— Chaque fois que Henry se sent particulièrement déprimé ou frustré, d'habitude il prend du sherry.

— Oh, fit Clarence. Tu bois beaucoup de sherry, Henry?

Était-il sarcastique?

Clarence sourit.

— Je vais te dire ce que je vais faire, Henry. Je vais retourner en ville et acheter une bouteille de sherry à ton intention. Cela ne me dérange pas du tout. De toute façon, il faut que j'achète quelques packs de bière.

Il s'en alla et je feuilletai maussade un album de photos de famille.

## CHARLOTTE AU XÉRÈS

Sherry est la dénomination anglaise du xérès.

Préparez une **crème anglaise** avec 8 jaunes d'œufs (voir *Le livre de cuisine de la Série Noire*, p. 313).
Mettez dans un saladier :
60 cl de **xérès doux**,
10 cuillerées de **cognac**.
Imbibez de ce mélange 24 **biscuits à la cuiller** et 12 **macarons**.
Foncez un moule à charlotte avec les biscuits à la cuiller.
Râpez le **zeste d'un citron** et saupoudrez les biscuits.
Alternez une couche de macarons et une couche de crème anglaise jusqu'à épuisement des ingrédients.
Laissez reposer 2 heures au réfrigérateur.
Avant de servir, surmontez la charlotte de **crème fouettée au xérès** ou de **syllabub** (voir recettes ci-dessous).
Décorez avec des fruits confits.

## CRÈME FOUETTÉE AU XÉRÈS

Mettez dans une terrine :
60 cl de **crème fraîche liquide** (fleurette),
100 g de **sucre semoule**.
Fouettez jusqu'à obtention d'une chantilly bien ferme.
Montez 2 **blancs d'œuf** en neige.
Mélangez les deux préparations et ajoutez 3 cuillerées à soupe de vin de **xérès doux**.
Couvrez et mettez à égoutter au frais toute une nuit.

## SYLLABUB

Pressez le jus et pelez très finement le zeste de 2 gros **citrons**.
Mettez jus et zestes dans un bol et laissez infuser quelques heures.
Passez le jus de citron et mettez dans une terrine avec 35 cl de **xérès** et 35 cl de **cognac**.
Ajoutez 60 cl de **crème fraîche liquide** et fouettez vigoureusement jusqu'à obtention d'une mousse bien ferme.
Faites égoutter dans une passoire tapissée de mousseline quelques heures au frais.

## Œdipe roi

**Texte établi et traduit du mythe par Didier Lamaison**
**SN N° 2355**

À sa dernière question, Tirésias ne répondit pas. Une odeur âcre de résine brûlée imprégnait la pièce. Œdipe se demanda si c'était du ciste ou de l'aliboufier. Un frôlement d'aile le fit sursauter. Il se souvint que Tirésias était l'ami des oiseaux. Au bout d'un moment, il perçut que le vieillard se levait, et il entendit le bégaiement de son bâton de cornouiller.

«J'aimerais avoir ton opinion sur mon petit vin de Thasos.»

Œdipe entendit un récipient plonger dans ce qui devait être un cratère.

«Je l'aromatise moi-même à la rose, à la violette, ou au myrte. Celui-ci, c'est le myrte. Pour sa conservation, j'y fais macérer quelques écorces de pin, mais l'arôme des fleurs fait oublier l'amertume des résines.

— Je viens apprendre de toi l'amertume des résines, Tirésias.

— Dans ce cas, c'est du **vin de Tyr** qu'il nous faudrait. (…) N'est-il pas délicieux, mon petit breuvage?

— Je t'emploierais volontiers comme échanson.»

Tirésias eut un petit rire.

«Jocaste s'y opposerait.»

## HIPOCRAS DE VIN ROUGE

Recette attribuée à Hippocrate, médecin grec du Vᵉ siècle avant J.-C.

Mettez dans une terrine :
1 litre de **retsina jeune**,
350 g de **sucre en poudre**,
1 tronçon de **bâton de cannelle**,
2 **piments forts** écrasés,
10 **clous de girofle**,
1 pincée de **poudre de noix muscade**,
30 g de **gingembre frais** coupé en rondelles,
12 **amandes douces** concassées,
1 **pomme reinette** pelée et coupée en tranches.
Tournez bien pour faire dissoudre le sucre.
Couvrez et laissez reposer 1 heure.
Filtrez pour que le liquide reste bien clair.
Transvasez dans des bouteilles et fermez hermétiquement.
Servez frais.

## RETSINA À LA ROSE

Mettez dans un pichet en grès :
1 litre de **retsina**,
500 g de **pétales de rose** très parfumés et non traités (il ne faut surtout pas les laver),
10 **morceaux de sucre roux**.
Bouchez et laissez macérer pendant 12 jours.
Filtrez, transvasez dans des bouteilles et fermez.

**ROLO DIEZ**

## Chats de gouttière

Traduit de l'espagnol (Argentine) par Alexandra Carrasco
SN N° 2514

Il m'a aussi raconté des histoires drôles sur les Argentins, je veux dire sur les Argentins qui ne sont pas uruguayens. Elles étaient assez salaces, mais j'ai bien rigolé quand même. Moi, j'en connaissais une: je lui ai demandé si c'était vrai qu'un Uruguayen était un Argentin qui n'avait pas pu aller à Paris. Il a fait semblant de se vexer et il a assuré que je devais avoir du sang de portègne dans les veines, vu ma perfidie. Je leur ai fait un repas de fête: jarret rôti avec pommes de terre, poivrons, carottes, oignons et petits piments. J'ai aussi acheté une bouteille de vin **Don Angel**, un barbera mexicain aussi bon que les vins étrangers. Je ne sais pas comment ils ont fait pour deviner mes goûts, mais ils m'ont apporté de la tequila, du vermouth et un dessert aux mûres délicieux.

*Au Mexique, terre des excès, la fort répandue angélomanie peut porter sur trois types d'anges : les chérubins grassouillets, toujours dans les nuages, harpe à la main et cul à l'air; les belles qui ne sont pas nées pour le repos du guerrier — tu ferais des bonds, Zarathoustra ! — et enfin le* ***barbera Don Angel****, un vin pour profiter des répits entre les fléaux et les guerres qu'envoient les dieux.*

*Il a été créé par don Angel Cetto, Italien installé en 1923 en Basse-Californie, cette frange du globe qui tient à la fois de la France, de l'Italie et de l'Espagne, c'est-à-dire les meilleurs vignobles maison.*

*Doux sans être insipide, le barbera Don Angel peut se boire en accompagnement de n'importe quelle substance comestible. Avec un fromage à la sauce verte, par exemple, excellent apéritif pour chauffer les moteurs et les mâchoires.*

*Rolo Diez*

## FROMAGE À LA SAUCE VERTE

Faites revenir 750 g de **tomates vertes***, la moitié d'un **oignon** émincé, quelques **piments verts** très forts (serranos si vous en trouvez) et de l'**ail** à volonté, dans l'équivalent d'une tasse d'eau, jusqu'à ce qu'ils deviennent fondants.

Égouttez, réservez le liquide et passez le reste au mixer en y ajoutant 10 brins de **coriandre**.

Ouvrez une bouteille du rouge élixir et goûtez un demi-verre.

Faites blondir le reste de l'oignon émincé dans 2 cuillerées d'**huile de maïs**. Ajoutez ensuite la sauce mixée, une pincée de **sel** et l'eau de la première cuisson, puis laissez mijoter. La consistance doit être onctueuse. Si vous avez réussi, félicitez-vous en buvant deux gorgées de barbera Don Angel.

Trempez des tranches de **fromage d'Oaxaca**** dans de l'huile de maïs et faites-les fondre dans une poêle. Disposez-en deux dans chaque assiette et nappez de sauce verte. Décorez de feuilles de coriandre et servez avec des tortillas frites.

Si tout cela vous paraît trop bizarre, il est clair que vous n'êtes pas mexicain. Mais courage, cherchez une façon de l'adapter à votre goût. La mondialisation doit bien avoir ses bons côtés.

Enfin, pour 6 personnes, on recommande de se procurer 12 bouteilles de barbera Don Angel.

R. D.

* Les tomates vertes ne sont pas des tomates pas mûres, mais un fruit particulier que l'on trouve en boîtes dans les épiceries orientales.

** On peut le remplacer par du gouda, du cheddar ou de la mimolette.

**JEROME CHARYN**

## Kermesse à Manhattan

**Traduit de l'américain par Rosine Fitzgerald**

**SN N° 2390**

— Les bouteilles foncées, Sammy, s'il vous plaît. Dans le baquet habituel. J'ai une soif à détruire un hippopotame.

Patrick Silver buvait sa **Guinness** tiède. Elle arrivait de Dublin en minuscules bouteilles empilées avec un soin religieux derrière le comptoir. «Les Rois de Munster» ne pouvaient manquer à leurs engagements envers leur principal client. Ce bar irlandais de Horatio Street n'était jamais à court de Guinness.

Silver avait besoin de ses vingt gouttes. Il arrivait en chancelant aux Rois de Munster, épuisé par ses tribulations à la synagogue. Empli par le barman, un pichet l'attendait après la prière du soir. (...)

Silver faisait durer ses bouteilles. Il ne lui poussait pas une moustache de Guinness avant la cinquième bouteille. Les Rois de Munster, ce n'était pas un bistrot pour gloutons. Patrick sirotait sa bière dont il écopait la mousse amère avec sa langue. Il avait en horreur la bière américaine, cette eau blonde, pisseuse, qui aurait pu être brassée dans un chalumeau à bulles de savon. Silver était un enfant Guinness, né avec une bouteille noire dans la bouche. Son père, qui fabriquait des crayons à Limerick jusqu'au jour où un prêtre fou en avait chassé tous les Juifs, le porta aux Rois de Munster quand il avait un mois et l'assit sur le comptoir. Patrick apprit ainsi à ramper sur une plaque de métal bosselée et galvanisée au whisky et à la bière de Dublin. Pas besoin de fourrer furtivement le nez dans la cruche d'un gentleman. Il buvait sa Guinness à même le comptoir, pimentée d'une très léger goût de zinc.

*Non, ce n'est pas l'acteur protéiforme Alec* **Guinness** *qui a créé la bibine du même nom, même si, en tant qu'Obiwan Kenobbi, il en avait parfaitement le profil. Non. Ce que les Anglais, dans leur perfidie légendaire, nomment «the irish drinking bread» (le pain buvable des Irlandais), est un «stout», c'est-à-dire une bière de haute fermentation brassée, dans la verte Erin, à partir d'orge non malté mais torréfié. Ce qui lui donne sa légendaire noirceur et sa relative faiblesse en alcool (4 %). Quand elle est servie dans son verre trapu, un couteau doit pouvoir tenir verticalement planté dans la mousse. Cette mousse qui se fabrique à la pression, qui se mérite, qui s'attend, une mousse à nulle autre pareille, qui resserre ses bulles, qui impose sa densité, le compact, l'opacité. Après, au goût, c'est la tourbe, les patates, le vent, la révolution, les chevaux libres, le poireau, O'Neill, Synge ou John Ford. En tout cas, le caramel brûlé, la réglisse et une formidable amertume de houblon.*

*Jean-Bernard Pouy*

Les amateurs prétendent que la **Guinness** n'est bonne qu'en Irlande et au tonneau (non pasteurisée). 80 % de la bière en Irlande seraient consommés dans les pubs. Pourtant, peu de bières voyagent aussi bien. Ayant plus de bouquet chambrée, elle peut aussi être servie frappée, ce qui l'a rendue très populaire sous les tropiques, où l'on trouve le fameux Extra Stout Guinness, une bière à peu près deux fois plus forte que la Guinness vendue ailleurs.
Cette bière brune accompagne agréablement les huîtres additionnées de citron ou une soupe de coquillages.

## BLACK VELVET COCKTAIL ou VELOURS NOIR

Incliner une flûte et verser lentement moitié **Guinness** (en bouteille) et moitié **champagne**. Afin qu'elle ne mousse pas, verser la bière en filet mince contre la paroi. Une alliance surprenante : la douceur crémeuse de la mousse et l'acidité du champagne rehaussées par l'amertume de la bière.

VARIANTE
Ajouter au Black Velvet Cocktail une larme de framboise.

ESS

ESB

**PETER BLAUNER**
## Casino Moon
**Traduit de l'américain par Martine Laroche**
**SN N° 2518**

J'avais la bouche sèche. J'ai ouvert le réfrigérateur pour trouver quelque chose à boire mais il n'y avait plus une goutte de jus d'orange. J'avais entendu Carla sortir une demi-heure auparavant en disant qu'elle allait faire le marché. Il fallait pourtant que je boive tout de suite. Il y avait tout de même une canette de **Budweiser** dans le bac de la porte. Des gouttes d'eau glissaient avec sensualité sur ses parois, exactement comme dans un spot publicitaire.

Sans réfléchir davantage, je l'ai ouverte et j'en ai bu une gorgée. La pendule, au-dessus de l'évier, marquait neuf heures et demie. Je n'avais jusqu'ici jamais bu à une heure aussi matinale. Boire dans la journée, c'était bon pour les crétins comme Joey Snails, pensais-je. Mais c'était agréable, cette bière qui coulait dans ma gorge et me rafraîchissait l'estomac. Lorsque j'ai eu fini, une certaine paix m'a envahi pour la première fois depuis que j'avais tué Nicky. Était-ce cela qui expliquait que les hommes devenaient alcooliques? J'ai fermé les yeux et me suis détendu un moment, en écoutant le bourdonnement du climatiseur dans le salon. Un 5400 BTU Carrier que mon père avait piqué à l'arrière d'un camion, dans le quartier de May Landings. Peut-être pourrais-je un jour en acheter un neuf pour les miens avec mon fric.

*Pour qui voyage aux États-Unis, impossible d'échapper à la Budweiser. Son service commercial surpuissant fournit en enseignes lumineuses, miroirs et objets promotionnels de toutes sortes la quasi-totalité des bistrots du pays, et en casquettes et tee-shirts la plupart des gens qui y boivent.*

*Globalement, on boit du Coke jusqu'à l'âge légal et de la Bud après.*

*En fait, l'un ressemble un peu à l'autre : ça pétille, ça désaltère, mais le Coke a plus de goût. C'est pas qu'elle soit mauvaise, c'est juste qu'elle manque totalement de personnalité. À croire que son inventeur s'était fixé l'idéal platonicien de ne déplaire à aucun buveur de bière. Résultat, la Bud s'enorgueillit d'être la bière la plus vendue au monde. On en fabrique même en Tchécoslovaquie sous le nom de Budvar et en Chine sous celui de Bai Wei. Les amateurs prétendent que la pureté de son goût est due à l'ajout de riz dans sa fermentation.*

*Problème : sachant que la Bud titre 4,8°, combien de canettes un camionneur américain doit-il en boire pour se faire coincer par la police de la route ?*

*P.R.*

## BIÈRE DE FRUITS

Coupez et écrasez au pilon :
3 kg de **poires**,
3 kg de **pêches**,
3 kg de **pommes**.
Mettez-les dans un tonnelet et ajoutez :
1,5 kg de **cassonade**,
100 g de **baies de genièvre**,
10 g de **levure de bière**,
50 cl d'**alcool de genièvre**,
15 litres d'eau.
Laissez fermenter 1 semaine.
Tirez dans un baquet en filtrant à travers une double épaisseur de mousseline.
Mettez en bouteilles à bière et muselez les bouchons.

**LAWRENCE BLOCK**

## Le voleur qui aimait Mondrian

**Traduit de l'américain par Daniel Lemoine**

**SN N° 2403**

— Carolyn...

— Tu n'as pas un truc à boire? Je sais qu'il faut attendre qu'on propose, mais qui a la patience?

— Il y a deux bouteilles de bière dans le frigo, répondis-je. La première va faire passer le sandwich que je vais me préparer, mais tu peux prendre l'autre.

— De la **bière brune mexicaine**, c'est ça? **Dos Equis?**

— C'est ça.

— Terminées. Qu'est-ce que tu as d'autre?

Je réfléchis.

— Il me reste un peu de scotch.

— Pur malt? Glen Islay, quelque chose comme ça?

— Tu l'as trouvé et il n'y en a plus.

— Ben, oui.

— Alors on est à sec, dis-je. (...) Carolyn, qu'est-ce que tu fais ici?

— Je meurs de soif, voilà ce que je fais.

— Tu es saoule.

— Sans blague, Bernie.

— Tu es saoule, je répète. Tu as bu deux bières, un demi-litre de scotch et tu es cuite.

Elle posa un coude sur le genou, appuya la tête contre la paume de sa main et me dévisagea.

— Premièrement, dit-elle, ce n'était pas un demi-litre, mais au maximum un quart de litre, c'est-à-dire la moitié d'un demi-litre, et encore. Ça fait à peu près trois verres dans un bon bar ou deux dans un bar formidable. Deuxièmement, tu pourrais te dispenser de dire à ta meilleure amie qu'elle est cuite. Ronde, peut-être. Grise, un peu partie, pas trop claire, tout ça c'est acceptable. Mais cuite, c'est pas une chose à dire aux gens qu'on aime.

La **Dos Equis** ordinaire de Moctezuma — la version brune *(semi oscura)*, pas la décevante blonde du même nom — est une survivance originale du type viennois. Souvent assez fortes, ces bières étaient relativement corsées et maltées et modérément houblonnées. Elle présente un nez douceâtre, une bouche bien maltée et un houblon juste assez présent pour relever le final d'une petite pointe d'acidité. Elle est parfaite comme *chaser* avec une bonne tequila.

## «CHASER»

Mot anglais signifiant « chasseur », le chaser est plus une façon de boire qu'une recette. Très en vogue dans les pays anglo-saxons, il consiste à alterner une gorgée d'alcool fort (bourbon, whisky, schnaps, tequila, etc.) avec une gorgée de bière.
Le chaser atténue la violence de l'alcool tout en mélangeant les arômes des liquides ingérés.
On le pratique aussi avec un verre d'eau fraîche (surtout pour les bourbons très forts comme le Wild Turkey 50° *proof*) et, en cas de sévères brûlures d'estomac, avec du lait.
Attention : le chaser à la bière est un excellent moyen de se saouler très vite et très efficacement.

## BIÈRE BRUNE DE MÉNAGE

Faites infuser 100 g de **fleurs de houblon** dans 2 litres d'eau bouillante.
Faites bouillir 1,5 kg de **cassonade** et 2 litres d'eau pendant 5 minutes.
Faites fondre et dorer dans une casserole 500 g de cassonade.
Retirez du feu.
Ajoutez 10 cl de **vinaigre d'alcool blanc** et un peu d'eau.
Mélangez vigoureusement.
Mélangez les trois préparations.
Filtrez à travers une double épaisseur de mousseline.
Ajoutez :
11 litres d'eau,
25 cl de **genièvre**,
10 g de **levure de bière**.
Transvasez dans un tonnelet de 20 litres.
Placez-le dans une grande bassine pour récupérer la mousse qui s'échappera par la bonde qui restera ouverte pendant 1 semaine.
Complétez au fur et à mesure la mousse qui s'échappe par un peu d'eau.
Embouteillez dans des bouteilles spéciales à bière et muselez les bouchons.

**JONATHAN VALIN**
## Vous parlez d'un métier!
Traduit de l'américain par Paul Kinnet
SN N° 2100

— L'alcool a fait partie de tous les bons moments que j'ai connus, dit soudain Bluerock. Crénom, qu'est-ce que ça peut vouloir dire?

— Je ne sais pas, dis-je.

— Je vais vous donner un exemple. J'ai passé deux saisons au Canada avant d'être appelé dans la Ligue Nationale. Là-bas, les choses étaient beaucoup plus décontractées. Le premier jour de l'entraînement, nous sommes sortis sur le terrain pour effectuer des exercices de sprint ou quelque chose de ce genre. Et j'avais remarqué un gros réfrigérateur qui était placé près du banc de touche. Alors, j'ai demandé à l'un des vétérans à quoi il servait. Il s'est contenté de me sourire en disant: «Tu verras quand nous aurons fini.» Je n'y ai plus beaucoup pensé. Nous nous sommes entraînés à la dure. Après, nous nous sommes réunis autour du banc. Je m'attendais à une conférence sur la manière d'éviter une interception, ou la prière en commun, ou n'importe quelle connerie de mode au Canada. Je me suis aperçu alors que tout le monde faisait la queue devant ce réfrigérateur. J'ai attendu mon tour sans savoir de quoi il s'agissait. Quand je suis arrivé en tête de la queue, vous savez ce qu'on m'a donné?

— Non.

— De la **bière**! fit Bluerock avec une vive satisfaction. Pas du coca, pas de la limonade. Non. De la bière. Vous comprenez ce que j'ai éprouvé, mon pote? Je n'étais qu'un gosse, à peine vingt et un ans. Et jusqu'à ce jour, personne n'avait rien fait d'autre que me dire ce que je ne devais *pas* faire. Et me voilà au Canada pour mon premier entraînement, et quand ça s'est terminé, il y avait une bouteille de bière froide qui m'attendait, exactement comme si j'avais travaillé toute la journée! «Blue, me dis-je à moi-même, tu y es enfin arrivé. Maintenant tu es un homme.»

## BIÈRE KRIEK

Dans une bassine, écrasez à l'aide d'un pilon 3 kg de **cerises aigres** non dénoyautées.
Ajoutez :
1,5 kg de **cassonade**,
30 cl de **genièvre**,
20 cl de **kirsch**,
2 cl de **liqueur d'amande amère**,
13 litres d'eau.
Mélangez longuement.
Mettez dans une bassine :
2 litres d'eau,
50 g de **fleurs de sureau**,
30 g de **fleurs de houblon**.
Portez à ébullition et versez les deux préparations dans un tonnelet.
Ajoutez 10 g de **levure de bière** délayée dans 1 cuillerée à soupe d'eau.
Laissez fermenter 1 semaine.
Filtrez à travers un entonnoir garni d'une double épaisseur de mousseline.
Mettez dans des bouteilles à bière et fermez en muselant les bouchons.

## BIÈRE AUX POMMES

Faites rôtir 6 **pommes** au four.
Quand elles sont tendres, enlevez la peau et les pépins.
Mélangez la pulpe des pommes et ajoutez :
1 à 3 cuillerées à soupe de **sucre cassonade**,
1 pincée de **noix muscade râpée**,
1 pincée de **gingembre en poudre**.
Faites chauffer modérément 1 litre de **bière**.
Versez-la sur les pommes.
Remuez bien et consommez.

**ELIZABETH STROMME**
## Gangraine
**Traduit de l'américain par Lili Sztajn**
**SN N° 2365**

«Ça va?»

«Je n'aime pas prendre l'avion», dit-elle en détournant la tête.

«Alors là, je sais ce qu'on peut faire pour ça.» La suavité en personne, tout d'un coup. «Un bon verre de whisky vous calmera les nerfs. Il y a un bar là-bas.»

«Oui, vous avez raison. Je vais boire», fit-elle comme on dit qu'on devrait se mettre aux langues étrangères. (...)

Ravi de l'obliger, je l'entraînai au fond du bar, là où il faisait sombre, tournant le dos à la foule.

«Deux whisky, secs», commandai-je. «Des doubles.» Je me tournai vers Hattie. «Sauf si vous voulez des glaçons?»

«Qui vous a dit que je voulais un whisky?» lança-t-elle. «Qu'est-ce que vous avez comme bière?» demanda-t-elle au barman.

«**Michelob**, Coors, Budweiser, Bud Dry.»

«Oui?»

«Bud Lite, Coors Lite, Miller Draft, Schlitz.»

«Vous n'avez pas d'importation?»

Le barman et moi échangeâmes un regard.

«Devriez pas boire de bière», dis-je à Hattie. «C'est pas bon pour la ligne.»

«Ça dépend du nombre de bouteilles qu'on descend, non?»

«Madame Duprey, si vous voulez vous saouler, je suggère un whisky double. Ça ira plus vite et vous pisserez moins. Donnez-lui un whisky double», dis-je au barman avec autorité. À son signe de tête, il semblait m'approuver.

*Pauvre Hattie. C'est devenu tellement banal : le consommateur américain confronté à une sélection paralysante de marques qui vont de rien à nulle part. Prenez* **Michelob.** *C'est la même pisse de rat sans goût que son compagnon d'écurie (Anheuser-Busch) Budweiser, ou toutes ses autres incarnations marketing. C'est juste pour rassurer le bourgeois quand il se risque à boire une bière : Michelob, c'est de la Bud façon cul de poule.*

*Si seulement Hattie avait pu descendre une ou deux Sierra Nevada, une micro-brasserie du nord de la Californie. Ambrée, amère avec plein de houblon — elle aurait aimé ça — et en plus elle serait ronde comme une pelle en deux gorgées, ce qui prendrait au moins dix Michelob. C'est pour ça que Ben la met au scotch illico. S'il fallait qu'il lui tienne la main, il ne voulait pas le faire dans les toilettes.*

*Elizabeth Stromme*

## CORDIAL À LA BIÈRE

Dans une terrine, battez fermement 3 **œufs** entiers avec 60 g de **sucre semoule**.
Ajoutez 12 cl de **bière légère**.
Mettez dans une casserole :
1 litre de bière légère,
1 cuillerée à café de **muscade râpée**,
1 cuillerée à soupe de **gingembre en poudre**.
Faites chauffer.
Versez dans la terrine.
Ajoutez 15 cl de **cognac**.
Mélangez délicatement et servez chaud.

**KONOP**

# Pas de kaddish pour Sylberstein

SN N° 2335

Depuis la voiture de patrouille, l'inspecteur Benamou avait perçu comme un bruit sec, une détonation peut-être. L'agent Duclos n'avait rien entendu. Et puis, ce n'était pas tout à fait leur secteur, ils allaient, simplement, chercher des cigarettes et un pack de bière chez Ahmed, l'épicier de la rue de Bagnolet. L'inspecteur trouvait ce bruit un peu étrange, mais l'agent Duclos, qui avait vraiment soif, jugeait superfétatoire de s'inquiéter pour un bruit de pétard, un 15 juillet... Il y a toujours des retardataires et des gamins qui veulent écluser leur stock.

Ils s'étaient un peu attardés, chez Ahmed. L'inspecteur penchait pour la bière en boîte et l'agent la préférait en canette, surtout avec les nouvelles capsules qui se rebouchent.

Benamou avait un peu parlé du pays, avec Ahmed, des rues d'Alger où ils avaient traîné, jadis. Pas les mêmes rues, enfin, pas tout à fait mais il avait parlé de Bab el Oued, de la Casbah et de la rue Michelet, pendant que Duclos entreprenait une étude comparée de la **Kro en boîte** et de la **33 en canette**.

*Au pays du sacro-saint pinard, la bière a toujours eu un peu de mal à exister. Elle a longtemps traîné une réputation de boisson populaire, voire « peuple », qui ne peut se consommer qu'en cas de grande soif.*

*C'est oublier que la cervoise était déjà une consommation gauloise il y a 2 000 ans et que, sur son lit de mort, Marcel Proust a réclamé... un verre de bière. Je ne sais pas ce qu'on lui a servi, mais on peut parier raisonnablement sur une Kronenbourg, vu que c'est cette brasserie qui tient le haut du pavé en France depuis longtemps. L'image de Proust se tapant une Kro avant le grand départ est même parfaitement réjouissante en cette époque de snobisme où l'on délaisse souvent une bonne bière de type lager, corsée et rafraîchissante, au profit de lavasses exotiques relevées, pour certains, d'un quartier de citron vert. Les punks des années 70-80 ne s'y étaient pas trompés qui avaient élevé la Kro au niveau d'un symbole de classe.*

*Pour les raffinés, Kronenbourg propose depuis longtemps sa premium, la 1664, qui, selon l'endroit où elle est tirée, peut se révéler parfaitement mémorable.*

*P.R.*

## VEGETABLE BEER

Cette boisson est efficace contre les migraines du matin après une nuit trop arrosée.
Mettez dans une centrifugeuse :
1 petit **navet**,
1 petite **carotte**,
1 tranche de **betterave**,
1 tronçon de **blanc de poireau**,
1/4 de **citron** sans la peau,
Recueillez le jus des légumes dans un grand verre.
Ajoutez :
1 verre à liqueur de **bourbon**,
Remplissez de **bière blonde**.

## MAX ALLAN COLLINS
# La vie en rouge
**Traduit de l'américain par S. Sinet**
**SN N° 2204**

— J'ai pris de la bière et des bretzels, pour la réunion.

— Je n'avais pas prévu de pique-nique, mais tu as bien fait.

Jon alla à la cuisine, ouvrit le sac, remplit une des étagères du placard d'une douzaine de boîtes de légumes en conserve. Puis il transporta dans le réfrigérateur un paquet de hamburgers enveloppés, un petit sac de pommes de terre, six paquets de six boîtes de **bière Schlitz**, et onze dîners-télé. Il laissa le paquet de bretzels sur la table. (...)

La bière est fraîche?

— Elles étaient au réfrigérateur dans l'épicerie du village, en haut de la route, il y a moins de cinq minutes.

— Si tout ça veut dire qu'elles sont fraîches, alors donne-m'en une, tu veux?

— Bien sûr, Nolan.

Jon était sur le point de revenir dans le salon lorsque la sonnette tinta. Il déposa les bières près de Nolan en passant, pour aller ouvrir.

— Ils sont un peu en avance, dit-il.

## ROLO DIEZ
# L'effet tequila
**Traduit de l'espagnol (Argentine) par Alexandra Carrasco**
**SN N° 2419**

La deuxième bière était glacée, un vrai régal. Il n'était pas difficile de faire en sorte qu'une bière soit glacée. Ni tiède ni congelée, juste glacée. Cela semblait si simple que j'ai presque osé penser que même ma femme devrait y arriver.

*La* ***Schlitz****, comme ses paramètres phonétiques l'attestent, est faite pour couler direct dans le gosier. Si possible, le buveur doit être sur le tarmac d'une station-service, en plein soleil au Nouveau-Mexique, et regarder des buissons sphériques rouler sur l'asphalte à moitié fondu. La Schlitz, comme toutes les « light-beers » nord-américaines (une spécialité), doit en effet être bue hyper glacée, cas unique. Son goût n'a alors que peu d'importance, étant extrêmement faible, comme d'ailleurs ses densité et teneur en alcool.*

*L'entreprise Anheuser-Busch, depuis 1861, squatte à elle toute seule 32 % du marché américain, ce qui en fait le premier brasseur mondial. Mais sa fameuse Budweiser (lancée en 1876 en l'honneur de la ville tchèque de Budvar) est en tout point équivalente à la Schlitz, la Miller, la Coors ou la Michelob. Ce n'est pas vraiment de la pisse d'âne : on ne trouve pas, en effet, de ces équidés sur la banquise.*

*Jean-Bernard Pouy*

## BIÈRE AUX GRIOTTES

Piquez 2 kg de **griottes** avec une aiguille.
Mettez les griottes dans un grand pot en terre et saupoudrez-les avec 1 kg de **sucre** (ou plus mais sans dépasser 1,5 kg).
Remplissez le pot de **bière** forte (comme la Sierra Nevada conseillée par l'auteur).
Épicez avec quelques **clous de girofle**.
Laissez fermenter au chaud.
Bouchez dès que la fermentation est terminée.
Laissez vieillir 6 mois à 1 an.
Quand vous aurez entièrement bu la bière, utilisez les cerises pour faire des tartes.

**STUART KAMINSKY**
## Le nazi récalcitrant
Traduit de l'américain par Simone Hilling
SN N° 2174

Suivant l'odeur du piment et des poivrons, je pénétrai dans un séjour impeccable mais modestement meublé, puis, passant une arche sans porte, dans la cuisine.

Elisa, un torchon dans chaque main, posait une grande marmite sur une pierre lisse au milieu de la table.

— Asseyez-vous, dit-elle en me montrant une chaise en bois de la tête.

Je m'exécutai.

Elle alla chercher deux bols et des fourchettes dans le buffet et revint à la table.

— Ça sent bon, dis-je.

— Et c'est bon, dit-elle, se faisant de la place en poussant des feuilles de céleri et des pelures d'ail. Ma mère était mexicaine. De Juarez. Dans la famille, on faisait du tamale avant Cortez. Une bière?

— Naturellement, dis-je.

Elle sortit deux canettes de **Meister Brau** du réfrigérateur, les décapsula et revint à la table.

— Servez-vous, dit-elle. J'espérais bien que quelqu'un passerait pour m'aider. Sinon, j'aurais dû en donner à mes voisins, les Larkin. Rita est bien, mais Charlie a la main baladeuse.

Elle remplit mon bol à ras bord et me coupa un énorme morceau de pain.

— Voulez-vous m'épouser? demandai-je.

— Non, merci, dit-elle. J'ai essayé deux fois et ça ne m'a pas plu.

On mangea en silence, écoutant des disques de Crosby, Patti, Maxine et Laverne et Dinah Shore. On ne dit pas un mot, ni l'un ni l'autre, avant la fin du repas et la deuxième bière.

## TARTE À LA BIÈRE

Faites préchauffer le four à 220°.

**LA PÂTE**
Mettez 150 g de **farine** et 1 cuillerée à soupe de **sucre semoule** en fontaine.
Incorporez **1 œuf** battu à la fourchette.
Versez 75 g de **beurre** dans le mélange.
Étalez tout de suite la pâte à l'aide d'une spatule dans un moule à tarte.

**LA GARNITURE**
Battez fermement 4 **œufs** avec 1 cuillerée à soupe de **cassonade**.
Ajoutez 25 cl de **bière ambrée**.
Versez ce mélange sur la pâte.
Mettez au four et faites cuire pendant 30 minutes.
Servez tiède.

## BIÈRE DE MÉNAGE

Faites chauffer 2,5 litres d'eau.
Mettez dans un petit sac :
18 g de **houblon**,
85 g d'**orge**,
5 g de **chicorée**.
Ficelez et placez ce sachet dans l'eau au moment de l'ébullition et laissez infuser 30 minutes.
Faites bouillir dans une autre marmite 6 litres d'eau, passez le sachet d'une marmite à l'autre et laissez bouillir pendant 1 heure.
Mélangez les deux liquides et ajoutez 100 g de **sucre**.
Laissez tiédir.
Délayez alors 7,5 g de **levure** dans un peu d'eau et ajoutez-la à la préparation.
Mettez dans des bouteilles spéciales pour la bière (bouchon adapté vendu dans les grands magasins).
Consommez frais dix jours après.

**LINDA BARNES**
## La chasse au bahut
**Traduit de l'américain par M. Charvet**
**SN N° 2183**

Je commandai de la **Harp** à la pression et méritai un sourire d'appréciation pour mon savoir irlandais. Je suis sortie autrefois avec un étudiant irlandais de Boston. Le barman partit et je me réinstallai pour observer mes trois chauffeurs de taxi dans le miroir. Ils n'avaient pas l'air d'attendre qu'un compagnon vienne occuper le seul siège vide. Une discussion intense se déroulait là-bas. Je fis des vœux pour qu'ils haussent la voix afin que je puisse entendre.

Le barman revint avec un verre écumant, le posa devant moi très doucement pour ne pas troubler les bulles. Il avait un sourire engageant et édenté sur son jeune visage rubicond. Il avait l'air de goûter sa marchandise et semblait devoir s'arrêter lui-même pour servir à boire à un mineur.

N'allez jamais dans des bars pour draguer. Dans un coin quelques jeunes gens se donnaient des claques sur le dos et rigolaient. L'un d'eux n'allait pas tarder à venir me faire une proposition que je pourrais facilement repousser. Ce fut peut-être leur ricanement collectif qui me fit sortir ma licence de mon portefeuille quand je posai sur le bar l'argent de la bière.

La Massachusetts Bay Brewin est une micro-brasserie située près de Boston et qui produit ses bières sous la marque **Harpoon**. La Harpoon Golden Lager est une des meilleures blondes de type allemand des États-Unis.

## BOISSON CHAUDE À LA BIÈRE

Mettez dans une casserole :
60 cl de **bière forte**,
35 cl de **vin blanc sec**,
30 cl de **gin**,
6 **jaunes d'œuf**,
1/2 cuillerée à café de **cannelle en poudre**,
1 pincée de **noix muscade râpée**,
90 g de **sucre en poudre**,
1 cuillerée à café de **gingembre en poudre**.
Battez au fouet.
Faites chauffer à feu doux sans cesser de remuer pour que les jaunes d'œuf ne coagulent pas.
Ne laissez surtout pas bouillir.
Cette boisson doit être opaque et assez épaisse.

## BIÈRE AU COGNAC ET AU PAIN GRILLÉ

Mettez dans un pichet :
60 cl d'eau,
**1 citron émincé**,
60 g de **cassonade**.
Remuez pour faire fondre le sucre et laissez infuser pendant 15 minutes.
Ajoutez :
2 **clous de girofle**,
2 pincées de **cannelle en poudre**,
15 cl de **cognac**,
60 cl de **bière**,
1 tranche de **pain grillé**,
1 pincée de **noix muscade en poudre**,
1 fine tranche de **gingembre frais**.
Bien rafraîchie, c'est une boisson agréable l'été, consommée surtout pendant le dîner.
En hiver, vous pouvez consommer chaud.

**MICHAEL JAHN**

## Le tromblon décrépit

Traduit de l'américain par Michel Deutsch
SN N° 2157

George le barman décocha un regard noir au lieutenant Bill Donovan qui avait quitté le travail juste à temps pour profiter de la dernière heure de son service. Celle pendant laquelle on était sûr qu'il était le mieux luné.

— Vous voulez une **Blatz** ou non? lui demanda George. C'est seulement un dollar cinquante.

— Je ne bois pas un machin qui fait penser à une tomate sur laquelle on s'est assis.

George poussa un soupir.

— Une Schmidt, alors?

Donovan se méfiait. Ces dernières années, le prix des consommations, au Riley, avait grimpé plus vite qu'un missile MX.

— C'est combien?

— Un soixante-quinze.

— Bon Dieu de bon Dieu, mais ça va pas la tête? Tu travailles maintenant pour les Alcooliques Anonymes ou quoi? Avec des tarifs pareils, tu vas convertir tout le monde au régime sec. (...)

— Donovan, l'idée ne vous est jamais venue d'entrer dans les ordres?

— Si, mais uniquement à cause du vin de messe. Tu me donneras une Blatz.

George posa devant le lieutenant une bouteille qu'il déboucha et pas de verre.

— J'espère que vous vous noierez dedans.

## SANGARÉE À LA BIÈRE

Dans un grand gobelet, faites dissoudre 1 cuillerée à café de **sucre glace** dans 1 cuillerée à soupe d'eau.
Ajoutez 1 **glaçon**.
Remplissez de **bière** et saupoudrez d'une petite pincée de **noix muscade râpée**.

## BIÈRE CHAUDE ÉPICÉE

Battez fermement 2 **œufs**.
Mettez dans une casserole :
30 cl de **bière**,
**1 clou de girofle**,
2 rondelles de **gingembre frais**,
7 g de **beurre**,
1 cuillerée à café de **sucre en poudre**.
Portez à ébullition et versez immédiatement sur les œufs en mélangeant avec un fouet.
Versez dans un grand pichet et transvasez dans un autre pichet en recommençant plusieurs fois l'opération jusqu'à ce que le liquide soit très mousseux.
Remettez dans la casserole et faites réchauffer avant de servir.

## BIÈRE CITRONNÉE

Pressez un citron et filtrez le jus.
Mettez dans un grand pichet :
30 cl de **bière blonde ou brune** très fraîche,
60 cl d'**eau gazeuse** glacée,
3 cl de **jus de citron**.
Ajoutez du **sucre** selon votre goût et servez frais.

**DIDIER DAENINCKX**

## Le géant inachevé

SN N° 1956

La semaine suivante, l'*Informateur* se fendit d'un discret entrefilet qui attribuait la responsabilité des incidents à une bande de délinquants venue du quartier du Nouveau Monde, dans le but de troubler les travaux de l'Assemblée générale annuelle des Gardiens de la Paix. Cette mise au point s'avéra suffisante pour mettre un terme aux rumeurs fantaisistes qui couraient la ville.

Le repas d'anniversaire de l'agent Lenert se déroula dans le calme, chacun ayant pris soin de conserver sa veste — et son portefeuille — sur le dos. L'inspecteur Cadin réussit à fausser compagnie à ses hôtes vers trois heures, juste avant le dessert. Il avait bu plus qu'il ne pouvait le supporter. On avait tenté de le saouler, avec la litanie des toasts et, au début, il s'y était prêté. Il croyait ainsi les remercier de leur invitation.

Ils marchaient tous à la **Gueuse** belge. Des caisses entières que les douaniers leur refilaient en échange des contraventions que les flics leur faisaient sauter.

Cadin buvait le corps du délit, une manière comme une autre de le mettre dans le coup.

**La Gueuse**, cette bière fruitée au léger goût suri est, avant tout, un lambic, ce type de brassage produit essentiellement depuis des siècles autour de Bruxelles. Les lambics sont comparables dans une grande mesure au vin puisqu'ils subissent une fermentation spontanée au contact des levures de la nature. Dans le cas du vin, les micro-organismes responsables de la fermentation sont concentrés dans les grains de raisin. Pour les lambics, ils sont dans l'air et le mélange de malt et de froment (le maische) doit être exposé aux levures sauvages pendant plusieurs mois.
La Gueuse est un mélange de vieux et de jeunes lambics qu'on laisse fermenter encore une année, ce qui donne une bière pétillante comme du champagne et fruitée comme du cidre.
Le Faro est une sorte de Gueuse dans laquelle on a fait macérer pendant un an des fruits frais (framboises ou cerises en général). Le résultat est plutôt spécial.
Disons qu'on peut aimer les Belges et leurs bières sans se croire obligé d'aimer la Gueuse. Surtout celle aux fruits.

## CHOUCROUTAS

Cette boisson horrible est un cocktail pour après cocktail. Pour les matins douloureux. Elle se boit à jeun, tiède et peut entraîner la délivrance.
Pressez le jus d'un citron.
Mettez dans une chope :
1 mesure de **jus de citron**,
1 mesure de **Fernet-Branca**,
2 mesures de **jus de choucroute**,
2 mesures de **Gueuse** (ou autre bière aigre).
Buvez tiède... et bon courage !

**WILLIAM HJORTSBERG**
## Nevermore
**Traduit de l'américain par Philippe Rouard**
**SN N° 2446**

La silencieuse Martha revint avec le **thé**, déposa le plateau et repartit avant même qu'ils s'en aperçoivent.

— Efficace, commenta Houdini.

— Martha veille bien sur moi.

Houdini mit deux sucres dans son verre, ajouta la cuiller et versa le thé brûlant. Isis le regarda remuer et siroter une gorgée.

— Un parfum intéressant, dit-il.

— Aromatique. Mon mélange personnel. Principalement de la menthe et du sassafras*. Tous les étés, je cueille les plantes et je les fais sécher. Quand je rends visite à mes parents dans le Vermont.

Houdini reposa le verre. Le goût, étrange, restait dans la bouche.

— Recette personnelle, hein? (...)

— Le thé serait-il trop fort?

Isis tendit la main pour s'emparer du verre de Houdini et en prendre une gorgée.

— Non, cela ne me semble pas le cas.

Son regard aigu passa sur le visage du magicien. Elle prit une autre gorgée.

— Trop sucré, bien sûr...

Elle lui redonna son verre.

— Ce n'est pas votre avis?

Houdini ne savait plus que penser. Il avait soudain très soif et il but le reste du thé.

* Sassafras : arbre originaire d'Amérique du Nord, voisin du laurier, dont le bois et les feuilles sont aromatiques.

## THÉ CHAUD ÉPICÉ

Pressez 1 **citron** et 2 **oranges**.
Dans une casserole portez 1 litre d'eau à frémissement avec un demi-**bâton de cannelle** et 4 **clous de girofle**. Retirez la casserole du feu, ajoutez 3 cuillerées à soupe de **thé de Ceylan** et laissez infuser 5 minutes si les feuilles de thé sont entières, 3 minutes pour les « broken » (feuilles brisées). Passez le thé et ajoutez 5 cuillerées de **miel de lavande**.
Portez les jus du citron et des oranges à ébullition, versez sur le thé et servez aussitôt.

## THÉ AU LAIT ET AUX ÉPICES

Dans une casserole versez un demi-litre de **lait**, ajoutez 2 **clous de girofle**, un demi-**bâton de cannelle**, 2 **gousses de cardamome** et deux rondelles de **gingembre frais** et épluché. Portez à ébullition, ajoutez quelques cuillerées de **sucre** à votre goût, ajoutez 3 cuillerées à soupe de **thé darjeeling à feuilles brisées**, retirez du feu et laissez infuser 7 minutes au moins. Passez et servez bien chaud.

## PRUNEAUX ÉPICÉS AU THÉ

Faites infuser pendant 5 minutes 5 cuillerées à soupe de **thé Earl Grey** (mélange de thé de Chine et de darjeeling délicatement aromatisé à la bergamote), passez et laissez refroidir.
Mettez 1 kg de **pruneaux** dans un saladier, recouvrez de thé et laissez reposer 12 heures.
Transvasez dans une casserole, portez à ébullition et laissez frémir 20 minutes. Sortez les pruneaux à l'aide d'une écumoire et disposez-les dans 3 bocaux.
Ajoutez au contenu de la casserole 30 cl de **vinaigre**, un **bâton de cannelle** coupé en trois, 250 g de **sucre**, 3 **clous de girofle**, 6 **grains de poivre**, une demi-cuillerée à café de **noix muscade**. Remuez jusqu'à dissolution du sucre et faites réduire le sirop à feu vif pendant 5 minutes sans cesser de remuer.
Versez dans chaque bocal en répartissant équitablement les épices. Fermez aussitôt les bocaux et laissez macérer un mois.
Délicieux en accompagnement d'un rôti de porc ou d'un gibier.

**DON WINSLOW**

## À contre-courant du grand toboggan

Traduit de l'américain par Philippe Loubat-Delranc

SN N° 2534

Levine ôta le couvercle en plastique et se rembrunit. Il posa le gobelet sur son bureau et se tourna vers le jeune comptable qui sortait son propre café du sachet.

— Vous appelez ça du **café noir**, vous? lui demanda Ed.

Le comptable regarda le contenu du gobelet de Levine.

— Non, répondit-il. J'appelle ça du **café crème**.

— C'est peut-être vous qui avez le «noir».

Le comptable ôta le couvercle de son gobelet et annonça la mauvaise nouvelle à Ed.

— Crème.

— Qu'est-ce que vous avez demandé au serveur?

— Un noir non sucré et un crème sucré.

— Et il vous a donné deux crèmes sucrés.

Le jeune comptable craignit la colère de Levine.

Ed Levine était agacé. Pourquoi fallait-il toujours que ces gus des *delis* se gourent et vous servent un café crème sucré quand vous leur demandez un café noir sans sucre alors qu'il vaudrait mille fois mieux, quitte à se planter, qu'ils vous servent un café noir sans sucre quand on leur demande un café crème sucré? On peut toujours ajouter du lait et du sucre, mais on ne peut pas les retirer. Ce serait plus logique.

— Il faut que j'investisse dans une machine à café, décréta Ed.

Il commença à boire le crème et le jeune comptable, soulagé, se rassit.

## CAFÉ FÉROCE

Mettez une cuillerée à café de **marc de café** au fond d'une tasse.
Faites chauffer de l'**eau-de-vie** et versez-la brûlante sur le marc de café.
Ajoutez du **sucre** à votre goût et dégustez.

## CAFÉ PUCCI

Préparez une tasse de **café très fort**.
Mettez à chauffer dans une casserole :
3 cl de **rhum vieux**,
1 cl d'**amaretto**.
Ajoutez 1 cuillerée à café de **sucre en poudre**.
Mélangez et ajoutez le café.
Transvasez dans une tasse et nappez de **crème** légèrement fouettée.

## CAFÉ JAMAÏCAIN

Préparez du **café** très fort.
Mettez dans une casserole :
2 mesures de **café**,
1 mesure de **rhum vieux**,
2 morceaux de **sucre de canne**,
1 petite pincée de **cannelle** en poudre.
Versez dans une grande tasse et faites flamber.

## CAFÉ GLACÉ

(pour 6 personnes)

Montez en chantilly 200 g de **crème fleurette** (crème fraîche liquide) très froide.
Préparez 75 cl de **café** bien fort.
Mettez dans chaque verre et dans l'ordre :
3 **glaçons**,
1 cuillerée à soupe de **sucre en poudre**,
le café brûlant.
Mélangez rapidement et déposez à la surface de chaque verre 1 ou 2 cuillerées de **chantilly**.
Saupoudrez d'une pincée de **poudre de cacao** non sucrée.
Dégustez chaud.

**LAWRENCE BLOCK**

## Le voleur qui aimait Mondrian

Traduit de l'américain par Daniel Lemoine
SN N° 2403

Un peu plus haut, sur Madison, nous trouvâmes un bar qui s'appelait Chez Gloryosky. Éclairage indirect, moquette épaisse, chrome et Formica noir, fresques aux murs. La première moitié des clients venait de sortir du bureau et avalait le premier verre de la soirée tandis que l'autre moitié semblait être là depuis le déjeuner. Tout le monde remerciait Dieu parce que c'était vendredi.

— C'est chouette, fit Carolyn lorsque nous nous assîmes. Lumière tamisée, gaieté, rires, tintement des cubes de glace dans les verres, un disque de Peggy Lee sur le juke-box. Je me sens bien, ici, Bernie.

— Et la serveuse est mignonne.

— J'ai vu. Il y a tout ce qu'il faut, dans ce bistrot. Dommage qu'il soit si loin du magasin.

La serveuse arriva et se pencha, nous offrant un spectacle impressionnant. Carolyn lui adressa un large sourire puis commanda un martini très glacé, très sec et très vite. Je commandai un **coca-cola avec une rondelle de citron**. La serveuse sourit et s'éloigna.

— Pourquoi? s'enquit Carolyn.

— Pardon?

— Pourquoi un coca avec une rondelle de citron?

— Ça atténue le goût du sucré.

— Pourquoi du coca, d'abord?

— Je haussai les épaules.

— Oh, je ne sais pas. Je suppose que je n'ai pas envie de Perrier. Et j'imagine que l'énergie du sucre et le coup de fouet de la caféine ne me feront pas de mal.

## WHISKY COCA

Mettez directement dans un grand verre :
1 mesure de **whisky**.
Allongez avec du **Coca-Cola** bien frais.
Ajoutez des **glaçons**.

## CUCARACHA

Dans un petit verre, mélangez :
1 mesure de **tequila**,
1 mesure de **kahlùa**,
1 mesure de **Coca-Cola**.
Buvez cul sec.

## BLACK DOG

Mettez directement dans un verre à whisky :
1 mesure de **tequila** *gold*.
Allongez avec du **Coca-Cola** bien frais.
Ajoutez quelques **glaçons**.

**JOSEPH BIALOT**
## Route story
SN N° 2503

Je passe des pizzas à Zaïm. Sans un mot, il tend à chacun une part de pasta. Les gorges, avides, déglutissent.

Tournée générale d'**eau minérale**.

Kim a posé les bouteilles, décapsulées, au centre du cercle. C'est une ruée muette. Goulot serré entre les dents, chacun boit à longs traits. L'eau coule, glougoute, déborde des bouches, s'étale sur les mentons, part en rigole sur les cous en traçant un canal clair sur les peaux encrassées. Des langues avides surgissent à l'air libre pour explorer le tour des lèvres et happer une dernière goutte de liquide. Je comprends, pour la première fois, le sens de l'expression «se pourlécher les babines».

L'ABUS
D'
ALCOOL
est
DANGEREUX
POUR
POUR
LA
SANTÉ
CONSOMMEZ
AVEC
modé-
-ration

# BIBLIOGRAPHIE

•

• BERNARDIN Marie-Paule, *Sirops, liqueurs et boissons d'autrefois*, La Maison Rustique, 1997 • BIEHN Michel, *Le Cahier de Recettes Provençales*, Éditions Flammarion, 1994 • BLANC Georges, *De la Vigne à l'Assiette*, Hachette, 1995 • CASAMAYOR Pierre, L'école des alliances, Hachette, 2000 • CHOKO Arthur, *La Cote des vins*, Les Éditions de l'Amateur, 2000 • CHASSMAN Gary, DANFORTH Randi, FEIERABEND Peter, *Les États-Unis d'Amérique: une découverte culinaire, Könemann, 1999* • DARD Patrice, *Le grand livre des cocktails*, Éditions Solar, Barcelone, 1983 • DELOS Gilbert, *L'univers de la vodka et de l'aquavit*, Éditions Solar, 1998 • DERENNE Jean-Philippe, *La cuisine vagabonde*, Fayard/Mazarine, 1999 • DESAILLY Jean-Louis, *Alcools de fruits*, La Maison Rustique, Flammarion, 2000 • DITTER Michael, DOMINÉ André, RÖMER Joachim, *Europe à la carte: Un voyage culinaire,* Culinaria, Éditions Könemann, 1999 • DOMINÉ André (sous la direction de...), *Paysages gourmands de France,* Culinaria, Éditions Könemann, 1998 • FINCH Christophe, *Bières: un tour du monde de l'amateur,* Éditions Abbeville, Paris, 1998 • HAYETTE Hervé et WEILL Alain, *Les cocktails*, Éditions Nathan, Paris, 1988 • JONES Andrew, *Le guide des apéritifs*, Éditions Solines, 1998 • KRETCHMER Laurence, *Tequila: de l'agave à la bouteille*, Éditions Könemann, 1999 • LAMBERT Elisabeth, *L'art de Conserver Fruits et Légumes*, Solar, 1995 • *Le vin*, Cuisiner mieux, Time Life, 1983 • *Les boissons*, Cuisiner mieux, Time Life, 1983 • *Les entremets*, Cuisiner mieux, Time Life, 1983 • LEFEBVRE Caroline, *Le vinaigre dévoilé,* Aubanel, 1000 • *Les fruits*, Cuisiner mieux, Time Life, 1983 • MILNE Bill et MARTINE Roddy, *Scotch whisky single malt*, Éditions Soline, 1998 • ORHON Jacques, *Mieux connaître les Vins du Monde*, Les Éditions de l'Homme, 2000 • SCHUMANN Charles, *Le bar américain*, Éditions Abbeville, Paris 2000 • TOMALISI M., *Les bonnes liqueurs faites à la maison: Recettes, procédés, petits et grands secrets,* Éditions De Vecchi, 1999 • TRUTTER Marion (sous la direction de...), *Plaisirs gourmands d'Espagne,* Culinaria, Éditions Könemann, 1999

# Notes gourmandes

Notes gourmandes

## Notes gourmandes

Notes gourmandes

Notes gourmandes

# Notes gourmandes

# Notes gourmandes

Notes gourmandes

Notes gourmandes

Notes gourmandes

# Notes gourmandes

## Notes gourmandes

# Notes gourmandes

Cet ouvrage a été achevé d'imprimer
en octobre 2001
sur les presses d'Hérissey
Reliure : S.I.R.C.
Imprimé en France
Composition Interligne à Liège
ISBN : 2.07.076342.0
Dépôt légal : octobre 2001
N° d'impression : 90983

5650

5650